阿金与二宝

魏丽敏◎著

浙江工商大学出版社
ZHEJIANG GONGSHANG UNIVERSITY PRESS
杭州

图书在版编目(CIP)数据

阿金与二宝 / 魏丽敏著. — 杭州：浙江工商大学
出版社，2019.11

ISBN 978-7-5178-3570-7

Ⅰ.①阿… Ⅱ.①魏… Ⅲ.①长篇小说－中国－当代
Ⅳ.①I247.5

中国版本图书馆 CIP 数据核字(2019)第 238336 号

阿金与二宝
AJIN YU ERBAO

魏丽敏 著

策　　划	杭州万事利天时文化创意有限公司
特约编辑	李大军
责任编辑	刘淑娟　王黎明
封面设计	林朦朦
责任印制	包建辉
出版发行	浙江工商大学出版社
	（杭州市教工路 198 号　邮政编码 310012）
	（E-mail:zjgsupress@163.com）
	（网址:http://www.zjgsupress.com）
	电话:0571-88904980,88831806（传真）
排　　版	杭州朝曦图文设计有限公司
印　　刷	杭州高腾印务有限公司
开　　本	710mm×1000mm　1/16
印　　张	12.25
字　　数	175 千
版 印 次	2019 年 11 月第 1 版　2019 年 11 月第 1 次印刷
书　　号	ISBN 978-7-5178-3570-7
定　　价	48.00 元

目　录

阿金篇

阿金已经 80 多岁了，因为辈分，得到了"金太"的尊称，不是太奶奶，而是太爷爷，甚至是太太爷爷，因为她姓尉，没有嫁出尉家村。这是当地的风俗，除非是嫁进来的女性，其他都按男性称呼，以示敬意。历经岁月的脸上沟壑纵横，浑浊的眼珠却有着清澈的眼神。回首过往，她不曾后悔，只是他们都不在了，很快，她会与他们在一起，她不孤独。她在尉家村这块土地上已经待了太久太久，他们就在不远处，她一直守着，不曾离开。

　　村口那棵大枣树依然只能仰视，她还小时，它已经高不可攀，如今依旧郁郁葱葱，上面缀满的果实已引不起孩子们的垂涎。它不是村里最老的树，她却是最老的人，它和她谁会先倒下呢？枣树边原本的人家还在，只是当初那四五进的大屋已变成了二层小楼，终究是小了许多。只有门前的桥垌还保留着当年的模样，来往打水、洗衣的人没了，拴在那的船也没了。

　　风，拂过她爬满皱纹的脸颊，竟还有一丝感觉，她试图伸手抓住，竟接住一颗落下的青果，翠绿饱满的样子。鸟鸣声在村子中回荡，她似乎可以看见鱼正在水中欢快地跳跃。

　　她走的时候，脚下这片土地还是她熟悉的样子吗？它们是不是都不在了？听，轰隆声越来越近。她看向远处，是什么在上演……

第一章

1

尉家村在清晨里安静地醒来，连鸟鸣声都没有。这个江南水乡星罗棋布的村庄中的一员，小得难以在地图上找寻。但对于某些人而言，这一方小小的天地便是她全部的世界。尉家村临水而建，一条途经的河流分出的支流成就的断头河又将村子分为两半，村人称之"河南""河北"，内河之上横跨四块大石铺就的简陋石板桥，贯通南北。江南水乡喜以几方水田，一条河道或是一条小道划分村落，所谓尉家村其实不过三十来户人家，村内婚丧嫁娶，搭桥修路等，全靠互相帮助。村里最年长的人也不记得他们是什么时候开始在这里安家落户，世代繁衍的了。没有族谱，凭着口口相传，传颂过往，传承辈分……也许曾经大家都是一样的，经过几百年、上千年的发展，贫富有了差距。沿河石块铺就的桥埠，也就是河埠头，在公用之外又有了私家用途，承担人们洗涮饮水出行之用，这在尉家村是身份的象征。

似乎只要是个村，村头就得有棵大树，尉家村的村口有棵枣树。枣树不好，夏天会长刺毛虫，所以这里从来不是村里人闲谈纳凉的地方。枣树的不远处是尉家村最大最好的桥埠，边上插着的木桩上还拴着几条船，它们的主人是枣树下的尉家村地主尉少明家，尉少明身有残疾，所以桥埠铺得很是平整，不过他家实际掌权做主的是他的老娘，尉家村的人习惯称她"地主婆"。跟尉少明家间隔一条弄堂，毗邻而居的那户是瘸脚阿三家，也算是村里的殷实之家，他家的桥埠明显比尉少明家的小了很多，不过新很多，显然造得晚一些。据说两家祖上是一家，恩恩怨怨却不少。农村永远不缺八卦，还能世代流传,相处了这么些年,谁家祖上那点事都能偶尔被翻出来说一说,没什么事能捂得住。只是如今,这个原本还算富足的村子却处在风雨飘摇中,除了村口那两家,大约谁家都吃不上饱饭了,茶余饭后的谈资已暂时退出历史舞台。

饿,是阿金现在唯一的感知。这种侵蚀五脏六腑的感受,让她出现了幻觉。光,很刺眼。晕倒,是此刻的最佳选择,但阿金却选择咬牙抵御,这种被称之为毅力的东西,阿金不屑去懂,也无力去懂。

天气好得万里无云,天蓝得如此单调又深沉。阿金轻轻地抬起一条胳膊,它好像已经不是自己的了,完全不听使唤,试了好几次才终于将它抬到合适的高度,五指并拢,挡在眉毛上,好让眼睛可以睁开,光从指缝中透出来,带着肉的红,多久没看到过肉的颜色了,她都觉得这个颜色有些陌生了。今天透出的光,似乎比昨天更大束一些,奢望地用一下力,还是无法将指缝的间隔缩小那么一毫,瞬时又无力地快速垂下手,前后晃荡一会儿才停止,瘦骨伶仃地败给地心引力。看不清原色的上衣袖口,破破烂烂,流苏一般随风摇摆,连针线都找不到可以驻足的位置。手腕处露出一个硕大的骨结,原来它可以长得这么圆。阿金的手就这么垂挂在袖口下面,这层皱皱巴巴的皮下是否还有一丝肉,手指的每一节都畸形地伸展着,显得极长。

留给阿金准备的时间已经不多了。她不知道自己还能坚持多久,但只要她活着,她就想坚持。8岁的她,展现出了惊人的毅力。也许就是这份毅力,让她后来的身高没有达到预期,她将这归结于——饿的。

饿成这样,原本该在家喝水少动,没有农活的话,阿金就尽量减少外出,以免浪费体力。江南水乡不缺水,鱼米之乡却缺粮。这几日水喝得太多,腿已经开始肿了,脚上的草鞋只能改穿为拖。她不知道父母是不是已经发现,毕竟只要稍微一用力,她的腿上就能摁出一个坑。他们根本不会发现,她转念一想就发现了这个事实,而且不得不认定。不过,今天得稍微允许自己多吃一口,要不然她会比哥哥阿生先离开这个世界,为了打定主意,她突然下意识地点了点头,头真晕呢。

天气真好,屋外千疮百孔的泡桐树正在顽强地抽芽,一朵朵嫩绿正在努力绽放，与丢失大部分树皮的树干形成鲜明对比，这是饥饿的证据！再等它们稍微大点，就可以摘下来吃了，且得守护好，阿金这么告诫自己。闭着眼，皮肤感受不到半点风，世界安静得连一声鸟鸣都没有，对，别说鸟，如今怕是连虫都没有了！慢慢地挪回屋内，这个简陋的家，静得似乎连一丝人气都没有。外面的烈日显然觉得木质门窗的硕大缝隙不够过瘾，另辟蹊径地选择了屋顶瓦砾间的空隙，将自己直直地投射进来，光束满屋。屋顶如同筛子，倒将原本漆黑的空间照亮了。阳光随着时间的推动在屋内闪烁跳跃，乐此不疲，直到月光替代阳光，阴冷沉默。

阿金觉得此刻是幸运的，起码光可以遮蔽，如果下雨，自己此刻就得睡在各种破罐烂瓦之间，被迫倾听着雨滴敲打乐，声声入耳，滴滴透凉。也许，某一天，这堆烂瓦泥墙就倒了。再过些时日，梅雨季节就要来了，按照惯例，父亲这几天又该加固一下这个破败不堪的家，屋内林立的木柱子也该添加了，顶梁立地，免得哪天睡梦中的他们被掩埋了。

阿金不需要用力就能闭上双眼，因为她连抬一下眼皮都已觉得费力，现在才中午，过一会儿她还得去给地主尉少明家割草喂羊。这里盛产湖羊，土地肥沃的江南水乡，没有一丝一毫的山林地带，平坦得好像没有一丝起伏。这里不流行放羊，肥美的野草需要人一把一把割下，再一筐一筐背回来。阿金好想自己是一头羊，即使任人宰杀，但起码有人喂养。几年的务农经验，让她对地里所有的草类如数家珍，遇到能吃的野菜，她也总是想办法带回去充实自家的饭碗。她感谢今年的春日来得如此早，让这片原本已经荒芜的土地再度焕发生机，他们家想来又可以安然度过了，阿生一定会没事的，熬过了冬日，等来了春天。

握紧的拳头里，满手老茧，阿金还没记事就开始在地里干活了，如今的她也是家里的主要劳动力。替地主家割草，每个月能拿到一斗米。明天就是这个月的最后一天，到晚上就能拿米回家了，只是她还不知道那个"斗"跟她以为的不一样。因为这一丝的信念，阿金将自己虚弱的身体挪了挪，往边上的柴房深深地看了一眼，咬咬牙，起身来到厨房。打开水缸，拿瓢舀起半瓢水，咕噜咕噜一口喝下去，天还有些冷，牙有点疼。打开土灶上的木质锅盖,拿一个红薯,就着凉水吃下去。这是去年的存货,过冬的时候,母亲总是将这些结余下来的粮食放在稻草里,以保证它们可以安然度过冬天。鱼米之乡总是不缺稻草的,但都是地主家的。身为佃户,全家没日没夜地在这租种的三分田里劳作,也换不来一家的温饱,连着平日生火用的稻草都是要用粮食换的。但他们不敢反抗,吃不饱的又何止他们一家呢,他们起码因为这三分田而活着。

常说救命稻草,就靠着稻草保住了红薯,也让阿金可以抵御寒冬腊月。一床破席下面铺上稻草,破棉絮从被子的破洞里钻出来,到处飞舞,阿金将稻草做成绳结,寒冷的夜,用绳结将稻草困在被子外,哆哆嗦嗦熬到天亮。

唇齿间的欲望让她控制不住自己的双手再次伸向那些诱惑着她的红薯。家中的一日三餐,准确的说法其实是两餐,都是阿金负责做的。早饭是薄得可以照人的稀饭,偶尔有野菜的日子会看着浓稠一些,中饭是红薯,晚饭基本是不吃的,因为晚上不需要用体力劳动。阿金今天中午的口粮应该是两个红薯,但她在做中饭的时候,将自己的口粮扣下一半,偷偷将一个红薯放在她塞满稻草的褥子里,她需要足够多的粮食,为此,她这几天来一直躲着父母先吃午饭,怕被母亲发现自己克扣粮食,尽管只是自己那份。看日头,父母即将回来吃午饭,阿金收回关节凸显的手,又舀了瓢水,饮下,瞬间觉得饱了。她伸手拢了拢乱如杂草的头发,从灶口拿根稻草,过一下水,稻草变韧,边走边用稻草将头发简单绑一下,就顶着日头赶去村口地主家拿干活的农具了。

来到村口,树上的枣树开着花,黄色的小花缀满绿色的枝条,掩藏在绿叶之下,散发着诱人的光泽。阿金发现自己是最晚赶到的,她能明显地感觉到地主婆瞥了自己一眼,嘴里嘟囔了几句。阿金只当自己没听见,来到她身边,领了最后那把有点生锈的镰刀。哎,看来今天要完成这六筐草的任务还得多费点力气,阿金紧紧地握了握手里的木制刀柄。背起比她大了好几倍的破草筐,熟练地捡起地上的小木条将背绳绕一圈拴住,缩短点长度,疾步而晃悠着走向田地。怪不得能成为地主呢,阿金恨恨地想。春暖开花时,地主尉少明向全村宣布,自己家要招几个年轻短工,每天六筐草,每月一斗米。

跟阿金差不多大的几个小孩都报了名，甚至还吸引了隔壁村的几个小孩。最终选定了六个小孩，个个都是出了名干活利索的。这个季节，正是野草烧不尽，春风吹又生，区区六筐草，对于这帮干惯农活的小孩来说，也就是小半天的功夫。所以这笔买卖很是合算。

当六个被放大近一倍的竹编草筐展现在他们面前时，他们才傻了眼。当初只知道六筐，可没说多大的筐啊。怪不得还非常隆重地让村里读过两年书，装腔作势的酸秀才文博拟了协议，虽然文博摇头晃脑地念了一遍，他们的耳朵里也只听到六筐草，一斗米。争前恐后，按手印，画押。现在反悔，可是要赔五斗米的。该弯腰时且弯腰，背起草筐，去地里割上大半天。阿金他们几个人嘴里嘟囔了几句，愤愤地说，要不人家能成为地主呢！感情就得昧得下良心啊！也怪他们自己傻，他们如此为人处世也不是一天两天了。嘴上不闲，手上更不能闲。手里的镰刀贴着地面飞快地前后出击。得亏现在是春天，杂草遍地都是，割完没几天，一场春雨过后，又都冒了头。

农家孩子虽然老实，也禁不住人家这么诓骗，但只能憋着气完成任务。气不顺，自然得想办法顺，个个脑子都是活泛的，其中有个叫阿坤的男孩子，脑子更是活络，岁数又比其他几个大上一点。前面五筐草都麻利地割完，一筐筐交给地主婆记数。夕阳西下，天空原本应该呈现的火红色却被一片乌云遮蔽，这江南的春日，阵雨说来就来，全无预告。几个闪电，伴随几声春雷，雨就这么落了下来，打得桑叶上下不断起伏，雨落在上面，滴答作响。阿金他们几个人都背着草筐躲到不远处河岸边的芦苇丛里，阿坤眼看着就要完成自己今天的任务，他不愿意躲雨浪费时间，尽管他知道那是阵雨。雨在地上落满了坑，雨水浇得他一个激灵，湿透的衣衫服帖地粘在身上，映衬出骨瘦如柴的躯体。虽是一身破布衣衫，但好歹是完整的一身，农家孩子谁会有几套替换衣裳。农民看天吃饭，阿坤却在此时生出逆骨。他折了几根细小的桑树枯枝条，将它们一根根安置在竹筐经纬编织的空隙里。竹筐用毛竹编织而成，主要用于放草，所以编织的空隙很大。细小的桑树枝条能很轻易地架置于各个交错空间里，一根根枝条根据长度贯穿其间。阿坤很聪明地将这个"机关"设置在筐的一半高度处，枝条的下面以及上面都被安放上草,有枝条的架空,可以省去很多草。他再细细地将枝条外延部分折断,在周围放好草。原本大半筐的草变成了整筐,而且从外面完全看不出来。

小伙伴们惊讶地看着阿坤像变戏法一样地完成这一切,然后眼睁睁看着他背着草筐冒雨往回走。

大雨渐渐停歇,原本快要落下的夕阳,照耀着西边的天空泛起一层淡淡的红,空气里散发着清香。但阿金他们显然并不喜欢,握了握手里的镰刀,拖着草鞋再次回到地里。桑树叶被雨水洗刷得油光发亮,时不时还低个头,滴下几滴蓄谋已久的水珠,砸在一撮撮杂草上,顿时将草压弯了身。空气清新,土地泥泞。阿金的镰刀再也无法贴地割草,原本蹲着的身子只得改为弓着腰,左手撸草,右手拦腰割断。力道掌握不好,时常会将草连根拔起,还得停下来弄断,事倍功半。想起阿坤得意扬扬往回走的模样,阿金他们几个只能加快手上的动作,毕竟谁也没有勇气效仿阿坤。阿坤是隔壁村的,他不清楚地主婆的手段,阿金他们几个本村的谁没领教过啊!当然,还有一个阿坤同村的,不知道是在静观其变还是木讷,竟然没有跟阿坤同去。看他手上功夫倒是厉害的,必然是个干活麻利的。连着一起干活好几天,都没见他怎么开口说过话,刚开始阿金还以为他是个哑巴。每次就听得阿坤催他快点,好一起回家。后来知道他叫阿生,原来也叫阿生啊,阿金下意识地看了身后的他一眼,他好像总爱跟在她后面。忽然,阿生也抬头看了自己一眼,阿金差点没把自己手给割破。几个人里阿金是唯一的女孩,岁数小,再过上三五年,她就不能肆无忌惮地单独跟着其他男生一起干活了,要不然,村里会有闲言碎语。

阿坤背着草筐再度回来的时候,阿金他们几个尉家村的孩子一点也不意外,甚至无须去看他脸上那种带着委屈和挫败感的表情。只有阿生关心地询问一句,果然不出所料,其实他们每次将草筐背回去,地主婆总要拿手按一下,虽然她自己不下地干活,但绝对是个很好的监工。阿坤原以为自己做得天衣无缝,现在才知道,她不仅会当面按,还会倾倒检查。之前没人做过小动作,自然不知。地主婆罚他再割两筐,要不然工钱就没了。阿金他们走的时候,阿坤还在低着头割着,明明已经割完的阿生也还在割着,明明他的筐已经满了。

2

尉家村已经好久没有喜事了。

前阵子村里瘸脚阿三娶的媳妇好像才十四岁，阿金还去凑了一下热闹，村里都好几年没女人嫁进来了，村里好多人去看这个胆大的女人到底长什么样。瘦瘦小小的身子，红盖头下的脸隐隐约约的，看不大清楚。听大人说，这是瘸脚阿三的娘拿出一对二两重的银镯子、五个袁大头才娶来的儿媳妇，这样重的聘礼，怪不得那女人的爸妈肯将女儿送到这里。不过如今这世道，嫁到哪里也没什么太大区别。要说这瘸脚阿三的娘还是有点棺材本的，好歹当初也是给大户人家当过丫鬟的。阿三他爹以前外出打工，是大户人家的长工，那家的小少爷调皮，不小心掉到了井里，在保姆吓得不知该怎么办时，阿三他爹二话不说，一个猛子就扎进去，顺利救出人家的宝贝儿子。阿三他爹救的可是几代单传的独苗，那家太太感激涕零，将自己的贴身丫鬟嫁给了他，还准备了嫁妆，也算是谢礼。简单的行礼，两人当夜就洞房，第二天阿三他爹就跟主人家辞工，带着新媳妇赶回老家。虽然主人家一直挽留，并且承诺涨工钱，但老家独留一个瞎眼老太太，阿三他爹一直也不放心，当初迫于生计，如今有媳妇又有点钱，可不，就想回来过过安生日子了。

在尉少明家的桥桐头下船，阿三他爹伸了伸腰，真舒坦，刚才船进内河，他还特意跟两边洗衣服的女人打了招呼。当然，最舒坦的是不用再过寄人篱下的日子。眼前的枣树又结果了，椭圆形的小个头，绿到泛黄的模样，是成熟的样子，泛着诱人的味道。当年走的时候，它们似乎也是这样的。忍不住找了根竹竿，敲上一棍。果实落地，伴随着一阵飞舞的落叶。捡起，随意擦擦，递给新媳妇几颗，脆甜脆甜的。坐在屋前盯着晒谷场的地主婆静静地看着，也没有阻止，样子变了不少，可她还是一眼就认出了。客套地打了招呼,毕竟这个家还是她做主,只是她眼里的怨毒有些藏不住。

没过几天,阿三家便用这些年攒下的钱,跟尉少明家租了一亩水田、两亩旱地,打算种点水稻,种桑养蚕,想着一家三口的日子总能过下去。那时候尉少明的爹还在,给的田地都是不错的。不承想,瞎眼老太太忽然患了重病,阿三的爹也是个孝顺的主,想着自己老子走得早,是这瞎眼老娘一口粥一口糠,沿路乞讨才把自己养大,那些年都不知道磨破过多少双鞋,漂泊无依,母子相依为命。直到他长到能给人上工挣钱,两人才有路费回到村里。当年的两间破瓦房,回来时就剩半堵泥墙、几片碎瓦了,那堵黄泥墙上坑坑洼洼的,风一吹,比哨子还响,篱笆大门早已不见踪影。当年的横梁也都成了白蚁的午餐,进门惊起一室静逸,都不知道荡起来的是灰土还是那点碎渣。

阿三的奶奶本来也算是个坚强的主,这一路乞讨,儿子都不曾见老太太抹过一滴泪,但站在自家这片像个遗址的倒塌房屋前的那瞬间,老太太竟然就一屁股坐在地上,号啕大哭起来。来之前,为了在乡人面前抬起头来,老太太咬咬牙做的新褂子,这一会儿却顾不得鼻涕眼泪了。据说,阿三的奶奶回来那会儿原本顶多算是个半瞎,一只眼早年就坏了的,另一只原来可是好好的,如果用现代的医疗设备检查,估计也就是个白内障啥的,奈何那会儿没钱也没技术,只当是视力不好,迷迷糊糊也能过日子。老太太那一哭,惊起了全村的麻雀,村里老辈人要是说起谁的哭声最瘆人,估计她得算头一号。这一哭,老太太就坐实了瞎眼老太太的名头。当初在外乞讨那会儿,为多得几分同情,没少扮瞎子,以后不用再扮了。

阿三他爹心疼自个儿老娘,等老娘哭够,一使劲将其搀扶起来,把行李中的那床卷着的破席子随地一铺,让他老娘靠着墙根歇着缓口气。午后的日头毒,阿三他爹怕老娘背过气去,赶忙拿个缺了个大口的破碗到前面的河里舀来一碗水,滴滴答答洒了一路。一口气喝下去,打个嗝,这瞎眼老太太总算是有点活气了。抽泣了一会儿,站起身来,拍拍屁股上的土,又利索地将席子卷起来。不能让陆续晃荡过来的邻里乡亲看笑话。人家问怎么哭上了,她也只道是好不容易活着回来,感慨得、激动得,云云,也不做他解。

有道是：远亲不如近邻。那些年家里穷成这样，有借无还，亲戚们都被借怕了，这会儿想靠着亲戚们帮忙重整家园根本不可能。要是这赶来看热闹的乡里乡亲多少能搭把手，也算是自己烧了高香。按着这里以前的规矩，谁家要是兴修个土木，那都是亲戚们赶来帮忙，主人家管吃管住就好，人家不拿工钱白干活，所以主人家也都尽量挑农闲的日子。而这回显然他们忘了给自己选个好时机，赶上这么个农忙季。这回来看热闹也是这哭声委实太惊人，要不然谁有这闲工夫，恨不得一日三餐都在田头解决了才好。不一会儿，人群就散了，不过倒也算是留了个好消息给他们：这几日他们可以睡在邻居家的廊檐下（南方雨水多，农村建房子都在大门外又留了一段空，将屋檐延伸出来，雨水就能顺着屋檐流到外面，以保证家里尽量干燥。这块空地常被用来堆放杂物，特别是柴火）。如今这季节正是水稻收割的时候，正好放稻草，睡在稻草边也暖和。

穷家富路，这次回村，阿三他爹把全部家当都背上了：两床破棉被，一动棉絮漫天飞舞，如梦如幻；两床裹尸都嫌无法遮蔽的草席；三五只破碗倒是乞讨的好道具；所谓衣服也就是几块破布；还有一口乌漆麻黑的锅，盖子早就不知道飞哪去了，用一个稻草编的盖子代替着。借把锄头，墙角边找块空地刨个坑，锅子一放，随身口袋里掏出一小把白米——水乡沿湖建村，倒是不缺水——米是舍不得淘的，本来就是烧不稠的稀饭。老太太眯缝着半瞎的双眼做饭，阿三他爹就在废墟上收拾，那堵屹立多年的土墙，像是因为见到亲人，一时没忍住激动，完成了使命一般，倒了。阿三他爹收拾了两日，这个所谓的家连一点可用的东西都没有，老太太又哭了，村里断断续续响起几声狗吠，大家默契地选择让她好好发泄。几句干号后，没有观众的人失去演出的兴趣，偃旗息鼓，世界再度恢复宁静。

3

泥瓦匠显然是个技术活，而阿三他爹自然是没有这门手艺的。

老太太刚想张嘴痛哭一场，一口气提上来，马上觉得自己还是省点力气合算，还能省口粮食，于是默默将张开的嘴又紧紧闭上。扭曲的五官瞬间回归原位，自然而迅速。

放弃了博得同情的戏码，脑子就开始高速运转。如果这老太太生在古代，又是男子的话，说不定能是个运筹帷幄的将才，果敢、决绝。当即就决定拿出手上唯一的一块银圆，让儿子去找几个工匠商量一下价钱，当即付定金。又去找地主尉少明家赊借几根木材，当时家里一切还是尉少明他爹做主。阿三家怎么说以前也跟少明家沾点亲，阿三的爷爷和尉少明的爷爷往上数三代是同一个爷爷奶奶的堂兄弟。冲着这层关系，尉少明的那个肺痨老爹不仅借了木材，还多借了一块银圆。就为这，全村人陪着听了少明他娘十多天的骂骂咧咧。无非就骂自家的死鬼还惦记着人家云云，无奈自己不当家做不起主，让老东西把家当白白送了人家之类。这瞎眼老太那几日顺带着也耳聋，随那地主婆指着鼻子骂，半句不吭，镇定自若地指挥儿子为建家大业忙碌着。

吵架最忌没有对手。独角戏唱半天，自个儿就偃旗息鼓了。人家的地基一点一点打起来，地主婆翻个白眼，狠狠啐一口，干瞪个眼。可人家"眼瞎耳聋"，丝毫不搭理她。

地基高出地面后，瞎眼老太就急着赶儿子出去找工，在家光有支出没有收入，金山银山都得坐吃山空，何况这家连四壁都没有。阿三他爹心里清楚，自己老娘眼瞎心不盲，也不是个好惹的主，他想交代点什么，嘴巴张了张，又默默闭上。带着一点干粮、路费，以及仅有的一身换洗衣裳，头也不回地走了。在干粮吃完的第二天他如愿找到了一个长工的工作,这是他离家的第四天,舍不得坐船,脚上的草鞋都磨烂了。忽然就想起少明家桥埂头停着的船,发誓一定要风风光光地坐船回来,船一定要比他家的大。

那个下午,天黑得吓人,肚子已经不叫了,灌满水,鼓鼓的。之前的太阳毒得能将人晒脱一层皮,以前乞讨路上什么苦头没吃过,阿三他爹自不是娇气之人,只心疼身上唯一一件还能遮羞的衣服,希望千万别给雨水浸了,皱皱巴巴没半点见工的体面。狂风大作,将小镇上的无主之物刮得到处乱飞,阿三他爹也一阵踉跄。

雨,瞬时落下。阿三他爹就近躲在一个廊檐下。绛红油漆涂抹过的大门,崭新艳丽,空气里都飘着油漆味,大门上铺首衔环,任风撩拨,纹丝不动。上悬一块匾额,上书两个大字,不过这躲雨之人大字不识一个。阿三他爹心想,大户人家就是考究,两扇大门都做得如此精致,哪像自己家啊,有个篱笆挡门就不错了,哦,不对,现在自己家连堵墙都还没,何来门啊。不知道老娘怎样了,家里这会儿是不是也正在下大雨呢,刚建起来的那点地基不知道会不会受雨水影响……雨水打在青石板上,溅起一朵朵水花,顺着路两旁的小水沟迅速流淌而去。阿三他爹坐在人家的台阶上,头上有檐挡水,眼前的雨水顺着瓦砾滴落下来,形成一串串水帘,他呆呆地看着,城里和乡下就是不一样,这里溅起的雨水没有泥腥味,地上的水是白花花的,他觉得这里的雨水味道肯定跟乡下的不一样。想着,就将两只黝黑破皮的手合拢,拱出一个碗状,伸向面前的雨帘,水顺着指缝外溢,变了色。阿三他爹急急地喝上一口,没有想象中的香甜,再看着顺着指缝流出的黑水,他觉得肯定是自己手上的污垢影响了这水的口感。他往前跨一步,顺便好好地将手洗了一遍,又接了一"碗"雨水,却依旧没有他预想中的味道。可能自己太饿,舌头麻木,他固执地认为城里的雨水是甜的,并且把这一坚定的想法灌输给他村里的乡人,让一帮没进过城的赤脚农民以为城里的雨水都是糖水,对城市充满无限美好的遐想。

雨是阵雨,只是阵雨过后又是绵绵细雨,始终不肯停歇。阿三他爹眼瞅着这一日又要浪费,急得想哭。不知是溅落脸上的雨水还是感伤的泪水,脸上流下几道黑痕,迷了眼,抬手擦擦,发现刚洗净的手又黑了。想着这几日尽忙着寻工,脸都没顾上洗一下,现如今肯定是个花脸猫了。出门前,老娘交代,脸是面。阿三他爹索性起身走下台阶,蹲在路边,接点雨水,将脸使劲揉了几把,扭曲的脸倒映在青石板上,一个陌生的轮廓,有些模糊。他本能地想捞起衣角擦拭,干净的手能感受到衣服上的滑腻感,想着只能晚上去河边洗个澡,搓洗一下了。

雨淅淅沥沥地下了有个把时辰,没有要停的意思。阿三他爹不知道什么时候坐在台阶上靠着人家的墙壁就睡着了。直到一个人将自己摇醒,是一个小厮模样的人,嘴巴上黑黑的起了一层绒毛。看着年纪不大,口气倒不小,开口就是:"哎,叫花子,快醒醒,谁让你堵在人家家门口,你知道这是谁的家……"

阿三他爹一听,瞬间清醒。乡下来的哪见过世面,一听忙认错,说自己是从乡下来找工作的,躲雨不小心在这里睡着了,云云。

"你是从哪里来的?"一个低低的声音传来,阿三他爹愣了一下,那小厮显得不耐烦,催促道:"我家老爷问你话呢,问你哪里来的?"

阿三他爹这才抬头看到面前停了一个四抬大轿,轿帘盖得严严实实的,刚才的声音就是从这里面发出来的,他马上唯唯诺诺道:"回老爷,我是从尉家村来的,离这里有四天的脚程。"

"那是不近,来我们绍镇做什么?你官话倒是说得不错。可读过书?"语气甚是温和好听。

"回老爷,我是一路找工过来的,书不曾读过,官话是自小跟着老娘外出乞讨时学的。"阿三他爹老老实实地回答。

"不易。那你留下吧,我这家里还缺个长工,你可愿意?"轿内的门帘打开,一个穿着丝绸长衫的中年男人正要走出来。

"愿意,愿意,谢谢老爷!"阿三他爹激动地差点就跪在地上磕头了。

管家将阿三他爹领进大门,跨过那个高高的门槛,而里面的世界便是只有戏义里才听过的了。亭台楼阁、雕梁画栋,从管家嘴里,阿三他爹知道这家老爷姓谢,是晚清的秀才,祖上颇有些家产,当年进京赶考,路上遭遇强盗,身无分文,沿路乞讨,最终得以还家,自此再也不肯远行。功名虽无着,却是个做生意的好手,如今也是家大业大。那日,谢老爷正是从轿帘缝隙处瞥见睡着的阿三他爹,一身破布烂衫,手和脸却干净,不像一般乞丐似的蓬头垢面,让人心生厌恶,想来心底是个有骨气之人,不以外观博同情。这谢老爷想必是想起了当初自己的那段往事,对眼前之人竟有些惺惺相惜之意,遂将其留下。阿三他爹,哦,那时他已经有真正的名字了,叫富顺,谢老爷给取的,不再只是他娘口中的狗子。

富顺也确实没让谢老爷失望,一直尽心尽力,年轻小伙子,好似有使不完的力气,一个顶俩。一连干了五年,长成个十八岁的大小伙,带着媳妇回家的那一刻,他那瞎眼老娘愣是没敢认,当然那会儿她基本已经全瞎了。家里那两间瓦房屹立着,欠的工钱早在阿三他爹在谢老爷家打工的第二年就还清了,这几年靠着他往家里寄的钱,瞎眼老娘不仅温饱无碍,还替儿子存下了点老婆本,想着如今儿子年纪不小了,是时候找个媒人给说个亲。这回倒好,不仅儿子回来,还带回了媳妇,连嫁妆都赚了。老太太笑得嘴都合不拢,在村里说话的声音都明显变大了。

原先的两间瓦房,老太太一个人住着还宽敞,如今儿子媳妇回来,就督促儿子将屋后那块当初建房时剩下的空地圈起来,再盖上两间茅草屋,一个茅房、一个厨房。阿三他娘也是穷苦人家出身,从小被人卖给大户人家当丫鬟,几经人手,到谢老爷家才算稳定下来。当初在谢家也是觉得富顺这个人有力气,又得老爷器重,算是门不错的姻缘。出嫁从夫,无可厚非,也没嫌家贫。初到尉家村,话有些不通,连个说话的人都没有。起初富顺对自己不错,新婚宴尔的,可是回到家以后,富顺忙着盖房子,都没空跟自己说上一句话。老太太就成天指使她干活,她这辈子就干过丫鬟,到底没干过重活,以前虽说是个下人,但好歹是在城里大户人家待着的,一到这农村就有了鲜明对比,一身的细皮嫩肉,白得出挑,虽然不是小脚,但是地里农活一窍不通,手不能提,肩不能扛。瞎眼老太太原先还对人吹嘘儿媳妇是大镇上来的,是个见过世面的,可这好看的花瓶不管饱啊,干不了活的媳妇,农家哪个稀罕,对儿媳妇是越来越看不顺眼,尽管她看不见。做的饭菜不是咸了就是稀了,日益被嫌弃。其实也是欺负她没娘家，受了委屈，没人会来出头。

回到村里，她不再是富顺家的，而是狗子媳妇。不知道后来谁起的头，竟然叫她白娘娘，不是那戏文《白蛇传》的白娘娘，而是因为她皮肤白，在农村一个个被晒得漆黑的人中显得尤为白皙，至于她姓不姓"白"，村里人根本不关心，女人在那会儿根本不用名字，后来大家就都这么叫了。但这个称呼在瞎眼老太太听来却是嘲笑他们家来了个白吃饭的，格外刺耳。

禁不住瞎眼老娘的哭诉，阿三他爹也没了当初的温柔，对媳妇的语气也是越来越不耐烦。看着她哭，更是觉得心烦，偶尔的，也有了些拳头。可怜这白娘子，连个诉苦的人都没有，只能忍气吞声。第一个孩子就是被自己男人推了一把落的胎，地上那摊血水着实把人吓了一跳。为此，瞎眼老太消停了一阵，毕竟还指着人家肚子传宗接代呢，甚至还伺候白娘娘坐了小月子。可不知怎么回事，第二个孩子也莫名其妙流产了。这瞎眼老太太偷偷抹了好几把眼泪，背地里骂自己儿媳妇是"不会下蛋的母鸡"，如果她再不给家里续上香火，就让儿子休了她再娶，三只脚的蛤蟆不好找，两条腿的女人只要有钱还不好找嘛！他们家可不养吃闲饭的。

白娘娘的肚子还算争气，坐完小月子没多久就又怀上了，所以阿三才叫阿三。这回大家都小心伺候着，熬过危险的头三个月，总算稳定了。可这老太太突然眼疾复发，疼痛难忍，家里攒下的那点钱，又是盖房子，又是租地的，所剩无几。阿三他爹知道，自己媳妇手上还有一点首饰，具体多少不知道，只晓得是当初谢夫人看她多年尽心伺候的份上贴补的一点嫁妆。阿三他爹为给自己老娘看病，就打起了那些首饰的主意。可白娘娘不舍得拿出来，这段时间，她早就想明白了，她在这个家是一点地位都没有，他那丈夫是个孝顺儿子，但对自己可不怎么好。要是不留点私房钱防身，以后说不定连生孩子的钱都没有。她死活不肯拿出来，为此差点没被阿三他爹打死。阿三他爹是个下手没轻重的，要不是肚子里怀着阿三，估计白娘娘那条命早没了。

最终架不住拳打脚踢，白娘娘还是将首饰给了阿三他爹，让他去当铺换钱拿药。现在看来，这在大户人家当过丫鬟的人，花花肠子就是多。当初是演了一出苦肉计，早就收好了几件贵重的，最后表现得像是忍不住挨打，全交了，让人一点怀疑都没有。要不，如今怎么有钱给自己这个瘸脚儿子娶媳妇呢。

瞎眼老太太早年在外乞讨，营养之类的根本不在生存考虑的范围之内，活着是基本诉求。年纪上去后，各种早年埋下的隐患就全面爆发了，还是个连环炮。炸得阿三他爹娘措手不及，溃不成军。病来如山倒，还是一面倒，缠绵病榻，苟延残喘，久病床前无孝子，阿三他爹再孝顺，也禁不起花钱如流水。儿女对父母的情分终究比不上父母对儿女的无私，家里米缸见了底，瞎眼老太太的药也就停了。一阵划破天际的哭喊声响彻云霄，回荡在尉家村的上空，瞎眼老太太正式告别历史舞台。人不知道是几点走的，有些僵硬。阿三他爹摸着自己老娘已经冰凉的尸体，怪自己昨夜没守在床前，早上出门前想去打声招呼，结果喊半天都没动静，才知大事不妙。回想过去种种，一个大男人哭得那叫一个伤心，真是闻者伤心，听者落泪。再说阿三那媳妇白娘娘，挺着大肚子，披麻戴孝，孝子贤孙的装束。阿三他爹觉得自己老娘生前吃了太多的苦，死后一定要风光大葬，他根本没想过自己的媳妇敢藏私房钱，放眼全村，就只有地主尉少明家有这个能力能帮自己将这场丧事办得体面。在街坊四邻围过来凑热闹之前，阿三他爹连泪都没来得及抹一把，就走向了隔壁。

4

那会儿少明家是他娘当家了，千年的媳妇熬成婆，当年新媳妇没少在婆婆底下受屈辱，嫁给少明他爹头三年，连生两个女孩，差点没让婆婆给休了。后来又连怀几个女孩，据说一生下来看是女孩，不是将孩子直接扔马桶淹死就是扔桥洞头了。很多年以后，听老一辈的人提起往事，都说当年在河边见过几次，当然，也不全是少明一家的。老太太也不是没动过给儿子娶小的心思，只是这一算计，万一娶来的又光生赔钱货，岂不是不合算。况且他那个宝贝儿子别的没学会，吃喝嫖赌无一不沾，良家、非良家的也没少招惹。老太太心里算盘珠子一扒拉，要是哪个怀了，给老尉家添上个大胖孙子，得孙子又不用花聘礼钱，岂不合算。自然，少明娘那些年肚子倒也没闲着，老太太总想着下一个也许就是孙子了。少明娘虽说命苦但也还算有福，十几岁一直生到三十出头，总算生下这么一个儿子，当然宝贝得紧。

少明他爹当年也没少在外面拈花惹草，有时候喝多了回来还对她拳打脚踢，她都忍气吞声。后来少明他爹不知怎么就一直咳嗽，最终发展成肺痨，身体转弱了那些事也就消停了。少明家在他爷爷手里时可谓家境殷实，而他娘原本也算是大户人家出身，只可惜家道中落，到她那一辈早就是空架子了，当初就是靠一花架子唬人，嫁过来之后，婆家一看嫁妆，亏大了，不仅没得好处，她娘家这些年都偶尔要靠婆家这边时不时接济一下，所以这婆家再凶恶她也不敢有离开之心。原先只当是强强联合，后来却是多几张嘴吃他家的饭，少明家自然是没好脸色。而这大少爷生性风流，家里好看的丫鬟就没有逃出他掌心的，村里的寡妇少妇也有不少和他有一腿，家里老太太只求有孙子为他们家承继香火，对于儿子的荒唐事则听之任之。少明他娘虽然敢怒不敢言，但背地里的手段却也是毒辣的。这大户人家出身的人，虽然秉承女子无才便是德的古训，但这阴损的手段却是无师自通的。自己老公外面那么多风流债，谁知道哪个女人肚皮争气，就往家给领上一个孩子，到那时，她只有卷铺盖走人的份。

家里的丫鬟自然是逃不过她的掌心的，轻则喂个红花，管你怀没怀上，反正扼杀在摇篮里；重则寻个错处，木棍伺候，可劲了往肚子处招呼。那外面的可咋管呢？据说她给寻了个江湖郎中，特制了一些药丸，平时偷偷掺入他的饮食，而在与她行房的日子里，她就给喂食另外一味药剂。只是这方法也不能确保万无一失。总不能事事先通知吧，有时候这丈夫来了兴致，说来就来，没喝"解药"，就白丁了；有时候喂了"解药"，人家没兴致，也就白忙了。农村向来不缺闲话，只是这话的真实成分谁也没有去考量的兴致，说的只图痛快,听的只图乐呵,添油加醋,常说常新,常说常乐罢了。

据说,阿三他奶奶年轻时,那漂亮是出了名的,惹得多少人眼馋。刚嫁过来那会儿,她卧室外的墙根下天天晚上围不少人,是男人口中乐此不疲的谈资。虽然跟少明他爹差着一个辈分,按规矩人家得叫上一声婶婶,可她年纪却要小上好几岁。她刚嫁过来那会儿,少明他爹已经娶比自己大上几岁的大盘子脸媳妇好几年了。再多的知书达理也比不上人家那不盈一握的纤腰,白皙的皮肤,精致的五官以及那晚上让人血脉贲张的呻吟声……半夜听着墙根,回家对着自己那不解风情的胖媳妇,那贼心就开始"噌噌噌"往上涨……虽说祖上是一家,但到了阿三他爷爷这一代,经济条件已然是天壤之别了。人家高屋大院,丫鬟仆人,他家却只有当仆人的份,每天靠着人家给的工钱过日子。这比自己略大上几岁的叔叔以前没钱娶不上媳妇,挣着他们家的工钱,攒够钱才托人买了个媳妇,结果竟是这样标致,难道真是傻人有傻福?打了这么多年光棍,竟然得了这么个年轻漂亮的媳妇,他那岁数,当人家的爹都绰绰有余,真是糟蹋。他越想越觉得不服气,家财万贯不敌人家有如花美眷来得舒心。嘴上客气地叫着婶子,心里想的是人家的身子。这种事吧,一个巴掌还真拍不响,人家即使有贼心,始终没壮起贼胆。虽然少明他娘肚子不争气,但好歹还是生了,可阿三他奶奶呢,连个蛋也不下,好在人家没婆婆,要是丈夫不嫌弃也就无所谓。但阿三他爷爷是个大老粗,人家可欣赏不来那美,只道是好饭好菜养了个废物,等到三年过去肚子还没啥动静,人就急了。拳打脚踢,饿上两顿也是常有的事,那张我见犹怜的小脸上时常挂着几滴泪珠,让人看得心疼不已,这心疼之人里,自然有少明他爹。总是找个借口,时不时路过一下,仗着这层亲戚关系,问候几声,那叫一个嘘寒问暖,柔情蜜意。

秃子头上的虱子,明摆着的意思,谁都懂,只是这窗户纸没捅破罢了。阿三他奶奶当年从外地逃荒来到尉家村附近,为了有口饱饭,早已几经人手,男人那点花花肠子,早就摸透了,只可惜自己的丈夫是根木头,根本不解风情,自己那点本事没用武之地。这备受丈夫冷落的婶婶享受着来自侄儿的关心,而这贼心不死的侄儿也窥探着这可乘之机。村子小,风言风语传得快，女人都当她是狐狸精，生怕自己丈夫惦记着，男人都嫉妒别的男人捷足先登，这话自然也很快传到少明他娘的耳朵里。这个刚淹死了一个女儿的女人，心里发着狠，在家坐月子也不得安生，但是为了再怀孕，她不敢轻举妄动，伤了自己的身子，小不忍则乱大谋，暗地里咬牙切齿，忍气吞声，直发誓出了月子，要给那女人好看。

这流言蜚语传到当事人耳朵里，那就不是一回事了。少明他奶奶顶多也就是警告一下儿子别乱来，不过万一人家真能给他们家生个孙子，她其实也乐见其成，只是这名声上不大好听，但老话都说不孝有三，无后为大，只要是她儿子的种，她才不管孩子她妈是谁。当然，阿三他爷爷也听到了外面的传言，他不能拿东家怎么样，只能不分青红皂白地回家暴揍一顿媳妇，将她反锁在家里，饿上三天。少明他爹在女人这件事上，那绝对是个人精，他碰过的女人没有三十个也有二十个，就是没给自己家整出个儿子来。一看这节奏，就知道自己心心念念的那点事，这回算是水到渠成了。他借收外债之名，将阿三他爷爷派遣到别的村，而且威胁说，这回收不来债租，就只能辞退他了。这一来一回至少也得四天的脚程。人前脚一走，他后脚就带着好饭好菜敲开了人家的门，饭没吃饱，就已经把人家压在床上了。婊子遇嫖客，旗鼓相当，三天没下了床。

据说两人偷情都被逮了好几回，但谁都拿这两人没办法，钱多的连底气都足。为方便两人偷情，他还时不时寻个由头把阿三他爷爷外派几天，虽然阿三他爷爷心里明白怎么回事，但为了生计，只能是哑巴吃黄连。不过他也不傻，自从自家女人跟侄儿有事之后，钱财上倒是宽裕不少，他也有自己的小算盘，这只不会下蛋的母鸡，谁稀罕谁要去，只要钱给得足，自己再娶房媳妇也是可以的。睁只眼闭只眼，这么过呗。两人更是肆无忌惮，有一次，还被少明他娘堵床上了，可这女人连吭都不敢吭一声，默默退了出去，敢怒不敢言。要不，少明他娘这么恨这瞎眼老太呢！家花自然没有野花香，伦理纲常暂且放到一边，生活就这么愉快地进行着。直到半年后，野花宣布怀孕。但这孩子究竟是谁的，连孩子娘都不敢确认，总不至于等孩子生下来再来一场荒唐的滴血验亲吧。这时，少明他奶奶显示出了一个当家主母的魄力以及智慧——沉默。她心里有着自己的算计：第一，这孩子是他们叔侄俩谁的还不知道呢；第二，是男是女都不知道，女孩子他老尉家可不缺，不稀罕；第三，能不能保住还不知道。综合以上因素，沉默是金。

原本阿三他奶奶想着自己有百分之二十五的概率改善现有生活，当然这是基于生了男孩，又是地主家的种，再是人家连孩子带人都要，但这概率显然低于百分之二十五。而且她忘了算，偷和娶可不是一回事。可阿三他奶奶此刻却做着美梦，有机会总比没机会强。这种显露于脸上的喜悦自然是有人觉得碍眼的。所以在怀孕三个月后的某一天晚上，事先未有任何征兆，一床的鲜血破坏了她所有的美梦。绞痛让她清醒，然后陷入昏迷。捡回了命，丢了孩子。这个世界沉默得容不下她的眼泪，也容不得她的幼稚。她觉得自己怎么会傻到以为孩子可以平安生下来呢，还是一个没有身份，但却有可能威胁到别人的孩子。一个容不得明晃晃的绿帽子，一个舍不得自己的半张床。所以这出戏，一定是那其中一个导演的，甚至是两人联手合作。

血的教训有时候不是告诉一个人收敛，而是报复。好不容易买的老婆，阿三他爷爷也不舍得让她死，况且还指着她赚钱呢。找郎中来看，抓几服药煎了喂下。逃荒路上什么苦没受过，只要不饿死，她就什么都不怕。流个产而已，死不了人，养几天就好。出了月子，她又跟少明他爹眉来眼去，甚至变本加厉，看样子是企图再怀上一个。日子又这么过了一年，阿三他奶奶宣告再度怀孕，只是她小心地将这个消息隐瞒到三个月后才说，但是这次她很确定这孩子是自己丈夫的，因为她明显地感觉到少明他爹有点力不从心，年纪比自己男人还小上几岁，做爱却大不如前了。得不到满足的她就往丈夫处寻求慰藉，所以当郎中告诉她怀孕一个月时，她就确认这是丈夫的孩子，因为她跟少明他爹最近那一次偷欢的第五天，自己就来了月事。但她决心要将这孩子算在人家头上，所以她拿出私房钱封了郎中的口，让她的怀孕时间变得合理。

当她挺着三个月孕肚，在人前耀武扬威的时候，少明他娘也宣布再度怀孕。阿三他奶奶顿时倍感压力，只求自己一索得男，艰难地熬过冬天，在春暖花开的季节，大地迎来一个男孩响亮的啼哭，听到产婆说"带把的"那瞬间，她放心地晕了过去。少明他奶奶一听是个男的，还是有些激动，但说到底还是怀疑那个女人的品性，再说这孩子的产期和儿子跟她说的时间有那么一点出入。她摁住儿子不作任何回应，只等自己的儿媳临盆。事关重大，宁可遗落，不可枉认，以免家产落入外人之手。

5

初夏的那个午后，另一个男孩的啼哭惊起了池塘边嬉戏的鸭群。当家主母，沉稳了大半辈子的地主婆，热泪盈眶，直道是祖上显灵，终于可以给祖宗有个交代了。少明他奶奶匆匆挪着小脚，跨进产房，准备看一眼自己的宝贝孙子，却激动地被门槛绊倒，直直倒了下去，自此再也没有起来。喜事丧事一块办，新晋的当家主母瞬间就觉得晦气。自己嫁到这个家多少年，就在这个老太婆底下受了多少年的气，除了谩骂甚至还有殴打。如今好不容易儿子出生，正是自己扬眉吐气的时候，她还给自己来这么一出，像是自己的儿子克着她似的。要真克，那也是克得好。这么一想，心里甭提多痛快。如今自己生了儿子，也就意味着那个女人的孩子已经不足为惧。还有自己那色鬼男人，现在女人就是脱光站在他面前，他也怕是有心无力。当初，那个走街串巷的江湖郎中给的药，说是对人身体有害，让她慎重。一开始其实她也犹豫过，后来看他不知收敛，甚至变本加厉，所以也就顾不上那么多了，现如今少明他爹的身体真是一天不如一天，每天咳得像是要把肺给咳出来似的。不过如今当家做主的还是少明他爹，听人说抽大烟能缓解他的咳嗽，于是托人买来烟土，到后来烟瘾越来越大，差不多每天都要吸上好几口。这是个烧钱的玩意儿，少明他娘在娘家的时候就没少听说过这东西害人倾家荡产的事。她得为自己儿子留点家产，不能让这败家玩意全给折腾完了。也就是从那个时候开始，她留心学着管家，学着看账本，她读过书，他们这份家业也算不得多大，持家之道并不难。但房契、地契、古董这些值钱的都被少明他爹紧紧地攥在手里，她能做的也就是减缓资产的流失，撑到儿子长大成人，好让他接手家业。

这个时候的少明娘已然是胜利者的姿态，似乎谁都想不起他们家隔壁还有一个女人和一个孩子。阿三的奶奶眼看一切无望，只得跟自己丈夫一再保证孩子是他的，但这个男人却一直持怀疑态度，直到后来孩子越来越像自己才有所相信，且手上没有足够的钱，再娶一房的心思也不得已落了空。虽然阿三的爷爷觉得只有再生一个才更靠谱，但是任凭他怎么努力，女人的肚子就是没有动静，所以直到死，他都觉得自家的香火应该是断送在他手里了，死不瞑目。阿三他爷爷死于一次意外，一个雷雨天气，他从外面赶回来，一道闪电伴随着一声响雷，一棵树被劈倒在眼前，他躲过了雷劈，却偏偏被树活活压死了。一个女人带着一个孩子，又没有营生，还被这方圆几公里范围内最富有的地主婆痛恨着。她想去求少明他爹，希望他看在往日的情分上，多少帮衬一把，可是最终连门都没进去就被人赶出来了，她不知道那个男人如今已自顾不暇。

等到家里已然揭不开锅，她才意识到自己又陷入当初那种最可怕的饥饿。她能想到的唯一办法就是拿自己的身体去交换，刚开始是要钱，到后来是谁能给把米，她就任人蹂躏。就靠着这么个营生养着儿子，两三年过去了，娘俩没饿死，却被这方圆几里的女人嫉恨着。女人们就是如此，丈夫对自己不忠，怪的不是男人而是另一个女人。终于有一天，一个女人冲上门来，对着她的脸就是一刀，伤口从右眼处一直开到鼻翼处。一刀毁了她的营生，也让她失去了一只眼的视力。没有了漂亮脸蛋的女人，从此有了另外一个贴切的称呼：瞎婆娘。这一刀砍出了方圆几里地女人的痛快，也砍没了阿三他奶奶在这里的活路。男人连看一眼都觉得恐怖，谁还会愿意花钱在她身上找乐子，还要受尽女人们的唾弃。最后，这个地方实在待不下去，她才带着儿子出走。人家当初要不是毁了容，何愁找不到丈夫，给自己儿子找个便宜老子，何至于一路乞讨才把儿子养大。也不知道这人到底是怎么想的，最后竟然还有脸带着儿子回来，就跟以前的一切没发生过似的。他们出走时，阿三爹还不大记事，当初回来时，村里那些女人看自己娘的眼神确实有些复杂，有鄙夷，有不屑，有愤恨，唯独没有同情。后来闲言碎语的听了那么几耳朵，只知道自己娘做过见不得人的营生，原本觉得丢人，但转念一想，她当初是为了养活自己才不得已为之的，又瞬间转变了态度。农村就是一个小世界，谁家没几件见不得人的事。兔子吃窝边草的事多了去了，一样相安无事，顿时又释然了，反倒觉得自己娘为了自己吃了那么多苦，应该更加孝顺才是。

如今瞎婆娘这么无声无息地死了，少明的娘心里那是一阵痛快，但好像心里又有点缺失什么的感觉。斗了那么多年，自己占据上风才几年，对手就这么没了。家里那老不死的也只剩半条命，这守财奴的本性倒是一点没含糊，死活攥着家产不放手，只有烟土断货，才会拿出一点让她去换鸦片，她每次从中贪污那么一点。现如今这家基本就剩点空壳，下人能辞退的都辞退了。祖宗基业好歹得给儿子留点，要不然他以后怎么过。说起这尉少明，跟阿三他爹同岁，阿三他爹回来的时候是个壮小伙，黝黑的脸庞有他爹当年的风采。但少明却长得一副少年脸，唇红齿白，连根胡须都不长，而且腿脚天生残疾，根本无法正常行走。两脚内八，两膝盖相对，走路时膝盖左右交错缓行，要不是仗着生在殷实人家，估计早就饿死了，毕竟地里什么活也没法干。虽说少明的爹还在世，但自从他吸上鸦片，在外当家做主的人就已然是少明的娘了，只可惜有权无钱。

阿三他爹起初不清楚两家当年的那段恩怨，毕竟谁也不想得罪地主婆。原想着本家亲人，算得远亲更是近邻，如今他们家有难处，来跟这借点钱周转一下，况且又是自己娘的丧事，按辈分上算，还得说是长辈过世，怎么也能借上一点的。少明他爹是个大烟鬼，虚弱得连门都不出，人们似乎也早已忘记这个人的存在。只有烟瘾犯了，他才有抬一下眼皮的毅力，家底所剩无几，但只要保证他的烟土供应，其他的一切都不重要。瞎眼老太过世后，少明的娘特意踏进那间暗无天日的房间告知他，她不知道他有没有抬一下眼皮，安静的世界里只有他此起彼伏的咳嗽声，不把肺咳出来誓不罢休的坚定，除此之外，这个世界的一切已与他无关，他慢慢也将跟这个世界无关，女人似乎很笃定地点了一下头，退出去。她也不知道自己为什么要去说，但是听到消息，她还是忍不住回想起当年的那些事，突然就好奇那个大烟鬼还有没有点人性残留。

阿三他爹来到少明家，刚想开口说正题。少明娘就抢先开口说道："大兄弟，事情我听说了，人死不能复生，节哀顺变。你娘苦了半辈子，依着我们两家的关系，按理说肯定是要帮忙的。但是你知道，你哥他这些年身体不济，靠着大烟才能挨到今天。你也是在外面见过世面的，不用我说也知道，沾上那东西，金山银山都经不住抽，何况就咱家那点家底。外面那些地，都进了当铺，说是能赎回，但谁不知道基本就是死当。你看看我们这个家，如今哪儿还有之前的风光，现在就剩下个烧火的老妈子和伺候你哥的一个丫鬟，那是没办法才留下的，可下个月付不付得起工钱都不知道呢。还有件事，我都不知道怎么跟你开口。"少明他娘面露难色。

阿三他爹顺着话头接到："嫂子请说。"

"那个，那个……你们家租的那两块地啊，前几天被你哥给卖了换烟土，我拦都拦不住，你们家刚出这么大事，我还……唉，实在对不住啊。人家月底就要来收地，只是，只是，只是这种上的庄稼怕是到月底也成熟不了，按之前的规定，地卖给人家，上面种的也是人家的，不知道他们肯不肯到时候给你们一半，且得你们自己商量。我知道是我们对不住你们，所以之前你们赊的租子钱就免了，算是给你们的补偿，也算我们给婶子尽点孝心。"说着还抬起衣袖抹了一把泪。

阿三他爹一听，人家也确实有难处。屋漏偏逢连夜雨，眼看这下个月稻子要熟，这个月地就不属于他了，这万一人家到时候收了地，不肯给他稻子，他连说理的地方都没。垂头丧气地从村口回到家，人们似乎忙得连凑热闹的兴致都没，家里依旧冷冷清清。

白娘娘见自己男人垂头丧气地回来，就知道没借到钱。但她还是假惺惺说道："人家不肯借钱啊？再想想办法吧。娘苦了一辈子，把你拉扯大不容易，活着没过上好日子，死了不能让她走那么冷清。"阿三他爹抬头，看了自己女人一眼，重重地点了一下头，女人的话显然很是受用。但一想到钱，他又低下了头，狠狠咬着嘴唇。

"要不去跟别家借点，今年我看家里稻子收成不错，到时候我们可以卖点米还钱。"一听女人这么说，原本坐在那的阿三他爹的头更低了，简直要埋进自己的裤裆。他不知道该怎么跟她说，他们家的现状。

巧妇难为无米之炊。没钱的人家连亲戚朋友都没有，来奔丧吃豆腐饭的亲戚寥寥无几。迫于现实，阿三他爹最终还是妥协了。风光大葬改为草席裹尸，请了四个村里的壮汉来抬"棺"，这种事村里人倒向来是互相帮助的。四人抬起放在门板上的尸体，又将"棺"转了一百八十度方向，尸体脚朝外。那瞬间，白娘娘的心忽然觉得前所未有的舒服。按村里的风俗，人死后，棺材转个方向送出门，就代表出了这个门不再回来。这时候的她用手帕假意擦泪来掩饰自己不由自主上扬的嘴角。阿三他爹拿起碎瓦片砸在石块上，一声脆响之后，孝子贤孙痛哭流涕。阿三他爹手捧自己老娘生前请人画好的遗像走在前头。阿三他娘挺着大肚，跟在后面，深深呼了一口气。一个显得有些静悄悄的队伍就这么走向村里的坟地。幸亏，那时的墓地不用钱。

一个土坑埋葬了这个村当年的风云人物，静悄悄的。

经过协商，新"地主"同意给阿三他爹三袋谷子以弥补他的损失。没了地，没了存款，放着即将临盆的妻子，阿三他爹再次走上打工的人生旅程。白娘娘这次的表现让他很感动，依依不舍地告别。回来时坐船，顺流而下，如今再去，路上足足走了四天，才终于再次来到谢府。虽然他大字不识几个，但是那看了几年牌匾上的字不一样了，这点区别他还是分得出来的。他鼓起勇气敲开那扇熟悉的大门，出来的却不是他熟悉的人。

原来他走后没多久，家大业大的谢老爷不知怎的就被抢匪给盯上了，谢老爷从不出远门，可谓是小心翼翼，可外面的世道那也是真叫一个乱，军阀割据，谁也不服谁。狗急了也跳墙，估计是那帮匪徒穷疯了，盯了几天梢，摸清谢老爷的行动范围，在谢老爷去店铺巡查回来的路上将他强掳了去。谢家按着要求递上赎金，几乎是他的大半个身家，但最终只落得人财两空。谢大人生怕家人再遭不测，变卖了这座院子，将所剩店铺都盘出去，带人回了自己娘家。阿三他爹一听，唏嘘不已。又顿感自己前途渺茫，不知道该往哪给自己找个营生。

下过雨的江南，空气清新，一路的风尘都被清洗。阿三他爹静静地仰望天空，觉得很迷茫，天大地大，何处是他的落脚处。他退下台阶，转身对着天跪下，重重地磕下三个头，算是告慰谢老爷了。他紧一紧脚上的草鞋，拢了拢肩上的包袱，起身往前，寻找他的漫漫前途。

后来，阿三他爹发生了什么没人知道。自那次走后，他就再也没回过尉家村，也没有往家寄过一分钱，所以阿三从来没有见过他爹，而他娘也自此只当他男人死了。

阿三的腿不是天生残疾，但也可以说是天生的，因为他一天没享受过正常行走的待遇。他是早产儿，原本那天早上，白娘娘在他们家风光时自己花钱铺的桥堍头洗衣服，洗完端着木桶往回走。谁知道日子久了，那石块上尽是青苔。脚一滑一屁股坐下，当时倒也没觉得不适。坐一会儿缓过劲来就往家慢慢走。结果不到半天，腹痛如绞，因为离预产期还有大半个月，白娘娘还没来得及请产婆，家里又没有个人在，等她痛得扶着墙往屋外走的时候，她的棉裤已经被羊水浸透，还混杂着血水，甚是吓人。还好是个中午，都是从地里干完活回家来吃饭的人，人来人往的，总算救回了两条命。只可惜胎位不正，脚先出来，难产之症，保大人还是保小孩，家里也没个做主的。原本想塞回去让孩子再倒个个，只听得白娘娘嘴里断断续续念着"救救我"。产婆一想也对，况且救大的才能有辛苦费。于是，她一使劲，大概劲使大了，一条腿卡住受了伤，家里没人帮助看着，反正产婆说是有可能天生如此，要不是她经验丰富，孩子可能手脚都得撕下来，甚至一尸两命。阿三他娘不仅不能质疑，还得千恩万谢。这理哪说去呢。

这个家族里目前最小辈的两个，腿竟然都有问题。闲言碎语也就流传着：肯定是祖上造孽，都报应到子孙后代身上了。本来就有仇富心理，如今又有了更好的说头。只是阿三显得有些无辜。

少明他爹在阿三他爹外出的那年年底一命呜呼了，谣传说是地主婆给他买假烟土，被活活给害死了，据有些有幸瞻仰过的人说，死不瞑目。瘦死的骆驼比马大，人家到底还是有钱，丧事办得体面风光，谣言也好，真话也罢,反正谁也管不了。尉家村的日子在少明他爹锣鼓喧天、吹吹打打、热闹非凡的送葬仪式中恢复宁静。忙碌一年的农民,终于在这个寒冬有时间坐下来直一直自己的腰,再苦再累,迎接新的一年,企盼来年风调雨顺。

<h1 style="text-align:center">6</h1>

瘸脚阿三的名号不知道何时就落到了那个小孩身上,他的大名叫什么,大家好像都有些想不起来,毕竟这个名字更加朗朗上口。瘸脚只是为了区别其他的阿三,当然,没人敢叫瘸脚少明。尉家村那会儿孩子易早夭,名字取得越贱越好养活。白娘娘就这么一个宝贝儿子,可不得小心呵护着呀。

有道是:寡妇门前是非多。等到阿三一瘸一拐,拄着单拐,摇摇晃晃学会走路时,他连他爹的影子都没见过,大家就认定他们成了孤儿寡母。老话说,饱暖思淫欲,但很多男人只要饿不死好像就能想起裤裆里的那点事。村里那些想趁机揩点油水的男人时不时就路过门口,探头探脑,长此以往是是非非就多了。这白娘娘可是在外面见过世面的,虽然跟孩子爹已没什么感情,也不曾想过要替那个男人守寡守节。只是这农村的粗鄙农夫她实在看不上眼。那些年,她多少也听到一些自己婆婆当年的风流韵事,女人堆里不缺八卦,她知道的只怕比自己男人还多。她不想因为自己不检点的行为,让儿子在村里抬不起头来。虽然他天生残疾,但聪明伶俐,比别的孩子都早开口说话,不仅会说村里土话,还跟着自己学会了官话,在这村里只有少明和几个上过学的孩子才会,只怕将来会比那个酸秀才文博还有学问。况且自己还有点私房钱,好好经营也够养活娘俩了,何苦为自己找个男人去伺候呢。

白娘娘跟她婆婆不一样,经过之前的事,她觉得租地是没有保证的,财产只有完全掌握在自己手上才能算是自己的。她一口气购入了村里几亩还算肥沃的水田和旱地,一出手就把村里人给震了,大家都不知道这个不声不响在村里生活那么多年的外来女人原来这么有钱,回想过去种种,觉得这女人绝不能小觑。自此也没人敢在她面前过于放肆。白娘娘自己不谙农事生产,就一心照顾儿子,田地里的农事,有钱自然可以找人干活。俨然是一户新近崛起的小富之家。

少明家现也是少明的娘当家做主,都带着腿脚有疾的儿子过活,命运竟是如此相似,但两人却没有半点惺惺相惜之感。只是少明早在阿三他爹当年带着媳妇回村前就结了婚,虽说腿脚不便,但殷实之家,婚事从来不是问题。甚至连聘礼钱也没花,算得上精明能干。原来,少明娘担心将来找个媳妇跟自己不是一条心,所以当初知道自己儿子的腿疾无法治愈,而且将来甚至有瘫痪的可能的时候,她就从外村领养了一个尚在襁褓中的女孩,当童养媳养大。女孩名唤少英,十五岁那年初潮一来,地主婆就张罗着办婚事。这不,结婚也好多年了,可儿媳妇的肚子一点动静都没有。当年在婆婆手底下熬过来的日子,是何其痛苦,如今自己当上婆婆,不仅不同情儿媳妇,手上的手段竟然只多不少。好歹也养她十多年,不比外嫁进来的,说话自不必客气避讳,连房事也问得清清楚楚,后来甚至还去找个窑姐来家,让儿媳观摩人家和自己丈夫上床,羞得少英几天都抬不起头见人。等到阿三都出生了,少英的肚子都没动静,少明娘有点急了,甚至是病急乱投医。少英药没少喝,少明也没少跟别的女人行苟且之事,少明跟他爹不同,地主婆此举弄得他开始对房事反感厌恶。几年过去,少明娘虽然不想承认,但她也意识到问题也许出在自己儿子身上。自己的儿子如今已经二十多岁,可唇角周围却是白皙光滑,如同女人一般,男人的胡须在他脸上毫无踪迹可寻。

虽然心里有了认定,却不敢找郎中证实,一旦有实证,少明没有子嗣,继承他家的便是那个瘸脚阿三了,自己熬了那么多年,怎么能便宜那个瞎眼婆一家。地主婆终于做出一个重大决定:借种。是谁的血脉不重要,只要别人不知道。她的儿子不就是这么回事,别人都当是那老东西的种,连她婆婆都没发现,那是自己跟长工借的种,要不是自己计划周密,这家现在谁当还真不知道呢。

地主婆找了个借口，支走儿子，备上好酒好菜去隔壁村找了个光棍。有吃有喝还有钱拿，甚至还可以……有这等好事，人家又何乐而不为呢？地主婆看中那个光棍的原因就是人家舌头受过伤，现在是个哑巴，这样就能守住秘密了。只可惜了这少英，含着泪默默接受这样的羞辱，半点不敢反抗。这人好不容易开个荤，少英被折磨得连起身的力气都没有，地主婆对此却很满意，心道：好歹没浪费了这个钱。

只是这一切人算不如天算，人事做尽，老天爷就是不让人如愿。可地主婆不死心，又差人去买酒菜，少英看着她准备的一切，就知道噩梦要再次来临，跪下拉着婆婆的衣角，求她不要这样对自己。地主婆见四下无人，狠狠甩了一下衣袖，斥道："你以为我想这样，你要想在这家继续吃好的穿暖的就给我好好听话，要是不照着我说的做，你就准备滚出这个家，我家的米饭不养没用的闲人。"

少英还想反驳："可这……这要是有了，也不是咱家的骨血啊，祖宗面前怎么交代啊。"

地主婆瞥了一眼跪着的儿媳，不屑道："要不是我儿子的问题，你以为你还能留在这个家吗？从你肚子里生出来的，只要你嘴巴严，谁又敢说不是呢。这家的祖宗要是真能显灵，我还能好好活着嘛！"少英错愕地看着自己的婆婆，她明白了什么，但又有些不可置信。

婆婆斥道："意思听懂了就行，凡事不用都说透的。明白就行。我警告你，别犯傻。你出了这个门就得饿死，你信不信？"少英紧紧咬着嘴唇，点了点头。

后来少英终于怀孕，可惜头胎生了个女孩，地主婆显然不满意。她在乎的只有孙子，少英越来越呆滞的眼神她选择忽略。后来她又假借走亲戚，带着儿媳出了趟远门，事先已在那里找好了人，听说那男人的老婆一连生了六个男孩。虽然那会儿地主婆根本不懂生男生女是男人决定的，但她觉得多点选择多点机会，她不介意自己的儿媳跟几个人借种，但他们家也不想养闲人，所以生儿子的机会越大越好。买通那个男人，一连几天的蹂躏，自此少英的眼神已经完全呆滞无神，原本就话少的人现在连话都没了。这种痛苦的折磨在这一次以后终于结束了，她终于在那个冬天如婆婆所愿生下一个健康的男婴。可她的苦难却并没有因此而结束，只是换了一种方式进行罢了。

这个村子的日子似乎恢复了暂时的平静。春天来临，燕子们又回到尉家村寻找它们的旧家，屋檐上保留着的碗状小窝，是尉家村人的宽容。明年，它们还会回来吗？

7

有道是：天灾人祸。农民靠天吃饭，那是少英生下儿子福祥后的第二年，那年突然上半年涝，下半年旱，清楚分界，庄稼收成不好，听说方圆几十公里的状况都不太好。本来是蚕宝宝口粮的桑叶也成了人们的口粮，肚子都填不饱，谁还会种桑养蚕。虽说算不上饿殍遍野，但是外出乞讨的人越来越多。

少明家将长工全部辞退，真是连地主家都快没有余粮了，更何况是其他农户呢，一时间哀鸿遍野，外出乞讨的人数瞬间多了不少。天气异常，连瘟疫都跑出来凑热闹。一时间整个村子里丧事不断，死了不少人，新起的坟包屡见不鲜。外出逃难的人也是前赴后继，其实外面的世界也并不见得如何，但只要有一线生机还是要去试试，原本人丁就不兴旺的尉家村变得静悄悄的。连地主婆也决定带着全副家当逃往娘家躲避灾祸。以防万一，她决定留下有些犯了痴傻的儿媳少英看家，免得让外人趁机侵占了他们的房子。其实地主婆是觉得带着累赘，不想管她死活。少英傻傻地看着家，生下儿子后，刚开始因为要乳孩子，还能吃个饱饭，等孩子断了奶，她的用处似乎就没了，没日没夜在地里干活，不仅不用付工钱，还可以尽情使唤。辞退了长工，她就彻底沦为下人，连吃饭都没机会上桌，只配吃残羹冷炙，连喝稀饭时，也都是他们先盛好了,剩下的几粒米加一勺清水才是她的。这点吃的根本不管饱,还成天嫌她吃得多。少英成天一声不吭,埋头干活。现如今被留下,根本就是想让她自生自灭。地主婆走时就给她留下了一点粮食,都不知道能挨几日。

阿三他娘舍不得自己好不容易得来的那点田地,不肯走,说到底也是无亲可投,这会儿阿三也已经长到八岁了,样子像极了他那失踪多年的爹,但显然比他爹聪明伶俐许多,前两年被送到小镇上的学堂读书识字去了。白娘娘托人给儿子捎去口信,让他千万不要回来。

那个年是尉家村人记忆里有史以来过得最为冷清的一次,能逃的都逃了,一时之间,村子里静得连个鸡鸣、犬吠声都没有。没有了烟花爆竹,没有了春联横幅,就着西北风,带着天上飘落的雪花,静静地跨入了新的一年。

春天的尉家村一片萧瑟,北风吹得哪哪都响。有人在家的那几户紧闭的大门在一点点打开,这代表他们又熬过了一年。谁也没有多余的精力去关心隔壁人家发生了什么。等到春暖花开,庄稼地里又是绿油油的一片,逃荒的人陆续回来。有相逢的喜悦也有惊吓,推开门的那一瞬发现自己家多了一个死人那也是有的,毕竟留下的多是些老弱病残。少英的尸体就是在少明他们回来时才被发现的,冬天的尸首有一个好:天冷不易腐烂。不知道她有没有熬过年,有没有长一岁,只是那一刻她就这么直挺挺地躺在灶间。天冷的时候,烧火的灶头间是最暖和的。锅里沾了几粒米,看上面印有的锅巴线痕迹,竟然一次就煮了那么多,几乎是当时他们给她留下的一小半口粮。地主婆一眼就认定自己的儿媳妇是活活撑死的,在这么一个饥寒交迫的时候,她竟然一点都不知道过日子,他们给她留了这么多粮食,她就给糟蹋了。地主婆看着那锅凝结着的干冷米粒所流出的心疼绝对比看着少英时更甚。

她怎么会撑死?

很多年后,阿金在听伯母讲起这个"故事"的时候,她反问道。伯母告诉她,那时候的少英为人有些痴傻了,其实地主婆走时留的那点口粮也就够几天,少英那些年是饿怕了,多少年没见过白米饭,但是撑死她的不是米饭而是黄豆。少英在家里的角落发现了一小袋子发了霉的黄豆,许是被遗忘的。再傻也具备生存的本能,她淘了淘,煮下。饿是件很可怕的事,现在的阿金深有体会。一点食物可以维系她的生命,但肚子永远是饿的,大量地喝水,然后每天尽量睡觉。少英每天的活动范围就在灶间,那地主婆就给她剩了一床透光的破棉絮,是诚心没让她活,她每天捂在稻草堆里,依旧瑟瑟发抖。伯母说,那会儿每个人都水肿,却拉不出屎来,肚子胀得大大的。然后有那么一天,少英喝了大量的水之后,又吃了黄豆,也许就多吃了那么几粒,食物的味道实在太诱人。阿金永远记得伯母说这句话时的表情,渴望,充满无限遐想。

人死之前是有回光返照的。少英整个人像是清醒了,忽然敲开住在不远处的阿金伯母家的门,说了句:"本家奶奶,这里一点米给你,我吃不饱的时候只有你给过我一个红薯,我来这里这么多年,只有你帮过我。家里给留的粮食不多,我煮了一点,剩下的我都给你。你说,人怎么那么苦,要有下辈子,还是别做人好。不过,这年头,当畜生也活不好。哎,我总在想,我要是也能在自己爹娘身边,我娘要是也像你这样,我是不是……"阿金伯母说,认识少英那么多年,第一次听她说那么多话,像是自言自语,话说到那会儿,又自己摇摇头,走了。阿金伯母问她粮食给了别人,自己怎么办,她说她用不了那么多,她找到一包黄豆,等开春也许就都熬过去了。伯母拿着米,静静地看着少英在寒风中往家走,当时自己根本没想那么多,只当是她精神头恢复了。"谁曾想,谁曾想……"伯母每次说起这段的时候,总是哽咽,毕竟是少英当年的雪中送炭,保住了她和儿女们的命。

吃饱了,好上路。最后一顿,少英为自己煮了一碗白米饭,然后孤零零地告别这个世界。至于她最后是真的吃黄豆被撑死还是被米饭撑死,抑或是她生无可恋甘为鬼,众说纷纭。人,微小得不如一粒尘埃,她的死大概只会留在阿金伯母的记忆里,偶尔被提及。地主婆巴不得家里少张口,只是觉得缺了个免费的劳力。想到她生前的过往,又那样死在家里,一时觉得晦气,连丧事都懒得办,草席一裹找块西郊的坟地草草埋了了事。心里大概是觉得这女人不洁,祖坟都没让进,对外,只道是她死得晦气,怕有损祖上阴德。呸，就你家还阴德。阿金听着都来气。

　　在这场苦难中离世的自然不只少英一人，只是这些人连历史的尘埃都算不上，即使放在光线中都显不出阴影，如此渺小。尉家村的一切在春天的暖阳中复苏，外出乞讨的人陆续回归，依旧日出而作，日落而息，之前发生的一切就似一场梦，醒来时隐约记得，然后完全忘记。日子周而复始，努力干活娶媳妇，娶媳妇生孩子，再让孩子努力干活攒钱娶媳妇，谁会有兴趣去看柳树抽了嫩芽，蚯蚓钻出地面，蚂蚁时常搬家呢！

　　阿金的父母在那场天灾里幸存下来，而她也在她所知道的尉家村第一次村败之后很多年来到这个世界，见证属于她的80多年。

8

　　瘸脚阿三结婚那天，阿金挤在一堆人里看热闹。因为脚的问题，二十多岁的瘸脚阿三，身高看起来不过一个十多岁男孩的样子，这大概也是他一直未能如愿娶妻的原因。当年的白娘娘，凭着当初留下的私房钱，送儿子去私塾上了几年学。仅凭这点，就可见这个大城镇来的女人是有见识、有远见的，自己不事生产，虽然不是小脚，尽管自己偶尔下地，但终究手脚不利索，养个蚕也能比别人家的茧子小一些。儿子又是天生残疾，在农事上更是全无优势。不过，如今人家却是仅次于地主尉少明家的殷实人家，吃喝不愁，在村里也是不得小觑的。瘸脚阿三是村里读书最多的人，酸秀才文博上私塾的时间远不及他，所以村里人就这么认定了。本来他要去更远更大的地方求学，但奈何路途过于遥远，腿脚也确实不便，还有一点是他不愿让村里人知道的：他其实根本就不是块读书的料。混到混不下去，对外称放心不下家中老娘，说什么父母在，不远游。辞别先生，赶回尉家村。但这完全不妨碍他成为村里最有学问的人，受到了村里人的尊重与爱戴，写个书信、过年写副对联啥的也少不得麻烦他。瘸脚阿三这人就爱掉书袋,说通俗点就是有点好为人师。没事就爱摇头晃脑说几句听不懂的话,跟文博臭味相投,时不时还搞一个诗文品鉴,那帮赤脚村人哪懂这些。阿金看到过几回,两个人在屋前的竹园里,喝着茶拿着书,她没钱读书,虽不知所云,但是听他们嘴里念出来的声音真是觉得好听,原来这就是读书人,心之向往。慢慢地,"阿三先生"这个名号就传遍了尉家村,盖过了瘸脚阿三的称呼。阿三听了,会心一笑,这回文雅了。

要说这阿三先生回到村里,肩不能扛手不能提的,除了每天拿本书翻几页,全无事事。渐渐地,大家看他的神情也没了当初的那份仰视。转眼阿三也到了娶亲生子的岁数,阿三遗传白娘娘,白皮肤,再加上常年读书不下地,长得一副戏文里白面书生的模样,看起来比同龄人显小。以他家的经济条件,娶个贫苦的农家姑娘是不成问题的,但是他在外面是见过世面的,竟然叫嚣着"自由恋爱,婚姻自由"。他抚平自己新做的中山装的领子,对于母亲提议的盲婚哑嫁的旧式婚姻制度那是坚决不从。他可不想跟那个尉少明一样任由母亲摆布,一定要找个志趣相投的女子,这样的女子只生在城里的大户人家,毕竟不是随便谁家都能供女孩读书的,起码他们尉家村没有,方圆几里也没听说。这样的女孩也没有接触机会,就他的腿,想来也跨不上人家的门槛。这事蹉跎好几年,起初白娘娘还是支持儿子的想法的,觉得他自个儿是读过书,喝过墨水的,确实跟村里这些目不识丁的大老粗不一样,眼界就该放得高一点。

后来确实找到过一个志趣相投的,有些书信上的往来,感情日渐浓厚。原本事情水到渠成,白娘娘也已托人上门提亲,交换了两人的生辰八字,算命先生一批,也说是良配。那阵,白娘娘在村里走路头都能仰高几分。当然还有一个人表面说着恭喜,背地里恨得牙痒痒。万事俱备,原本都着手准备娶亲了,可上门的媒婆说话没注意,一不小心提了阿三脚的事。原来阿三在信中从未提及自己身有残疾,女方家一听,首先人品就有问题,怪不得来信附上的照片也只是坐着的,就想退婚。按照当时本地的风俗,退婚的话,女方家需要把生辰八字拿回。女方家派人来索取,白娘娘胡搅蛮缠,死活不给。觉得人家原本就是高攀她儿子，竟然当着女方家人的面，将姑娘的生辰八字烧毁。这可是件要人命的事啊，烧人八字便是咒人死的意思。这件事也让白娘娘的名声传遍四方，更是没人敢轻易嫁进这个门。看着白娘娘高昂的头低下几分，地主婆心里别提多舒坦。阿金也是后来听人说起才知道，那个媒婆说漏嘴完全是地主婆一手导演的。阿金一直想不明白，老话说宁拆十座庙，不毁一桩婚，可她怎么就会那么做？当然，很多年以后，她听到"人之初，性本恶"这个说法时，好像这么解释又完全合理了。

奇货可居，阿三显然高估了自己，毕竟货得有需求。直到尉少明的女儿都出落得亭亭玉立，白娘娘才忽然想到原来自己儿子已经年近三十了，原本就白皙的脸上竟然有些许苍白之感，背也有些驼，跟阿三同龄的人，孩子都已经两三个了，她这才意识到自己儿子的终身大事终究算是耽搁了。如今的阿三已经不像当初那么走俏，等到她开始积极托媒人找儿媳时，发现自己的儿子已经是滞销货。这尉家村外的世界有多乱，即使没出去过大家也是清楚的。那些炮火声，飞机的轰鸣声不知什么时候已经代替了狗吠，代替了鸟鸣。有多少钱粮都被强制征走，尉少明的长衫都已换成短衫。连小脚地主婆母子俩都得亲自摘桑喂蚕，家业终究是不可逆地缩减了。世道这么乱，万一哪天要逃难呢，有点人性的父母都不愿意将女儿嫁给一个瘸子。而且白娘娘骄横的名声在外，很多人更不舍得将自己的宝贝女儿送去受罪。

白娘娘骄横得有底气，有道是有钱能使鬼推磨。烂船三斤钉，日子过得虽大不如前，但压箱底的东西倒还有些。阿三的婚事最终还是圆满解决，很快就都订下了，终究还是娶了个农家姑娘，是北方逃难过来，被父母插着标卖的。再然后就是阿金眼前见到的一幕。当天，谁也没看清红盖头下的脸，只能凭阿三那张笑出满脸褶子的脸上猜测几分。

阿金挤在热闹的人群里，她想知道这个比她大不了几岁的新娘子此刻的心情是怎样的，她想问问她，你害怕吗？她木讷地抬手接过白娘娘递过来的长生果，"阿金，接下来就等着你的啦！"一个激灵，后背有些凉意。阿金抬起头，看着这个笑盈盈的女人在给别人继续分长生果。阿金将手紧了紧，真奢侈啊，谁家给过这么多啊。这东西自己已经多久没有见到了，这些年村里丧事比喜事多，敢嫁进尉家村的女人几乎没有，这村里多少比阿三大的男人娶不上老婆，只见嫁出去的女人，不见娶进来的女人，多少人家快成了绝户。白娘娘现在这副架势在别人眼中得多碍眼。阿金退了出来，白娘娘那句不是客套话，而是真的，这点阿金心里清楚，她今年8岁，虽然离适婚年龄还有一大截，但是父母好像早已经有了打算，家里那堵形同虚设的泥墙，挡不得风，更挡不住父母深夜的窃窃私语。村里人好像是没有秘密的，父母确实曾托邻村的王媒婆给她找人家。也许她就要像别人家的女孩一样去当童养媳了，毕竟两个妹妹一生下来就送了人，还有一个姐姐当初一开始送去尉少明家当丫鬟，虽然邻里邻居，但是地主婆的手半点没轻饶。因为水烫了，饭烧干了，水忘挑了，身上经常被打得青一块紫一块。后来还被冤枉偷了一块银圆。最后那块子虚乌有的银圆成了她的卖身钱，逼着父母签字画押。阿金的那个没见过面的姐姐就成了他们家买断的丫头，干活还不用钱。后来不知道是出于什么原因，又将她的卖身契转卖给了别人，跟尉家村隔得很远。姐姐聪明认路，受不了那家人虐待就经常跑回家来。那户人家带着人找上门来，当初摁下手印就是别人家的了，所以父母护不住她，尽管阿金家还有好几个哥哥。被带回去的姐姐不知道后来发生了什么，有天趁着他们不注意逃跑了，不是往家，去哪没人知晓，自此杳无音信，生死不明。这些事父母没跟她提过，她是很多年后从伯母的嘴里知晓的。现在她是家中唯一被留下的女孩。但是，哥哥阿生的情况让父母改变了主意。

阿金手里紧紧攥着那几颗长生果，黄色的果壳里有着两颗包着红衣的果实，果壳炒得有些焦，但是香。大约是为了省钱，白娘娘自己买生的花生来炒的，怪不得前几日的空气里弥漫着一股馋人的香气，连阿生都闻到了。这东西城里人叫花生，这是刚才白娘娘给大家普及的知识，但是阿金还是觉得"长生果"更顺耳，长生，长生，多好的意头啊，也许阿生吃了就不用被送走了。这么想的时候，阿金走路的步子不由得加快了一些，小拳头握得紧紧的。

第二章

1

阿金在准备干粮,她想要尽量多的食物,在这个温饱不能自足的年代里,阿金饿得皮包骨头,食物于她是多么珍贵。每天仅有的一点口粮,她选择剩下大半,不过这些都是偷偷完成的。一起吃饭时,她总在逃避父母的眼神,那仅是她自己做贼心虚,其实父母是根本无暇顾及的。

还有三天,只有三天了。阿金准备的粮食却根本没有多少,她真的已经尽了最大的努力。也许她马上就要是家里最大的孩子了,她真的已经无法再面临一次这样的离别,哪怕她已经没有多少记忆。她想保住自己仅剩的哥哥,用尽一切的办法。村长给了他们一周时间,以便让他们准备些食物,但父母对于这件事的麻木程度让阿金变得孤立无援。这一年阿金 8 岁,阿生 15 岁,他不是阿金的大哥,据说是六哥。阿金对于自己到底排行第几从未搞清楚,她不知道自己有多少哥哥姐姐,听伯母说可能是十二,也可能更往后。她曾试图从母亲的口中获得答案,但提及此事,母亲痛苦的表情让她觉得犯了滔天大错。"死了,都死光了",是母亲给她的答案,她至今记得母亲说出这几个字时的神情。抬头望向远方,布满沟壑的脸上,一双空洞的眼睛似在寻找什么,最终只剩下牙齿咬住嘴唇的轻颤,她在痛苦地压抑着。这个四十才出头的女人,老得让人无法辨别年龄,干瘪的身体,背驼得厉害,布满老茧的双手从未在女儿的脸颊停留。阿金记忆里母亲的模样大概就是一个羸弱冷漠的老太婆,只是她依旧想念她,难过,痛苦时,依然不自觉地喊"姆妈"。

那次之后，阿金再也没有追问过那些未曾见过面的哥哥姐姐们的去向，因为这些年尉家村发生的一切她早已看在眼里，他们或夭折，或送人，或者……阿金也不愿去细想。总之，这个家的排序只按实际在家生活时间超过一定长度的人口到来的前后顺序计算，但这个解释似乎又不那么贴切，阿金只知道阿生是她的六哥。其实，关于她到底是父母的第几个孩子，她搞不清楚也不想知道了。作为目前家里唯一留下的女孩，她不想成为家里唯一的孩子。曾经热闹的家，如今却异常冷清。父母曾因为家里孩子太多，将在阿金之后生下来的孩子都送人或者遗弃了。在那个年代，遗弃意味着什么，阿金明白。母亲产后只能喝一碗连甜味都没有的红糖水的时候，阿金连乞求父母留下弟妹的勇气都没有。不懂避孕的年代里，母亲的身体在一次次生产之后终究被掏空。这个贫苦的家，曾企盼着阿金的那些哥哥们早些长大，到那时，日子大约就能好过了。为此，送走自己孩子的父母当初还特意捡了一个别人家遗弃的孩子来当童养媳，生怕将来自己的哪个儿子娶不上媳妇。所以阿金原来是有个姐姐的，但这个姐姐将来是要成为自己的嫂子的。姐姐阿娥比阿金大了有7岁，现在也被送去邻村财主家当使唤丫头，因为阿金的哥哥如今也只剩下阿生一个了，他病成那样，想来也是不可能娶媳妇了。原本再过两年，阿生就该把阿娥娶回家，也许不久之后，阿金就能当姑姑，不再是这个家最小的孩子。在阿金曾经美好的畅想里，这个家会因为孩子的啼哭再一次热闹起来。

　　尉家村的夜晚显得特别安静，缺了一口的月亮正尽职地站着岗。这样的春夜，阿金全无睡意，但饿得连翻身的力气都没有。她觉得自己应该尽快睡着，这样就不会再有饥饿感。

　　阿金一家不知道是什么时候开始在村里落户的，从她的姓氏可以得知，她的祖辈应该就是这个村子的开创者之一。尉阿金，一个一听就是父母随口取的名字，跟狗名一样轻贱。名字越贱越好养活，这是老礼。按照辈分，她高出同龄人两三辈，可是谁家拿正眼看她呢，又会有谁叫她一句尊称呢，只有一句阿金。她想起那些人叫阿三先生，叫地主婆为本家奶奶，辈分是什么在支撑呢？

　　在阿金不多的记忆里，这个家也曾是热闹的，但曾几何时就只剩下了他们。父亲是个地道的农民，一家人却总是连饭都吃不上，村子里除了几户私有田地，大多是尉少明家的，还有一小部分是白娘娘家的。阿金家祖辈给他们留下的田地已少得可怜，阿金的几个哥哥以前会去给附近的地主老财家放牛，父亲也需要经常去打短工，母亲种桑养蚕。但勤劳却换不到一家人的温饱。阿金没见过面的二姐从小被送去当了丫鬟，结果时常遭到地主婆的毒打，偷偷跑回家来，第二天又被送走或者抓走，这样的事情重复几次以后，她大约也知道她们这样的出生早已无家可归，终于有一天她偷偷逃走了。当地主婆上门来要人的时候，父母也是一脸懵，而后又来过两三次，最终他们相信了这个事实——她失踪了。父母却连跟人家要人的勇气都没有，只求对方不要怪罪，他们硬说她偷了家里的钱逃的，要父母赔，家里却没有替代的女孩，阿金那时还未出生，最后只得拿走了家里米缸里最后的一点米算作赔偿，阿金也是偶然从父母的一次谈话中得知自己还有个下落不明的姐姐。后来才在伯母的嘴中得到求证，才知道所有事情的来龙去脉。这个未见过面的人，让阿金在心里牵挂了很多年。

在阿金的想象里，家庭是温馨的，尽管一家人没日没夜地劳作却连一顿温饱都得不到，但她是父母和兄长最疼爱的小妹。她将这一实现不了的愿望归咎于那一日，尽管她那时还渺小得未成人形，但尉家村的日子确实在那一日变了。

2

人越穷越信命。尉家村的人绝对是虔诚的信众。缺衣少食的日子里，村口那两间破屋小庙住着一个年迈的老和尚，他是什么时候在这里的，连村里最年长的人也记不得了。人们也不知道他多少岁，光头光面，没有一点白发好让他们判断他的年龄。他在庙前屋后种些蔬果，村里人每月凑点粮食给他,无人知晓这个惯例起自何时,反正就这么延续着,初一十五的香火还是鼎盛的。有天,一个神秘的消息忽然就在尉家村传开:庙里来了个活菩萨,能掐会算。无论贫富,他们对于更好生活的向往是一致的,这一生实现不了,也期待来世或者起码死后不用再受苦。怀着美好心愿的人们从四面八方涌来,村里人省下口粮供养这位活菩萨,祈求他能多待上几日。

在谁也没有注意的某个深夜,尉少明的娘轻轻推开庙门,撩起她的褂裙,抬起她穿着绣花小鞋的脚,蹑手蹑脚地跨进屋内。总共两间破屋,算命的活菩萨寄居在佛堂的角落里,木板搭就的简易床上铺满稻草,上面铺着一块看不出原色的土布。此刻,他倚靠着墙,盘腿坐在上面。

"你还是来了!"紧闭的双眼悠悠睁开。

"你知道我会来?"地主婆有些惊讶。

"是! 白天看到你,我就知道你今晚必来,所以庙门我没拴住,一直在等你!"这个男人看着她说。

"老和尚呢?"地主婆张望了一圈没看到人。

"此刻,应该睡得很香!"算命的一边说,一边眼睛朝右边的房门看了看。

"你给他……"

地主婆的话还没说完,他就抢着回答了:"是! 找我什么事,说吧!"

两人就这么一个站着,一个坐着,沉默了好一会儿。

"阿翔哥,我知道自己对不起你!"原来他叫阿翔。

"往事莫再提!"语气中带着过往的无奈。

"你现在过得好吗? 嫂子呢?"谁能想到地主婆还会有这样真诚的眼神。

"昨日种种,譬如昨日死! 如今这般,孑然一身,四处云游倒也是不错的。"这个男人依然还是这么有文采,地主婆心里想。

"你没娶妻吗? 是我害得你功名尽丧……"地主婆此刻的模样完全没了平日的跋扈,掏出衣角的手帕,抹了抹眼角溢出的泪水。

"过去的事就让它过去吧。说说你此番来的目的吧?"就像是没看到她刚才那般似的,男人的语气中透着一丝冷漠和冰凉。

"我想你能再像过去那样帮我一次,我知道你心里肯定恨我爱慕虚荣,违背跟你的诺言,但我当时真的没办法,你知道那时候我父亲生病急需用钱……一晃三十年过去了,你当初来我们村时的样子真好看呢,你是我见到的第一位真正有才华的读书人。那会儿,你从城里到嫁到我们村的姑妈家做客,你记得吗?我的名字还是你帮我取的呢。"说到这里,往事一幕幕上演。

"阿凤!"这位叫阿翔的算命先生轻轻地呢喃出声。

"是啊,我再也不像乡下那些丫头一样是阿猫阿狗的低贱名字了!而是神鸟,翱翔九天。"

"呵,不一样又如何呢?可能确实不一样了!"阿翔第一次从头到脚打量起眼前的这个女人,岁月在她脸上也一样公平,尽管她现在的穿着好过了太多人,却终究没有那个粗布麻衣,在田间欢声笑语的丫头来得赏心悦目。也许他们真的都老了,此刻,他忽然就轻松了,原来拿起与放下之间不过是一瞬。这么多年,自己真的能超脱物外了吗?

"阿翔哥,我想求你再帮我改一次命!"阿凤终于说出了此行的目的。

时间在沉默中流逝……

谁也不知道那天晚上他们达成了怎样的协议,但是第二天的尉家村在一声号啕中醒来。阿翔和那位老和尚也在那一天消失,谁也不知道他们去哪里了。

划破天际的这一声啼哭来自阿金家,阿金即将成年的大哥在那天的清晨暴毙。自此,尉家村的春天变得遥遥无期。

尉家村近几年霉运不断,隔上几个月就有丧事,不大的村子,显然这样的频率有些高。但村里人不将这些归咎于外面乱糟糟的世道。一开始大家觉得是不是遭遇了什么诅咒,穷得叮当响的尉家村人甚至凑钱去请风水先生来看过风水,还请巫婆前来驱魔辟邪。但一切好像还是原样,村子被死亡的阴影笼罩着,连续几年村子里的壮劳力一个个过世。后来传出了"村败"的消息,也许某天起来,这个小小的村子就成了历史,甚至不会占据史书的一滴墨。"名声在外"的尉家村再也不是外村待嫁姑娘的选择,村子里成年男子也越来越少。整日人心惶惶,能有去处的也都选择去逃命了,留下的更多是寡妇、孤儿,但好像这东西是跟着他们走的,走远也没逃脱命运,所以越来越多的人选择留下。当然还有侥幸心理，或许这种厄运不会轮到自己头上呢。也许他们无知，但是消息并不闭塞，逃出了村子，天大地大，哪里又会有自己的容身之所呢？那些被割据的地方死去的人又何曾比尉家村少。五十步与百步之距罢了。

说来也挺诡异，死的基本是男子，成年或即将成年的。

某日，一个道士打扮的邋遢男人来到村子里，本来大家对驱邪这事早已绝望，不过是抱着死马当活马医的心态，就算不能解决问题，好歹也算是给亡灵做场法事超度一下，反正不要钱。几日没进食的道士吃饱喝足，让人备齐一应物件，当天晚上就在村长家门外的晒谷场上摆起阵来，一会儿念念有词，一会儿洒水喷火，架势十足。这茅山道士不知道是真有本事还是凑巧蒙上，拂尘一指，喊道：症结所在。说完便落定，不再言语。

当时在场的所有人都被惊出一身冷汗。道长所指并非别家，而是尉家村的地主，人称尉家村地主的尉少明家。说是地主，其实当时也不过就是比别人多几亩水田，多几间瓦房，雇着一两个长工，有老妈子和丫头。虽说这些年早已大不如前，但是，近来整个村子里唯一没人去世的竟然只有他家，忽然意识到这一点的他们后背一阵发凉。村子里一直有传言，看来也并非空穴来风，阿金的姐姐就曾到他家当过丫鬟，但究竟是看到了不该看的还是受不了他们的对待，没待多久就待不下去了，后来被转换过人家，直到有一天跑了，从此再没有消息，大家都以为是死了。不料几十年后才找人前来相认，当然那都是后话。阿金没见过她的这个姐姐，她逃走后阿金才出生。尉少明自生下来便是个残疾，谁都以为不能久活，却偏偏在那次之后，虽不良于行，却也健康地长大了。

疑心在这一刻被无限放大，疑心生暗鬼。尉家村的厄运给地主家带来的却是财运，生前受苦，死后要风光。为了办丧事，该典当的都典当了，能拿出的土地都拿出来了，原本已不复从前的少明家在愁云惨雾中嗅到了复起的味道，一垄一垄的土地划归到他家的名下。阿三家虽没有少明家的家底，多少也收了一些。阿金一家的土地也在那些年归了少明家，后来只能转为佃户，继续种着地，只是收成一大半交了租。地主婆收地时同情对方的那副伪善嘴脸在成为土地主人后原形毕露,多少年的邻里同村情谊,在土地粮食面前变得不值一提。翻脸无情大约是村里人对他们的统一评价,可又有什么办法呢,当初是自己上赶着求着人家收了自己的地,说起来,还是他们做了好事。

村子里一直不消停,可尉家村人的苦难却远远没有结束。就像遭了天谴似的,尉家村又迎来了大灾荒,不过饥荒倒是择干净了尉少明家的嫌疑,遭殃的范围扩大了那么多倍,不再只是尉家村,他们忽然有种释怀的平衡感。可是灾荒过去,尉家村的命运再次陷入轮回。他们将之后的"村败"归结为灾荒死去的人的怨气。据说如果死得不甘心,那些鬼魂是要找替死鬼的。就像淹死鬼一定会在河边寻找替死鬼一样,这样理解合情合理,又让人信服。可是,按理说地主婆那样对死去的少英,她是最该有怨气的,而且她最恨的不正该是地主婆嘛,怎么这些年他们还是没什么动静呢,尽管家产被那些匪徒抢去一些。

阿金的一生大约都在找寻这个答案,但是她终究找不到答案。

阿金出生前的那一年,日本侵华的枪声在卢沟桥响起。原本苦难的日子继续在无尽的深渊中挣扎,阿金的姐姐阿娥也从主人家逃了回来。不和谐的声响时常在尉家村周围响起,村里总有各种各样的道听途说,人心惶惶。终于有一天,枪声在尉家村响起。这块平原从来不是兵家的必争之地,但却因为它的富庶,是别人掠夺的选择,趁火打劫的也不在少数。很多人路过,却不会太久停留。

阿金在有记忆以来就被人告知她的哥哥们陆续死去,姐姐阿娥曾偷偷告诉她,在她还在肚子里时,阿娥就祈求上天是个女孩,因为女孩不被诅咒,只要逃过父母的双手。阿金记事以来,尉家村便萧肃得容不下一丝黑白以外的色彩。

还未长大的阿金已经觉得自己应该活不到成人。死亡一直围绕在她身边,可她依旧害怕,它离自己那么近。三个长大成人的哥哥一个月内先后离开人世,她连他们走的原因都不曾知晓,这个家变得死寂。她的性别能让她逃离诅咒吗?其实她觉得是不能的,她们也在死亡的名单里,只是没有比男人的离世受重视。也许她还会死于别人的枪口或者刺刀，不是吗？

前两年，尉家村来过一队日本兵，阿金就以为自己会死，可还是活着。村里少了人，可这些年死的人还少吗，除了自己家人谁会在乎别人家少了谁。闯进她家那个日本小兵，黝黑的脸，干裂的嘴唇有一圈淡淡的黑影，看着也不过就她六哥阿生那么大吧，背着刺刀，大摇大摆地在她家里翻翻找找，父亲带着她和哥哥阿生蹲在角落，瑟瑟发抖。可能是想找口粮食，结果啥也没找到，只找到一个铁罐子，阿金很喜欢，上面有彩色的油漆画，据说是上海的小姐们放面霜的，她没见过里面的东西，她从姨婆家拿来的时候就是这么一个空罐子，还有点香味，里面什么也没有。日本小兵操着几句她听不懂的不知道是日本话还是蹩脚的中国话，她以为他要把她的这个宝贝拿走，但嘴上不敢说。小小年纪的阿金，早就听说他们烧杀抢掠无恶不作，隔壁村的几个姑娘少妇遭了殃，所以她妈妈带着姐姐阿娥跟着村里的一堆女人都躲出去了。他们来到村里说要找花姑娘，但是村东头的顾坤以为是"花枯羊"，毕竟尉家村人对两个发音没有区别的能力，所以牵了一头老母羊给他们，以为是要宰羊吃，结果以为他要他们，差点将人打死。还算那个汉奸翻译有良心，说当地人是把羊叫花枯羊的，才算保住了性命。阿金虽然很不想自己的宝贝罐子被拿走，但是在小命之间，她还是选择了沉默。最终这个小兵没有拿走她的罐子，只是拿走了她家存的一麻袋红薯。

这已经不是阿金第一次在日本鬼子扫荡下幸免于难了，只是上一次她还不记事。听村里的大人跟她说，那时候村子上空经常有空袭，日本兵也来扫荡过一次，被抓被杀的不少，他们一些人躲到水渠里去，那里茅草生长旺盛，又离村子有点距离。尚在襁褓中的阿金是被她那个童养媳姐姐阿娥背在身上带去的，路上就有人劝阿娥把阿金扔掉，带着是累赘。但是她就是不肯，一路背着逃难。日本兵找到附近，正在搜查，忽然有小孩哭，因为怕被发现，大家遭殃，那个父亲只得忍着眼泪，捂着孩子的嘴，直到摁到水里。一个孩子哭就容易招惹别的孩子哭，阿金的哭声也在这时候响起来，为了活命，谁都可能犯狠，阿金姐姐也是个利索的，当机立断咬破了手指，将手指伸进了阿金嘴里，让她吮着，总算逃过一劫。阿金小时候都是这个本来要当嫂子的姐姐带大的,走到哪里背到哪里,阿金与她的情分比跟父母更亲。后来有几次说鬼子要进村,以防万一,姐姐带着阿金跟村里人隔得远远地躲着,生怕还没被鬼子杀死,倒被他们把孩子活活闷死了。

好不容易日本鬼子打跑了,可是自己人跟自己人又打上了。阿金一直听说八路好,他们有纪律,不拿老百姓的一针一线,会保护老百姓,所以她一直盼着八路军早点来。阿生没生病之前就老是说自己以后要去当八路军,打小鬼子呢。小日本鬼子走了,八路军还没来,阿生就病了。这些年,尉家村也不知道是怎么了,男人们一个个死去,活过四十的寥寥无几,夭折的孩子更是不计其数。可是隔几亩田或是两块地的其他村就完全不是这样,而尉家村的男人们,即使搬离村去另住也大多难逃厄运,外界传言纷纷扬扬,女人们所受的影响小很多,况且她们的死也不会引起太大的波澜。只是没有外村的姑娘愿意嫁进来,本村的又一个个往外嫁,尉家村的光棍能凑好几桌麻将。

据说阿金活下来的哥哥原本有七八个,可现在只有一个阿生。其余的哥哥们现在都被收在一个个小小的缸里,埋在家里的墓地里,那里是他们这个家死后的长眠地,这块地也是唯一没有兑给少明家的。前些年,本来留着当嫂子的姐姐阿娥也出嫁了,阿金现在唯一的奢望就是阿生能够留在这个家,不要跟那些哥哥们一样。每天忍受饥饿的阿金很单纯地认为,只要有足够的吃食,那么什么病都不会有了,毕竟这个世界上最苦的事就是没有东西吃。可是留给她的时间真的已经不多了。

原本以为可以将自己挣下的一斗米给阿生,她从没想过生米要让他怎么吃,她知道那是弥足珍贵的。可是当地主婆将那袋长了梁子蛀虫的陈米分发给他们几个人时,他们有些不知所措。他们想反抗,但是地主婆拿出了那份按有他们手印的所谓契约,证明上面只说给米,没有说要给新米。她甚至还在"斗"上做起文章,阿金他们认知的"斗"是一种固定量器,是一个10升的工具。地主婆的"斗"只是一个"斗"状的器物,它的大小可能还没有一斗的1/4。阿金他们几个知道自己斗不过地主婆,哪怕愤愤不平也只得认栽。毕竟他们从未想过人心可以无耻到这种地步。

阿金不想将这样的米给阿生,她在盘算着剩下的时间,她该如何存到尽量多的食物,结果只能是她吃得一天比一天少,而父母似乎全然不知。三天的时间就这么过去,村长带着几个壮汉破门而入的瞬间宣告了这场等待的终结。

"阿生呢?"村长问道,声音中有着压抑的不忍,阿金的父亲努了努嘴,有些艰难地开口,似乎为了让声音可以尽量发出来,还艰难地抬手指了指内堂,"柴间,茅房隔壁。"一个简单的回答,一个十分沉重的手势,让阿金有些惊讶,原来父母只是装作漠不关心罢了。阿金伸开双臂挡在门前,她娇小的身躯挡着并不牢固的门框,让人觉得只要稍一用力,她随时会与门框一起倒下。阿金的眼神是那样坚定,她想尽自己一切力量去保护她所珍视的东西——也许是亲情,但阿金其实没仔细想过,只是出于本能。阿金眼中的世界其实是模糊的,阳光透过天井折射进来,她眼中的村民是带着光芒的,明明让人觉得温暖的阳光,却让阿金觉得寒冷,寒冷无比。这样一个阳春三月的日子堪比数九寒天,她想将伸开的双臂缩回捂一捂手,随即想到屋内的阿生,她坚持着。

这种寒冷阿金一直记得,即使是几十年后。

本该说是个春光明媚的日子,但在阿金的回忆里,那天的一切是灰色的。她的记忆也是灰色的。

4

随着村长一行人来到阿金家的还有一口缸。在阳光的映射下,周身闪着光亮,带着修补过的痕迹,显然他们是不会带着一口新的缸来。之前也许是用来腌咸菜的,看它的破损程度显然是濒临废弃的,废物利用,发挥最后的一点功用。谁也不知道是从什么时候开始的,尉家村家家户户都腌咸菜,这些江南小村盛产各种蔬菜,他们把吃不完的蔬菜都用盐腌制起来贮存,自己吃不完的还会拿出去售卖,最有名的便是榨菜、酱萝卜、腌黄瓜。此刻,这样一口缸就这样出现在阿金的视线中,她有些不寒而栗。近来,她不止一次看见过类似的物件出现,在她的认知中那是死亡的代名词。它的表面散发着冰冷的光泽,比阿金看到的那些棺材、草席更加可怕。

它将是阿生在人世的最后一个"家",也是最终的"家"。

阿金早在父母的拉扯下被迫远离她守护阿生的最后一道防线,剩下唯一可以做的,只是被母亲拥在怀里,痛哭。母亲的眼泪顺着脸颊一滴滴落进阿金的头发,一句话也没有说。

村长一行人从袖子里掏出一块块破布,明显是从家里某件衣服上撕扯下来的一点粗布条。村长还从口袋中拿出一个布包,往外掏的时候散落着些许白色粉末,一股呛人的味道被春风带入阿金的嗅觉世界——石灰粉。阿金的父亲自觉地从自家的水缸里舀出一木桶水,又将一个旧水瓢递给村长,显然父亲是知道要做什么的,毕竟他也偶尔担任他们的队员,而且他们已经不是第一次送别自己的骨肉。洒落的清水,瞬间被泥土吸收,甚至来不及向四周多流一会儿,就像生命消逝一样,无可奈何。

村长弯腰舀起一瓢水,将石灰粉放到水瓢中溶解,大家陆续将破布浸润,谁也没有说话。阿金默默地看着这一切进行,她无力阻止,就这么木然地看着,看着……看着他们将挤得半干的破布围住自己的口鼻,再轮流围住双手,而最后一个人的双手是由阿金的父亲替他打结。

"阿生,对不住了,别怪几位叔伯!以后就不会再受苦了!"村长一声高喊,推开虚掩的柴门。开门声将阿金拉回现实世界,她腾地一下挣脱妈妈的怀抱,站起身来,似乎用尽了所有力气。

那一刻也许只有几秒钟,但阿金感觉很长很长。渐渐地,有一个人影走出来,地面迎接他的身影,越来越长,越来越长,一个与众不同的影子,直到阿生的脸出现在众人的视线中。他似乎在笑,但大家知道他没有笑,只是一种畸形。

阿生是感染了怪病的人,初期的。村里再没有见识的人,大概都能对这个病如数家珍，毕竟这些年见得太多了。

阿金已经很久没有看到他了，自从阿生疑似被感染后，父亲就将他关到了柴房。阿生进柴房之前看起来一切正常，阿金一度怀疑父亲弄错了。毕竟，阿生只是在干活的时候，听到那些人的哭声，于心不忍，偷偷去给一点食物。原本做得小心翼翼，可谁知道还是被人看见了。当夜，父亲就将他关进了柴房，已经关了许久，久到可以让他们有足够的理由来判断他是否被感染。阿金知道，哥哥阿生这段时间的食物一直是父母用竹竿递进去的，而那里已经成为家里的禁地。

随着阿生一起走出柴房的还有一阵一阵的恶臭，阿金很想忍着，但还是不可抑制地吐了，虽然呕出的只有一些酸水。她紧紧地拽着之前父亲给她的一块浸润了石灰水的破布，这原是让她遮挡口鼻的，可她却倔强地只是捏在手中，此刻却不得不需要依靠它的味道来缓解脾胃的剧烈反应。

阿金完全认不出眼前的哥哥，佝偻着背，整个脸部基本被杂草般的头发遮挡，即使露出的皮肤也因为污垢而无法辨认。他每前行一步都那么艰难，因为腿已经残疾，也许身体某些部位也在发生变化，但哥哥什么也没有说，只是慢慢地走向他的新家——缸。阿金分明看见哥哥在落泪，它们一点一点划过厚厚的污垢，如一串污泥落下。她想冲过去，但脚步却不听使唤，如灌了铅一般。阿金只能看着哥哥艰难地依靠自己跨入缸中，谁也没有去帮他一把。阿生抬起无力的双手接过父亲用两根棍子递过来的稻草，那便是他的被子和褥子。阿金发现父亲在阿生走进缸之前，还将一篮子食物放了进去，明显是阿金所储存的很多倍。她捏着自己手里的小布袋，那里是她为哥哥攒下的口粮。她轻轻地抬起手却没有给他的勇气。最后还是父亲用竹竿挑着给了阿生。父亲似乎在交代着一些事，但阿金却感觉自己什么也听不见，只看到父亲最后拿出一个编织好的草盖，盖在缸上，大小是如此合适，似乎一点缝隙都没有。

村长很快就带人将缸抬走了。阿金就那么呆呆地站着，什么也没做，甚至什么都没有说。不过阿金知道他们会去哪——坟地。大家都是这样做的。

阿生被抬走的一路上，村里人都没有说话。这里的很多人或头上带着白布花，或是手臂上挂着黑臂章。这个村子充满死亡的气息，大家伤心的时间已经太久，谁也没有心思再关心别人家的事。毕竟他们能做的努力都做了，可是老天爷好像从来也不肯放过他们。

5

阿金知道这些年，村里人都活在恐惧中，一天天的担忧，让他们渴望有寄托。但凡有来村里化缘讨食的和尚、道士，总是尽力贡献一些，以求多积点功德。当然也有例外，这些年尉少明一家是出了名的刻薄，比之过往更甚，几乎没有谁不对他们满腹怨言。他们以前没想到如今的地主婆比之她恶毒的婆婆更加吝啬刻薄，包括对现在的儿媳。她原来的儿媳少英死后，她又张罗着给儿子续弦，虽然儿子不能生育，但是不能让别人发现。这些年兵荒马乱，各地都死了不少人，包括少明的舅舅家，只留下一个十多岁的孩子，辗转来到尉家村投靠亲姑母。地主婆想着自己儿子的身体有残疾，外甥也算是自己的一个指望，即便当个免费劳力养着也不错，所以便当儿子收留了，长到十多岁还给他娶了一房老实本分的媳妇。

自从两个儿媳进门，她家连丫鬟都不请了，除了家务，还每天让她们下地干活。外甥、儿媳承担着地里所有的活计，忙不过来时就请几个雇工。腿有残疾的儿子和地主婆则每天在家享清福，日子过得那叫逍遥自在。地主婆不让儿媳们好好吃饭，对外甥相对好一点，烧好饭，盛出她和儿子、外甥的量，剩下的一点锅巴就舀上两大勺水，搅和一下变成稀饭给儿媳们吃。这还算好的，日常所吃能有麦粥果腹都算是烧了高香，毕竟吃隔夜馊食或是饿得只能喝水的日子也是不在少数的。这简直是他们家的光荣传统，一代一代继承下来。

媳妇们都是穷苦人家出身,吃点苦头也只能隐忍。这样一日日下去,她的亲儿子尉少明瘦骨嶙峋,媳妇们倒是依旧壮硕,倒也奇妙。那阵子,地主婆无事可做,就整日盯着外甥媳妇的肚皮。好不容易怀孕了,吃食啥的倒也改善不少,不过生产完就没过上几天好日子,因为生了一"赔钱货",没出月子就被赶出去干活。外甥媳妇接下来倒是不停地怀孕,可惜生下来居然都是"赔钱货",这个年代根本不懂生男生女是由男人决定的,她一味地厌恶外甥媳妇。奇怪的是,外甥媳妇生下那么多女婴,除了大女儿被地主婆养着,其余几个都没活下来。村里人都说那几个女婴一出生就被扔在马桶里淹死了,或者被掐死了,毕竟那时河里见到个婴儿尸体也不是什么奇怪的事。反正怎么死的不知道,很多人倒是亲眼见过他们处理小尸体,有说埋掉的,有说扔河里的。不过这些在那个年代似乎又显得很正常,尽管很残忍,但却不会让人记很久。在管饱肚子之后,人才会有八卦的欲望。

谁也没想到,那么多年后,又有个受了村民恩惠的和尚自告奋勇地为村里人祈福。他们请他为逝去的亡灵祈福,多少年没人敢在入夜后在村里单独行走,夜晚的风中带着哭泣,钻入他们的耳朵,听得人毛骨悚然。可一切没有按照既定的流程走,盘腿打坐的和尚,嘴中念着尉家村人听不懂的经文,紧闭的双目忽然睁开。问道,你们村口是否有棵枣树?在场的几个村人回答是。老和尚从村口而来,看到也不稀奇。那棵枣树,之前是不是要死了,忽然又活过来了?是这样,尉家村的人有人记得,地主婆曾说那是他们家的风水树,似乎真的跟他们家一起起伏。听老和尚这么一说,忽然有人想起,那棵树眼看着要死,连芽都不抽了,可是忽然枯木逢春,越长越茂密。是不是那棵枣树有古怪?老和尚摇摇头:"也不尽是,树本身没事,只是老树有灵,具体有什么,我也说不清。"虽然他们想一探究竟,但是老和尚终究是什么也没再说,只说着阿弥陀佛就走了。只是他走后,夜晚似乎安宁许多。

究竟有什么呢,在场的人无不困惑。忽然有人想起很多年前那个道士的诡异行为,不禁说了一句:"怎么每次都和他们家有关,是不是真的有什么?"

人群中出现小声的议论,忽听得一人说道:"那个传闻是不是真的?"随即就有人应和着"哦""哦""哦",一个个单音节词被发成恍然大悟的上升词,一个"哦"字被演绎得如此精彩。

村长没有任何表示,其实心里在感叹幸亏尉少明一家向来不参与村子里的琐事,因为是地主,高高在上,所以也甚少跟村里人有什么往来。他们当时只是催着老和尚给亡灵做法事,随后又陷入一种思考,却忽略了站在人群最后的一个小小的人。

村子里一直传言,说尉少明家祖上出过巫婆,专养"小鬼"为其办事。什么是"小鬼"?"小鬼"就是早夭的小孩被施以法术,专门养在一个个瓮中,他们可以吸收周边人家尤其是青壮年的阳气,然后听从主人的指示去办事。这是件损耗阴德的事,自然遭人痛恨。

据传尉少明家虽祖祖辈辈皆富裕,但家中男丁皆早丧。特别是现如今的地主婆当家以后,他们就像村中的一座孤岛,鲜少参与村中事务,顶多就是雇佣关系。

道士再加老和尚,倒让之前的传言显得有些真切,毕竟他家这几年像是唯一避过灾祸的人,连白娘娘家也是夭折了一个六岁的男孙。是传言还是事实?如何去证实?这几年的瘟疫让村中人成了惊弓之鸟,死去的已然死去,现在留下的也不过是些没有去处,逃不过命运的可怜之人罢了!慢慢地,面对死亡的那种所谓"坦然"其实只是一种无奈,人在无路可走的时候,对于"害怕"的敬畏之心也会寡淡很多。

尉少明家不仅没有丧事,反倒借着这些年的祸事,将村里人的土地一点点归拢,成为他们家的财产,仿佛是要重拾往日光辉。

春天,正是榨菜收获的季节,这一经济作物,尉少明家种的自然不会少。所以全家老小纷纷出动下地,连一贯不下地的尉少明都跟着地主婆去地里当监工。机不可失,村长决定带人潜入尉家一探究竟。也许是经历的生死太多,很多人也觉得自己每天的日子都在与死神讨价还价,阎王随时就会招个小鬼将自己收去,所以胆大的人也多。为防人多口杂,村长只私下找了几个信得过的人。

第二天,趁着他们一家外出,众人一起翻身越过院子的矮泥墙,进了尉少明家露天的后院，院子里齐齐整整地摆了很多小缸，用稻草扎好的一个个小盖子紧紧塞住缸口。他们随机挑选了几个，打开看都是陈年的咸菜，还有腌制的臭豆腐，这东西吃着好吃，闻起来还是让人有些不舒服，他们又匆匆将盖子重新盖好。如果那个年代可以探测指纹的话，我相信他们的罪证肯定到处都是。天上偶然飞过的鸟儿并不能让他们放弃这次查找，地上牲畜的叫声也不能阻止他们继续，尽管它们叫得此起彼伏。

同行的尉铁忽然有所发现，趴在窗口往里瞧着，嘴巴里念着：快来，快来！一只手还不忘做着招呼他们过来的动作。透过有些破损的木窗格子，屋子最里面齐齐码着四个明显比外面小一号的缸，大概也就是现在农夫山泉四升装水桶那么大吧。它们与外边的缸除了大小不同，最大的差异还在于它们口上盖的不是草盖，而是一个个瓷碗。透过窗子看得不是很仔细，但觉得瓷碗里好像黑黑的漆着一层，不知道是什么。也许是心理作用，他们总觉得那些缸的周身散发着阴气，怪瘆人的。

村长他们决定进屋看看，不过门上有把小锁，众人一时为难。门倒是好破，就是个木门，一脚就可踹开！不过这门要是弄坏了可怎么交代，毕竟他们是偷偷溜进来的，只能是来个神不知鬼不觉。

还在窗口趴着往里看的尉铁忽然道："这里这里，这里可以进去！"大家发现窗子上的木头插销早已老化，基本是个摆设，轻轻一碰就开了。尉铁也是刚刚趴在这里，原想一起挤到门那边的，不想起身的时候，脚下一不留神，头磕到窗户，窗户就打开了。

于是一个个翻窗而入。

虽说是大白天，青天白日朗朗乾坤的，可屋子里透着一股子凉意，总让人觉得阴风阵阵，几个大男人也不免鸡皮疙瘩掉一地。一步步挪过去，细细看了一下这几口缸，黑漆漆的也没看出什么。最后还是村长胆大，想拿起其中一只碗，走到窗口，借着太阳光线细细看一下。不成想，那碗是固定死的，其他三个也是如此，只好整个拿过去。

借着光线，村长终于看清那层黑黑的东西，像是已经干涸的血渍，他心里自是一惊，不过忍着没声张，而是让守在屋外的尉铁从院子里弄点水过来,尉铁一时犯难,正好看到喂牲口的桶里备着清水,用手做碗舀了一点。众人虽然不知道村长想做什么,气氛倒显出一种异常的紧张。村长让尉铁将水放入碗中,看着水慢慢地变少,这才发现原来碗的底部有个极小的口,不仔细看还真没发现,这倒是意外的发现。村长原本是想用水化污,看看这碗里的物质。他用食指搓一下碗壁,先看一下又放到鼻子边嗅嗅。村长像是发现了什么,但只说了一句:"是酱!"然后把缸放回原处,就招呼大家赶快回去。有人觉得不对劲,也想像村长刚才那样试一下,却被村长阻拦。而后众人似乎听到外屋门打开的声音,怕是有人回来。大家便匆匆走了。

好奇就像猫爪在轻轻地挠着,弄得每个人心里都痒痒的。但一种未知的恐惧却让谁也不敢单独再去探寻个究竟。

那日回来之后,大家就像什么事情也没有发生似的。下地的下地,采桑的采桑。

6

阿生确认生病以后,阿金一直在祈祷这一天不要到来。有些事情总是不可逆转,她的虔诚没有换来阿生病情的好转。阿金一直跟着送阿生的队伍,一路哭泣,司空见惯的场景让人勾不起半点好奇。人们连看热闹的兴致都没有,父母没有跟着队伍前来。也许是不愿意再次面对这样的场面,也许是有些麻木,似乎伤心的就只有阿金一人。

阿金顾不上这些。她现在就想跟着哥哥,让兄妹两人在一起久一点,尽量地久一点。

这样的别离意味着什么,阿金是再清楚不过的,有生之年的最后一面,大概是注定了。伴随着阿金的哭声,一行人沿着小道渐行渐远,穿过郁郁葱葱的桑树地,再穿过覆盖着整片碧绿的田,这样一个充满着生机的午后,在阿金的泪眼婆娑中展现。也许那天阳光明媚,蓝天白云,也许一路花红柳绿,鸡啼鸟鸣,但阿金的记忆让它改变了色彩,她其实根本不记得或者不想记得那样的一个日子,只是细胞让它们继续存在于记忆中,她无能为力。

不敢期待的事总会期然而至,不想面对的事就那么摆在面前,这样的时刻就这么出现。村长他们来到阿金家的坟地,说坟地是好听的,现在的这里更像是个乱葬岗。虽然是平原,但对土地的珍惜是每一个农民固有的意识,只是他们对入土为安这个概念也是根深蒂固,所以大家还是贡献出了各自的一亩三分地,慢慢地集中起来,就变成如今的一个集体坟地,尉家村的祖祖辈辈,有名有姓,无名无姓的人都葬在这片土地上。兴许是最近丧事过多,原本该是亲人安息的肃静之地,如今却显得有些凌乱不堪。阿金看到有很多缸,跟阿生的一样,是那些人在世时的最后一个家。阿金一直很胆小,天黑后绝对不敢出门,但如今这样一个场合,她却没有丝毫的惧怕,也许是因为这里有她的亲人。不止阿生,还有很多,他们就在她脚下的这片土地里安息,不过最近太多的人来来往往,不知道是否会打扰到他们的安眠。

没有乌鸦,没有疾风,没有想象中的一切恐怖景象,阿金知道自己心里其实是不害怕的,但是在此刻,她第一次觉得死亡离自己是那样近,近到毛骨悚然,近到不能呼吸。他们把缸放下,村长对着缸向阿生说道:"阿生啊,叔回去了,你好好走,下辈子投胎找个好人家。"阿生没有回答,村长带着人快速往回走,生怕沾染到什么东西,而且阿金知道,过一会儿,他们就会直接跳到村口的那条大河里去将自己洗上一遍,连同未脱的衣服。这个时候谁都不愿意多说什么,无论经历过什么,他们刚才放弃的都是一条生命,谁都没法习惯,他们只是表现得尽量冷漠一些,不这样还能怎样呢!

村长让远远站着的阿金一起回去,阿金却不肯,村长无奈地摇摇头就带着人走了。阿金想走过去,布鞋踩在板结的土地之上,其实声音没那么响,但阿生似乎听到了。"幺妹,别过来,哥哥已经这样了,没办法了。你回去吧,替我好好孝顺爸妈,这个家只有你了",阿生就这么平静地说着,说得如此云淡风轻,似乎一切都与自己无关,只是草盖下的声音有些陌生。阿金忍了一路的眼泪就这么钻进微启的双唇中,不知道是不是眼泪的苦涩让声带一下子无法适应,阿金想说点什么,却只是动了动嘴唇,而没有任何声音从中发出来。

就那么深深地看了一眼那个缸上的草盖,阿金慢慢转身了。艰难地踏出第一步,接下来就好了,阿金鼓励着自己。"幺妹,我哪天把这个盖子拿掉了你就知道我已经走了,我想记着这个世界。求你件事,等你看到盖子掉了,找个天气好的时候,你偷偷过来把我烧了,我不想一辈子困在这么一点地方。不过,你记得把火把扔进来就好,千万别靠近。"阿生的话,阿金是惊讶的,就如同那个透过草盖与缸之后变得异常奇怪的声音,阿金很不习惯。阿金没有回头,她也不知道为什么没有,就这么"哦"了一声之后就走了,也不知道他能不能听到。

7

从阿生离开家的这天开始,阿金可以正常吃饭了,但她没有胃口。她总是偷偷地跑到坟地,远远地望着,她要去看看阿生的那个草盖有没有拿下来,也说不清是否希望它被拿下。她内心深处其实是害怕那一刻的,但她得为那一刻做好准备。那样的一个年代,阿金年纪不大,却有种看透世事的淡漠,她的信念里早已没有了奇迹成长的缝隙,她对生死的淡然或者是坦然,早已超越年纪,也是一种避无可避的无奈,甚至可以说是潇洒。阎王要你三更死,谁敢留你到五更,她信命。她也知道她从记事起便没有童年。

时间比阿金预计的要早一些,毕竟给阿生准备的食物应该足够让他生活10天以上。4天,只有4天!留在人世的最后4天,阿生就那么孤独地度过了,他没有离开他的小小空间,因为他早已没有力气。第五天一早,阿金就见到了被放在地上的草盖,阿金竟然平静地没有哭泣。哥哥的离世,对他自己而言是种解脱,瘟疫的折磨早已让他生不如死,只是他没有力气自杀,而他们也没有勇气去帮他。

阿金冲回家,拿上火柴、稻草和她偷存的一点煤油,她要在别人发现之前处理好一切。此后她一直庆幸那天是起得如此之早,冥冥中自有天注定吧,她一生都信命。

逐渐靠近阿生的过程是艰难的,但他最后的一个愿望,她想帮他实现。一阵恶臭来袭,也没有阻挡住阿金的靠近。谁也无法想象,阿金胆小到不敢走夜路,甚至不敢一个人在家睡,那一刻却爆发出前所未有的勇气,竟然就这样完成了送别她哥哥的仪式。准确地投掷,点燃的火焰散发出浓烟,一切就这么展现在她的眼前,没有想象中那么久,毕竟阿生的身体早已没什么可以燃烧的了。也许是被烟熏的,阿金远远地蹲在路边不可抑制地哭了。农村人一直讲究入土为安,而阿金却遵从阿生自己的意愿,就让他这么灰飞烟灭了。接下来,风会带走他的一切,他不会再被困守在那么一个小小的圆形天地里了,他的世界变得无边无际,自由自在。

后来的一切就是按着所有剧情该走的方向一样,阿金的行为引来父母的爆发,他们好像要把丧子之痛全部借此抒发出来,而阿金为他们找到了宣泄的口径。阿金有些不记得事情是怎么结束的,她好像被父亲暴揍了一顿,也可能被人指指点点了,她的记忆很模糊,她将那段记忆就这么自动屏蔽了,她在后来的讲述中只用"非常乱"来形容,是她记不清的乱,还是乱得她记不清呢?那个时候的世界就像一锅稀粥,黏糊糊的完全没有骨骼,让人无从把握。它还未在她的脑中形成什么记忆,就从窗外一掠而过,渺无踪影。

8

　　这个像中了诅咒的村落，人员就这么日益减少着，但生活还在继续，这是个神奇的村落。有人外嫁、有人外逃、有人坚守……但命运之神并不打算就此放过谁，该来的谁都逃不过，所以有人认命。阿生走后的那年冬天，家庭迎来新成员，同时也失去了一位老成员。阿金的父亲，没有像阿生那样经历痛苦的等待，在一个本该起身的早晨他没有再起来，这在尉家村是再平常不过的一件事，甚至是被羡慕的离开方式。被一块破席裹起的尸体，四个人用一块门板抬到了坟地，可惜连个能摔碗的子孙都没有，只有阿金代替哥哥们完成责任，她猛力一掷，似乎用尽了所有力气。这些年，这个村子的人吃豆腐饭都吃怕了，对仪式的熟悉程度简直发展到让人恐怖的地步，这都是一场场丧事的经验累积。所谓的豆腐饭也不过是请那四个抬"棺"的人吃了顿解晦酒，毕竟谁也没有精力再办连绵不绝的丧事了，再多的礼仪都会因为现实而妥协。

　　家人的情绪全部被父亲的离世所占据，那个不过才一岁的小弟弟，顿时没有了任何人的管束。刚学会走路的孩子完全不懂家里的状况，只是撒欢地连爬带走，直到他来到了家门后的池塘，直到他掉进了水中，直到他投入阎王的怀抱，结束了他的生命旅程。留给家人的最后记忆只是浮在水面上的一具鼓鼓的小尸体，像个皮球。那个原本要留下撑起门楣的男丁，在还叫不清姐姐的时候便走了。只是每逢清明，在祭桌边放一张单人小凳，供上他的吃食，算着若还在该有的岁数。

　　苦难从来没有想过要放过阿金和母亲。

　　父亲死后的第二年冬天，这个家又新添了一口人——继父。阿金将这个记忆总结为：来得莫名其妙。一点猪头肉，几串爆竹，阿金就有了继父。

她不知道母亲是否事先得知，但是这个没了男人的家，迟早是有这一天的。没有男人，她和母亲就得被赶出去。不管怎样，阿金很快接受了这个来自隔壁海县的继父，也佩服他敢入赘的勇气。此后很多年，她感激母亲的接受，哪怕她沦为一个两夫的"不洁"女人。但是她的"不洁"是最纯洁的付出，保全了阿金的性命，也让这个家得以延续。

阿金的母亲，作为一个高龄产妇，四十多岁的女人，颧骨高凸，鬓角有些白发，脸上有岁月刻下的痕迹，黄浊的双眼里没有生活的色彩，只有苟延残喘的等待。简单到不能再简单的"婚礼"过后，她认命地生活，最后拼了命将阿金的妹妹带到人世，自己却因为大出血而撒手人寰。阿金抱着妹妹坐在门堂里，一边哄着一直啼哭的妹妹，一边看着继父呆呆地坐在逐渐变冷的母亲边上，抽着自家种的烟丝，一管一管地抽着，腾起的烟雾慢慢将他的身影变得模糊。而啼哭了一整夜的妹妹，在天亮前也告别了这个世界，甚至都来不及睁眼看看人间。清明的祭桌旁，凳子凑成了一对，这样或许能不孤单一些。

阿金家里早已没什么钱，但作为一个棺材匠人，继父还是慷慨地拿出了一口薄皮棺材。这个不善言谈的男人，也许正是想以这种方式表达对妻子的感情，告别离他远去的妻儿。静静躺在棺材内的两人如此安详，妹妹趴在母亲的胸前，母亲双手抱着她，如同她们俩不曾分离过。阿金和继父两个人守了一夜，第二天一早便将棺材送到了墓地。短短的一两年时间，阿金发现在村里找四个成年的抬棺男人都变难了。老底子留下的规矩，抬棺材时如果遇到没咽气的，便是魂魄不散，所以会抬不动，要在棺材前摔个瓦片吓走未散的魂魄，阿金高高举起瓦片，重重地摔下，砸在事先准备好的石块上，砸得稀碎。这事，她已经很熟悉了。

一身白布麻衣的阿金，看着高高隆起的那座山包，在这个平原地区，它是那么扎眼。那里葬了她多少亲人！阿生连同他最后的家一起被埋进了里面，哪怕他已经飞走了。这个家，严格意义上来说竟然只剩下了她，那些她没见过面的哥哥们应该会照顾好阿生的，如今父母和妹妹也在这里了，阿生不会再孤单了，阿金这样想着。

父亲和哥哥们的坟上长满了青藤,一番生机勃勃的样子,阿金一下想到母亲和妹妹的坟上大概不久也会如此吧。

母亲与妹妹挨着父亲的坟葬下了,简陋的墓碑上,父亲和母亲的名字刻在上面,而继父的名字被歪歪扭扭地刻在母亲的名字边上,又被红漆画了一笔。这大概算得上是最美的一种相守了吧,这是生死相随的承诺,母亲的身边预留了继父的空位,现在被泥土覆盖,等百年之后再合葬在一起,三人同穴。

早夭的妹妹没有名字,但是她与母亲紧紧地挨在一起,继父早已预留了位置,阿金忽然觉得自己很孤单,她的将来在哪里?也许根本就没有将来,这样的噩梦她能否逃脱还是个未知之数。

浑浑噩噩的一天就这么过去了,生活好像又回归原位,只是家里少了个时常出现的人,而坟地里多了一座新起的坟。可能生活原本就没那么复杂,生生死死不过一场梦,差别之处不过是梦境而已。一切的形式按着规矩结束,"七七"后的阿金将头上别着的白花扔进火堆烧了,本来该烧些母亲的鞋子衣物给她,让她在阴间可以用,还有阿金脚上这双被白布包裹的布鞋,但在那个穷得叮当响的年代,特别是一个贫穷的家庭,死者一切可以再利用的东西都会保留下来。阿金只是为母亲编了一双草鞋,然后撕下鞋上的白布一块烧了。她脚上的鞋,是母亲为她做的最后一双鞋,而母亲留下的衣物,她可以改一改自己穿。

做完这些仪式就代表着阿金服完了丧期,只是这个家的悲伤依然在延续。

阿金的日子继续着,割草喂羊、种桑养蚕、下河摸鱼、洗衣做饭……阿金是在 10 岁那年的春天离开尉家村的。继父原本可以不管她独自生活的,但那个憨厚的男人还是带着她一起走了。家里有的一点田地,当初早已经因为丧事全部典当给了少明家。她在这个村子里仅有的亲人是她寡居的伯母和大自己 10 岁的堂哥长生,依然守着他们老尉家的门楣。阿金收拾完所有的东西,搭上门锁,将钥匙交给伯母之后,便跟着继父离开了尉家村。

没有田地,继父要凭自己的手艺养活阿金。他们来到了离尉家村不远的海县下面的一个村,也是继父的老家,阿金也是在那里第一次看到了海,看到了潮水。走出尉家村这方小小的世界,原来世界的外面还有世界,那么海的那一边又有什么呢?

阿金虽然一生没有改口,但是内心却早已将继父当成了父亲。继父在离家不远的小镇的棺材铺找到一份工作,如果有需要还可以上门做工。因为经常不在家,特意为阿金请了一个保姆照顾她,也是担心女儿不敢一个人睡。那是一个长相刻薄的小脚老太太,阿金第一眼就讨厌她,一直好脾气的阿金跟她一直不对付。看到她的脚,阿金总会想起自己母亲追着自己要给她裹脚的时光,也会想起自己在尉家村那走路颤颤巍巍的伯母,还有那个刻薄的地主婆……不管怎么说,对阿金而言,那是她有记忆以来过得最幸福的一段日子。日子再困难,阿金每天都能有一个鸡蛋配酱油下饭,没有再真正地挨过饿。

以前一直在家做农活,没有上过学的阿金也第一次走进学堂。尽管有些超龄,但是那个年代一切不正常都是正常的。几十年过去,阿金至今还会背当初的课文:

来来来,来上学;去去去,去游戏。

不过她只读了三年便不肯再去,继父怎么劝说,她都不肯。直到她后来劝儿子去上学的时候才道出实情——不舍得继父太操劳,才硬说自己不愿意去上学的。虽然没有后悔,但是她感慨如果自己生在和平年代,那该多好。

阿金和继父努力生活着,11岁的阿金在学校学到了"解放"这个词,这一年是1949年,一个历史铭记的年份。阿金说她知道那一年中华人民共和国成立,她从广播里听到了毛主席的声音,她知道他是我们的大恩人。后来她知道了共产党,也为了加入共产党而努力。这一年,阿金让继父辞掉了那个照顾她的小脚老太太。日子就那么过着,平淡到让人几乎忘了所有。其实,阿金记得家里所有人的忌日,但那些年的清明,父女俩都没有踏足尉家村一步,只是在那样的日子里,在远离家乡的小屋中祭拜一下。

9

原本在村里已经没有土地的继父,也因为土地改革,获得了土地,地里和镇里两头跑。上了三年学的阿金死活不愿意再去学校,气得从来没有动过她一根手指头的继父抄起了扫帚,最终没舍得下手,其实只是吓唬她一下。平时性格柔得像个面团,一旦自己认定的事却倔得像头驴,看着这个已经出落成大姑娘的女儿,继父选择妥协,只跟她说了一句:你自己将来别后悔。阿金不知道原来世事轮回,不久之后,她也会说出同样的话。而且连脾气也会遗传。

经过这几年的悉心照顾,原本瘦弱的阿金慢慢长开。皮肤白皙,浓眉大眼,樱桃小嘴,一头乌黑的长发总是扎成两个粗粗的麻花辫,个子不算高挑,倒是自有一副江南水乡女儿的俏丽模样。继父在阿金母亲死后一直没有再娶,和这个没有血缘的女儿相依为命。不舍得女儿将来嫁人,便托人给找了一个无父无母的孤儿,比阿金大上两三岁,想着自小养在一起,情分好。于是一个瘦弱的小个子男孩来到阿金家,虽然没有明说,只说怕她孤单给她作伴,但阿金是清楚继父意图的。其实她心里有自己的打算,她觉得尉家村才是她的根,终有一天她是要回去的,而且这小子长得贼眉鼠眼的样子,自己实在看不上。两个人一起去地里干活,阿金也不理他,没过多久,这个男孩便失踪了,和他一起失踪的还有阿金家的一副担子。她心疼的是那副担子,为此念叨了好多年。

自此,这件事便被搁置下来。后来,村里又实行土地公有制,因为早年有干活经历,阿金也着实能干,又因为上过几年学,她总是成为年轻姑娘们的小头头,但是她在这里,怎么都是外来的,就她一个姓尉的外人,自然没有归属感，像是无脚的小鸟。而且继父很小就外出做工，躲过战乱回到家时，家里早没人了。当初年龄大了没有娶妻也是因为漂泊不定，毕竟这门手艺不是什么好营生，有人觉得晦气。后来到尉家村附近，因为一直做不完的棺材才暂时落脚的，到阿金家也是机缘巧合。具体怎么回事阿金一直不知道，虽然跟继父关系很好，但是阿金毕竟大了，继父也多有避讳，以防闲言碎语。阿金猜想是聘礼，不要聘礼的姑娘人人抢着要，光棍太多了。

阿金在 18 岁那年回到尉家村。外出那年，她一直没有断了跟尉家村的联络，虽然知道得不多，但是她知道伯母和堂哥长生还在，她家那间房子也没有倒下，而且尉家村已经不再闹瘟疫了。促使她回尉家村的另一个原因是继父年纪大了，近来身体一直不好。

父女俩收拾完东西，推着板车带着全部的家当，然后搭船回到尉家村。乡音无改，尉少明家的桥埠已不再私有，阿金也在那里下船，她终究没有体会到当年阿三他爹的那种感觉。世道变太多了。走到村口的那棵枣树下，往昔一幕幕上演，不过它好像没有当初走时那么郁郁葱葱，是因为老了吗？

这几年的尉家村太平了很多，死人的节奏早已减缓，再也不是一个外人不愿踏足的灰色地带，春风吹散了死亡的气息，只是村里还有几分萧瑟。尽管万物是如此生机勃勃，满眼翠绿。

家里的几间土坯房历经风雨，奇迹般地没有倒下，暂居在堂哥家的阿金父女俩，从伯母手中接过钥匙的那一刻，阿金才觉得自己终于回家了，哪怕它已经破落不堪。加快打扫修补的节奏，她想尽快住回自己的家，此刻她才清楚自己对家的眷恋。三十来岁的堂哥一直没有娶老婆，他老实，瘦弱，对阿金很好。

虽然谁也不知道尉家村是什么时候开始有的，阿金家的祖坟里也不过葬了十代人，但是阿金的辈分是极高的，跟同龄人差两三个辈分也是正常的。这种差的背后是辛酸的过往，只能说明这家人人丁不旺。作为土生土长的尉家村人，虽然已经从小丫头变成大姑娘，但是村里人对她还是熟悉无比的，况且她还没有嫁人，还是老尉家的人，而且继父当年算入赘，村里人也是清楚过程的。所以父女俩回来之后的一切还是非常顺利的，没有从村里除名,参加了村里的合作社。

阿金回家后的第一件事就是带着香和蜡烛去了坟地。看着齐腰的杂草和因为年久失修裸露出来的缸,眼泪便止不住了。她跪下重重地磕头,嘴里轻轻念着:我回来了。有一个重要的决定也是在那一刻定下的。

继父在阿金回村后的第二年过世,阿金披麻戴孝,在伯母和堂哥的帮助下将继父葬入当初预留的那个位置,看着他们将三个红色的字慢慢描黑,阿金第一次将墓碑上的字全部读出来,原来父母的名字是这样写的。而哥哥们的那个墓前面却是什么也没有,只有阿金记得,其中一个叫阿生。她感激这个刚刚入葬的男人,这些年是他养活了自己,还让自己读书认字。心底默默叫着:爸爸。

阿金忽然觉得除了这几抔黄土,这个家真的只剩她一人,孤零零的一个人。

她对着大坟里的阿生说,自己现在有能力守着家了。她也像她自己所说的那样,自那往后的日子,阿金一直守着,就像那天的延续,没再离开。

第三章

1

苦难何曾对谁宽容。

在尉家村那些年闹"村败"以及战火中幸存下来的人已然不多,特别是成年男子,让这个散落在江南水乡中的小村有些堪忧。一度传言,尉家村如果谁家死人,连抬棺材的人数都凑不齐。

村里能活下来的人中,能读书写字,特别是能识字的女孩更是屈指可数。阿金凭借当年上学识得的几个字,荣升此队伍。再加上干活利索,头脑灵活,虽然没有正式任命,但一个未婚姑娘基本上已经充当起大队里妇女主任的角色,经常带头传达上头的文件。尽管文件时不时还得事先找人读一遍标上白字才能读,但就算如此,她也是出类拔萃的。青春洋溢的阿金时常出现在村里的各种场合,两条羊角辫随着她的身姿骚乱了多少年轻男子的心啊。阿金长得漂亮,对她有意思的适婚男士自然不在少数,几个小村组成的大队里的一个年轻干部就是其中之一。人家是正儿八经上过学、参过军,乡里正式任命的干部,阿金对他也颇有好感,两人时常一起工作一起讨论,阿金肚子里那半瓶墨水自然抵不过人家的学问,与其说是欣赏不如说是崇拜。有些感情是在潜移默化中发展的,当她意识到村里开始有风言风语流传的时候,她才忽然清醒过来,意识到自己必须要将懵懂的初恋遏制在萌芽状态。这个决定无疑是痛苦的,但她不敢继续,也不能继续,她有她需要守护的东西。

在彼此有勇气捅破那扇窗户纸前,阿金刻意远离。她能明显感觉到他的不解,但她避开了他探寻的目光,时常故意和村子里那些年轻女孩打打闹闹,以此来表现自己的镇定。萌芽的感情在心里肆意张扬,夜晚眼角溢出的泪水宣示着她内心的柔软,握紧的拳头是她的坚定。她还来不及动摇,一切便彻底结束了。优秀的男人身边总是不缺女性追求者的,大队里一起工作的另外一个女孩抓住机会,甚至胆大到生米煮成熟饭,并最终将自己嫁给那个男人。尉家村的阳光再耀眼也照不进阿金的内心深处,那里有她的坚持,也有隐忍。

阿金的初恋,结束得有些无声无息。她却不曾后悔。

阿金与阿生的再次相遇在她20岁那年的冬天。

这个阿生不是阿金的哥哥,而是隔壁村陈家门的,叫陈金生,名字中带着阿金的金,和阿生的生。阿金很多年前就认识他,就是当年那个跟在她屁股后面割草的小子,阿金记得他。当初两人的交情便仅限于一起替尉少明家干过活,这么多年过去,阿金对他更是没什么具体的印象。两人再次相见时,他的长相依旧,倒是很像在原有基础上放大了近一倍。脸依旧黑,眼睛依旧小,牙齿依旧是龅牙,依旧瘦而高。彼时,他已经在上海当了3年多的兵,阿金只听说过那个地方很繁华。

阿金记忆里的他已经模糊不清,阿金向着他迎面走去,打算给个笑容代替语言。结果阿生露出洁白的龅牙,对着她,只说了一句:"你回来啦?"那张脸上有掩藏不住的笑意,也许脸也有点红,只是黑得有些看不清。阿金没想到他会对她说话,礼貌地点头作答,然后就是长久的沉默。阿金走过他的身边,真高呢,阿金忽然这么感慨。身着军装的年轻小伙子,似乎还未褪去青涩,黝黑的脸棱角分明。穿军装果然能让人看着精神,哪怕他长得丑些。

阿金对这次见面并不觉得特别意外。她回村以后,就曾听人提起过,只是大家习惯叫他长子金生,近一米八的个子在那个年代的江南确实比较突出。不过他们一家子人都长得跟竹竿似的,瘦高瘦高的。原本是没人关心这些的,直到他18岁那年被征兵入伍,才受到别人的关注,当兵可不是人人都可以的,有粮吃还有工资拿,长子金生能当兵,不知道得到多少人的艳羡。

阿金也正是因为他那身军装才将一切对上号的,其实她早已忘了他。倒不想他竟然会那么问她,有点像多年未见的老友。

金生也是穷人家的孩子,七八岁的时候母亲就死了,姐弟四人加老父亲一起过活,他是家里最小的。小时候,基本上是姐代母职,照顾他们几个。长姐出嫁后,三个光棍跟着父亲过活,家里穷得叮当响,裤子破了也没人补,家里那条好裤子基本上就是谁出门谁穿。家里没有土地,一家人靠着给地主家打工勉强养活自己,穷得连亲戚都基本断绝了。中华人民共和国成立以后,土改了,家里才吃上饭,大哥娶了媳妇,二哥到邻村当上门女婿,金生戴着大红花光荣入伍,这个家才算在村里有了一点存在感。听说这次回来是因为父亲过世,跟部队休了探亲假赶回来的,电报收到的时候,老头早就咽气了,所以赶回来也只是磕个头,假期结束,马上就要回去。阿金对他唯一的印象还停留在小时候,没有过多地留意,因为不曾想过还会有交集。

阿金不知道对自己来说毫无意义的遇见,会就此影响她的一生。因为在那年的春节前夕,她竟然收到一封部队的来信。阿金长这么大,第一次收到这种叫"信"的玩意儿。因为大部分人都没收到过,这件事成了尉家村的稀罕事。阿金收到金生的信这件事几乎传遍村里的每个角落,连早年裹脚没法下地干活,只能在家照顾孩子的伯母也听说了。无论信里写的内容是否符合她的心意,但是收信的这份虚荣感却让她得到了巨大的满足。村里永远不缺的便是闲言碎语,随风来随风走。因为阿金什么动作也没有,所以这件事引起的小小涟漪被大雪掩盖,一切又回归到风平浪静。

直到第二年春天第二封信到来的时候,大家才再次从中嗅到了耐人寻味的味道,伯母终于忍不住问起阿金。阿金虽然含糊地回答着,但是伯母却从她的脸上看到了女儿家的娇羞。阿金家说到底,如今只剩下她一个人了,看着这个孩子这些年一个人一点点熬过来,伯母是看在眼里,疼在心里。可是家里太穷,自己的儿子长生一直娶不上老婆,眼看着要一辈子打光棍。为了不让他成为绝户,被人戳脊梁骨,阿金伯母将出嫁的女儿生的第二个丫头过继到儿子名下,既是舅舅也是爸爸。如果他将来能娶上老婆,女儿可以嫁出去,也不会影响到自己生的孩子。如今孙女都大了,老实巴交的儿子眼看着娶妻无望，伯母是打心眼里希望阿金可以嫁得好一点，别再受苦，这个家里的人已经够苦了。她不知道，阿金心里有自己的打算。

2

阿金有个一起长大的小伙伴叫顾阿大——这只是按着出生时间排的名字，她如果有个妹妹可能就叫阿二。阿大和少明家上数几代本是同宗同族。阿大父亲本姓尉，与少明家沾亲带故，家庭条件却有着天壤之别，少时便过继给了顾家。按辈分算，阿大是少明父亲没出三服的嫡亲侄女呢，跟少明同辈，小阿金一岁。阿大很小的时候——具体小到几岁阿金也不记得，家里人都过世了，她只得寄住在唯一有经济条件的伯父家。虽然是在地主家，可是活得像个下人，阿大是个好脾气又没主见的，逆来顺受的性格，阿金跟她挺合得来，两个人总是在一起干活。地主婆对阿大刻薄至极，少吃少穿是必然的，吃饭不让同桌，一般都是些剩饭剩菜，甚至是馊的隔夜饭。但阿大就这么安然地成长着，也许身体早就知道在这样一个家庭生活她没有生病的资格，因为生病基本就意味着自生自灭。

阿金回到尉家村，最高兴的人估计就是阿大了。当初阿金走的时候，她一路哭一路追，祈求他们能将她一起带走。她们两个人成天腻在一起干活，特别是阿金继父死后，阿大基本上晚上都住在阿金家。阿金胆小，不敢一个人睡家里，所以以前继父给她找的保姆也得是陪住的，而不是管一日三餐就好，而阿大在伯父家住得还不如狗窝，两个人算是各取所需了。阿金走后那几年尉家村的事，也都是阿大一点点告诉她的，两个小姐妹晚上有说不完的悄悄话。

阿大说，她伯父家后来也办过丧事，就在阿金走的那年冬天，死者不是病故不是老死，而是一场意外——被豆腐烫死了。那天中午，地主家后来新娶的大儿媳从地里干完活回家吃饭,因为尿急走得快,把其他几个都留在了后头。有道是肥水不流外人田,原本找个没人的野地角落解决就可以了,可这要是被她那婆婆知道,非得挨揍。

　　自从阿大到了这个家,家务活基本就交给这个小丫头了,自然包括做饭。那天中午阿大做了一大锅咸菜烧豆腐,放在锅里保温就去柴房拿东西了。在南方阴冷的冬天,吃一口配着腌制入味的咸菜的热腾腾的豆腐简直就是一种享受。大儿媳穿过前厅,路过厨房就被这种香味吸引了。看看四周没人,她打开木质锅盖,土灶里白白的豆腐还在发出"咕咕"的声音,受不住诱惑的她就拿起大勺舀了一勺。谁知刚放到嘴巴里就听到脚步声,她着实吓得不轻,却又不舍得放下勺,害怕责罚的她选择一口送进去,滑不溜秋的豆腐带着滚烫的汤水就这么溜进了她的五脏庙。软软的豆腐滑过食道的幸福感瞬间变成胃部的灼痛,甚至有烧心的感觉。真的是"热豆腐烫死养媳妇(童养媳)",下一瞬间她便因为疼痛而躺在地上打滚。等阿大听到动静赶过来时,看到的就是这样一番景象。阿大不知道该怎么办,她完全被吓傻了。呆呆地看着,直到她在地上打滚的大嫂慢慢减缓动作,嘴里发着"呜呜"的呻吟声,最后躺在那一动不动,而眼泪一直顺着眼角往下流,阿大吓得移不动脚步,一屁股坐在地上。阿大就这么静静地看着这个躺在地上的人,之前因为不停地打滚,她脚下的泥地都被蹬得有些不平整了,要是被老太太看到肯定又要挨骂了,阿大那一刻心里这样想着。

　　等其他人到家的时候,大嫂的嘴角流出血水,身下也有一滩水,一股的尿骚味扑鼻而来,大概这就是"断命尿"。一个活生生的人,因为偷吃一块滚烫的豆腐就这么死了,阿大的有生之年再也没有吃过豆腐。

3

地主少明家这几年发生了不少事,地主婆原想再找个苦人家的丫头给他儿子续个弦。但是不知道怎么外面就传言,说他们这家克儿媳妇,两个儿媳妇都是被克死的,而且死得都那么惨。有几户原本有意思的人家也不愿意担个卖女求荣的坏名声,况且尉家村遭了几次兵匪,丢人丢钱,一蹶不振,尉少明家也有些败落的迹象。一时半会儿,也没找到合适的,这件事就被耽搁了。最主要的是,他们家大儿媳死后一年左右,尉家村就迎来了解放军。尉家村这块土地上已经很久没有出现过这么多成年男性了,顿时有些不适应。他们看着那些人,就像看到了希望。

后来,尉少明和瘸脚阿三两家的土地被没收,家里交出的地契也被一把火烧成灰,因为之前不知道从哪里听说有人反抗被枪毙了,所以嚣张多年的地主婆和白娘娘第一次老老实实的。阿大躲在看热闹的人群里,偷偷拍手叫好。地主婆跟白娘娘不同,白娘娘属于全程配合,哪怕心里再多不甘愿,但是原本还算配合的地主婆,在他们进后院进一步搜查的时候,她反抗了。

阿金也是从阿大嘴里才得知原来少明一直没有生育能力。阿大说这些的时候,阿金的脑海里总是出现小时候见到的那个人影,因为不良于行,他总是习惯性地坐着。阿金印象中的那个人本是瘦瘦高高的,长得颇为清秀,不似一般的庄稼人,脸总是白皙的,没有血色的病态白。就像阿大说的,他没有胡子,这点她以前竟然从未留意。他的下巴颇为干净,像个女娃似的,阿金以前只当是地主家日常生活讲究,不像庄稼人一般胡子邋遢。

阿大在某个夜晚告诉阿金,尉少明的两个孩子都不是自己生的。当初这件事做得隐蔽,知情人只有尉少明和地主婆,可后来还是不知道怎么的就被人知道了。起初可能惧于他们家的权势,多少忌惮几分,如今农民翻身当家做主,有些事就捂不住了,成为不少人的笑柄,茶余饭后的最佳谈资。尉少明的脸很是挂不住,很长一段时间躲着不见人。好事不出门,坏事传千里,这件事在附近几个村落传播开,尉家村人才知道——他们竟然不是第一个知道的。原来是地主婆为少英找的第二个男人,有次喝醉酒,自己跟别人说起的,以此标榜自己生儿子的能力。当初花了那么多功夫,转了几道弯,那个男人竟然还是知道了她们的身份。唯一的可能就是少英那个贱皮子,地主婆这么认定,并在心里将她千刀万剐,以此宣泄自己的愤恨。

阿金只知道这几年村子里发生了不少变化,当初的"瘟疫"已经烟消云散,村子里很多人将它称之为"麻风病",但阿金知道根本不是。因为她太清楚阿生当时的样子了,况且她见过麻风病人。那些年,来到村里乞讨的麻风病人她见得还少吗?那些人或夫妻或姐妹或……两三个人住在一条乌篷船上,随波逐流。来到村口的时候会敲响锣鼓,因为会传染,知道没人欢迎他们,所以不敢太靠近,用黑布蒙住脸和手脚。再伸出一根一头带着布袋的竹竿,祈求人们能给一点吃食。阿金看到过他们不小心裸露的肢体,没有手指,只有一个肉球的样子。紧紧地握着那根竹竿,为粮食,为生命,为一点施舍对着她们叩拜。

不过当年未知的答案,她似乎又在阿大的叙述中得到了。

当年村长带人去后院查看的几口缸,终于有一天暴露在光天化日之下。只可惜当年查看的人早已无人在世。

原本一直表现得还算配合的地主婆在他们要进屋的时候竟然起身阻止,让这件事变得更有探究的味道。这几口原本在后院的缸,如今早已搬到地主婆房间的床底下了。一字排开的四口小缸摆在众人面前,在场的,大概除了瑟瑟发抖的地主婆,大家都是第一次见。看似褶皱的表面光滑如镜,阳光打在上面,土黄色的表面渗出光亮。因为取不下缸口的小碗,只得拿锤子打破。一股恶臭扑鼻而来,倒出一摊黑不溜秋的水,水流散开后隐约能看出一具婴儿的骨架,众人一时毛骨悚然。第二个缸,再打开时,里面倒只有一个布娃娃,只是已看不清原本的颜色,上面插满了绣花针,里面夹着一张泛黄的纸,打开一看竟然写着瘸脚阿三的名字——尉俊杰。如果不是原本打算看热闹的白娘娘气得冲上去就往地主婆的脸上扇了一个巴掌,估计谁也反应不过来这个陌生的名字是谁。阿大也是第一次看到白娘娘的脸不是白的,而是红的,当她还想再动手的时候,被人拉住了。第三、第四个缸打开的时候,都是婴儿的骨架和毛发,从头颅看,怎么也有三四具。尽管烈日当头,可众人还是看得后背发凉。不禁想起当年忽然失踪的和尚,和那个意有所指的道士,虽然这件事过去多年,但就像传说一样代代流传。

七嘴八舌的议论声渐渐起来,但无论别人怎么问,地主婆只说这是自己当年生下来被淹死和掐死的孩子,因为舍不得,所以偷偷藏下的。至于诅咒瘸脚阿三的那个布娃娃,村里很多人都知道他们当年的恩怨是非,她痛恨这一家倒也合情合理。可为什么要给每个缸嵌上一只小碗,碗口特意留了洞,碗里明明还有血迹一样的污渍。特别是第一个缸,为什么它会被泡在水里,明明应该死了很多年,但样子却不像地主婆说的那么久。所有的疑问都没有得到答案,因为地主婆多一句都不肯说,而尉少明完全就是一副无知的模样,更别提几个小的了。

当兵的自然不信尉家村这套封建迷信,甚至因为搞封建迷信,他们还把地主婆拉去城里,让人专门教育了一番。回来后,白娘娘跟地主婆的架就没断过,尉家村人也从两人的争吵中得知,尉少明不能生育的事是由白娘娘在尉家村里散播的,而两人的矛盾起因却不得而知。冰冻三尺非一日之寒。要说曾经白娘娘可能还忌惮地主婆几分,可是如今地主婆家的地都被没收了,尽管她家的也被没收了,半斤八两,但好歹算平起平坐了。直到两三年后裹着小脚的白娘娘,在桥洞头洗衣服时不小心脚底打滑掉进河里淹死了,这场旷日持久的骂战才算结束。

土改之后,地主婆原本收养的外甥也带着媳妇跑回了自己家。其实夫妻俩感情不错,地主婆欺负外甥媳妇,她外甥是敢怒不敢言,那些年早就受够了她的虐待。天作孽犹可恕,自作孽不可活,当年不可一世的家庭,一下就成了孤儿寡母的可怜模式。老话说,江山易改本性难移,被放回来的老太太依旧我行我素,横行霸道。这个曾遭众人痛恨的家庭发生了翻天覆地的变化,不禁让人有些唏嘘。

阿大是实在没处可去,所以只能留下,继续被压榨。

阿金被阿大说得辗转反侧,难以入眠。阿大接下来说的一切似乎都在印证阿金的猜想。

阿大说有一晚她吃了隔夜东西闹肚子,晚上用蜡烛会被打骂,所以她总是轻手轻脚摸黑去茅房。她一直睡在大门那边的柴草间,要穿过厨房,进院子,然后是少明他们的卧房,穿过小弄堂,后面是几间杂物房,放些菜缸什么的,再是一个小天井,然后再到茅房,挨着牲口棚。阿大蹑手蹑脚地走着,不敢发出一点声响,这条路熟悉地她摸黑走都不会撞到,况且那晚月亮很圆,透过天井,将路都照得清清楚楚的。她忽然看到那个不久前刚被放回来的伯母站在牲口棚前的天井里,正拿锄头挖着什么,不一会儿就挖出来一口缸,就是跟之前被打碎的那几个一样,小小的,缸口不过成年男子的拳头大,缸高一尺左右。阿大单纯地以为是伯母埋的金银珠宝,可是当她看到她用刀割开自己的手指,往缸口的碗里滴血的时候,她把屎拉在了裤子上。只听到地主婆嘴里念念有词:"我还指望着你们让我儿子能站起来,再给我生个孙子呢,离 12 年就差一点点了,我可不能功亏一篑,况且那个女人还没死呢。"阿大说她听到这里就不敢再听下去了,哆哆嗦嗦地往回走,生怕被发现。阿金听得后背发凉,她心里忽然有一种可怕的想法。12 年往回倒,好像跟村败开始的时间有点吻合。难道说村里那些年死的人都跟他们家有关?可是她又将一切否定了。如果真是这样,那后来这几年又是怎么回事呢,后来不是没事了嘛,而且少明虽然后来又娶了媳妇,可是也没见他长胡子,更没见她儿媳妇肚子大起来啊! 阿金一夜无眠。

她不敢把自己的这种想法告诉阿大,阿大是个没城府的单纯姑娘,万一守不住秘密就完了。而且那时阿大不过 10 岁的样子,成天饿得头昏眼花,还有梦游症,万一是她看错了呢。如今自己正在积极入党,这些封建迷信的东西是不可信的。阿金这么安慰自己,她不敢往下想。

其实阿大还有一件事没敢说。阿生过世,阿金的伤心都被阿大看在眼里,她其实也很难过。多少次阿大被伯母饿肚子或者体罚的时候,是阿金一家省下一口吃的救下她;下雪的冬天里,是阿金的妈妈心疼这个小姑娘,省下一点破棉絮塞到她单薄的衣服里,让她保暖;每次她被赶出家门,都是阿金一家收留了她。阿金的妈妈还曾开玩笑说让她长大了给阿生当媳妇。

那次村长他们溜进地主家,其实阿大看到了,让村长他们离开的那个声响是她发出的,但不是故意的。那日,吃过饭洗碗时,她不小心打破了一个碗,被伯母用扫帚狠狠打了一顿,关在杂物房,就在那个放缸的屋子隔壁,两屋间有两个巴掌大的窗户,与其说是窗户,不如说是洞。伯母吓唬她,如果阿大再做错事,隔壁养的那只怪物就会把她吃掉,对于一个才几岁的孩子来说,这些威吓绝对是有效的。外面的门一关,这间屋子基本可以说是乌漆麻黑,她被吓哭,哭累后又沉沉睡去。

村长他们进来的动静吵醒了阿大,她原以为是伯母说的那个大怪物,吓得缩在角落瑟瑟发抖,捂着嘴不敢发出声响。忽然,她听到熟悉的交谈声,便大着胆子从门缝里往外看,啥也没看到。后来又感觉声音在隔壁,又搬凳子踮起脚尖透过“窗户”张望。通过后院天井折射出来的光线,阿大可以很清楚地看到村长他们,而村长他们却完全看不到隐藏在黑暗之中的阿大。

阿大看着他们翻窗进到屋子里,进了那间伯母从来不让她进的屋子,那间她认为关着怪物的屋子,她忽然想提醒他们那里有怪物。看着他们逐渐接近那些小缸,她吓得不敢动,其实她也很好奇。看着村长还将缸搬到窗口,她甚至怀疑他们是来偷东西的。纠结要不要制止他们,毕竟少了东西,伯母一定又会打她。紧张到腿软的阿大吓得有些哆嗦,从凳子上掉下来时碰到了脚边的柴刀,而柴刀发出的声响惊动了村长他们,就是他们以为有人回来的那个动静,那其实是阿大不小心制造的。

村长他们匆匆离开,而他们的行为却在阿大心里挥之不去。村里的传闻其实她也听到过,包括那次和尚作法,她其实也在现场。那次她是被伯母赶出家门,原想去阿金家,看到热闹就走了过来,所以当时聚精会神观看的人都没注意到小小的她的存在。这是一个敏感的年纪,穷苦而寄人篱下的生活让她异常早熟,早就懂得察言观色,分辨好坏。这样的场合于她是尴尬的,也怕别人对她生出异样,在大家发现她之前便悄悄地离开。而事后村里人对这件事非常有默契地谁也不再提及,就像从来没有发生过,所以在村子最东端"风水宝地"居住的少明家是完全不知情的。但阿大的心里却从此记挂上这件事了。某个夜晚，趁着没有月亮，她竟然摸黑走出家门，拿着镰刀狠狠砍在那棵枣树上，但是她不敢砍断也没有力气砍断，只想砍几刀，让它慢慢死去。这一切她不敢跟谁提及，也不知道这样是否改变了什么，当时的她就是想把所有的怨气都砍在那棵树上。

在阿大的记忆里，无论杀猪或者杀鸡还是杀任何动物，别人都会把血留起来等凝固再当菜食用，而这个家的这些热腾腾的血都被伯母拿碗接起来匆匆带走，从来没有上过餐桌，以前只说伯母不喜食。她害怕一切传闻都是真的——养小鬼。阿大不懂，但她听到的鬼故事里很多都有涉及，说是一些人会把一些早夭的孩子，特别是那些活活弄死的，怨气越重越好，放进特制的缸里，以血供养，让其为自己办事。基本是些见不得人的损耗他人性命之事。不过还有一个好消息就是，这些东西白天是死物，或者进入休眠期，只有夜间才能行动。

有一日，正好其他人都不在，伯母让阿大杀一只鸡，事后拿着血往后面走说要去倒掉的时候，阿大跟了上去。伯母果然进到那间屋子里，她透过门缝偷偷往里瞧，伯母的后背对着她，正弯腰做着什么，可惜她看不到。身后牲口棚里的羊忽然叫了一声，伯母转过身来，吓得阿大不敢再待下去。地主婆也是个小脚女人，所以基本不外出干活，几乎每天都在，平时门窗紧闭，阿大既没有胆量也没有能力溜进去。

地主婆不知道是不是听到了什么风声，先是将它们埋进了后院，再后来又偷偷将它们挪到自己房间的床底下去了。这件事也是阿大无意间知道的，其实后来他们能顺利从地主婆的房间里找到那些小缸是阿大告的密。不过这些事她都没有跟阿金说，告密是一件不光彩的事情，阿金会怎么看她呢，她一个外姓，在村子里也可能会待不下去。

其实，阿大这么做不能说全是为了阿金，她是有私心的。父母意外早逝，让她一直耿耿于怀，撞见那场法事，让她开始怀疑父母的离奇死亡是否与那些东西有关。阿大家原本也算殷实，父母死后，伯母接管了她的同时也接管了阿大家所有的产业，但却并不善待她。她不知道那些传闻的真实性，但一件件事的刺激，让阿大内心对伯母的怨恨与日俱增。以致后面两家身份互换以后，阿大对伯母一家也是不愿意照拂的。这都是后话。

4

阿金在金生的第三封来信时，第一次拿起笔给他回了一封信。想着金生那一手好看的钢笔字，再看自己那歪七扭八的幼稚字体，忽然有些不好意思。原本自己还算村里为数不多的"读书人"，可是对比这个在部队里接受了三年"扫盲"教育的人，自己简直就是井底之蛙。

这些年上门说亲的人不少，可阿金一个也没同意。倒不是她眼光多高，而是她不想嫁出去。原先是一大批自告奋勇的"媒婆"，农村很多已婚妇女，似乎在闲暇时对做媒这件事是乐此不疲的，堪称业余爱好，当然做了还能获得十八个蹄膀的媒人谢礼。阿金原先是腼腆的，后来大概也是烦了，就说想招赘的意思。渐渐地来做媒的人少了一些，不过倒经常来些"苦口婆心"的，劝着她不要有这样傻的想法，说这样会苦一辈子。可她当初在意识到这个家只有她的时候，她就知道如果她离开这个家，这个家从此便真的没了。其实谁也没有要求她，但是她忽然很想替父母，替哥哥们守着这个家，只要她还在，这家的香火就不能断送在她手里。她很清楚，自己要是愿意嫁出去，完全有好人家可以挑，可是如果要守住这个家，顶起这个门梁，她的选择就会变得很窄。堂哥也没有娶妻生子，难道这条血脉就要断送在她手里吗？也许她有些愚昧，有些固执，但她值得别人的敬佩。

以前入赘不算什么，可后来这世道入赘对很多男人而言却是尊严受损的大事，况且阿金也不是随便什么人都可以的，几代人住下来，谁家有点什么都知道，所以那些祖上人品不好的必然是不行的，而一般的乡野村夫阿金也实在看不上。金生对她来说完全是个意外。毕竟在她眼中，那个男人又高又丑。

　　她不知道就那么匆匆一面，为何原以为不苟言笑的男人竟然在信中向她表达了爱慕之情，说小时候一起干活时自己便喜欢她。两个人的上上次见面还是阿金离开村子之前，这么多年过去，如果不是那次她去陈家门转交文件，她根本想不起还有这么一号人存在。金生在信中说到了部队生活，还说到了很多自己的见闻，这些都是放眼方圆几里都找不出几个人能有的见识。在第三封信后，阿金终于鼓起勇气给他回信，信中的主题简单明确：是否愿意入赘？毕竟当兵回来的金生，以后应该会有很好的出路，他完全可以选择更好的姑娘。阿生的信，回得比阿金想象中的快，主题也很明确，什么都愿意。双方都已没有父母，此事两人做主便可以。此后两人的书信往来变得更加频繁密切，一场时髦的异地恋就这样进行着，感情在彼此的文字中迅速升温。夜晚的阿金时常畅想着以后的美好生活，这么多年了，她再次感受到温暖。虽然没见过几面，但好歹也不是旧式的盲婚哑嫁，阿金想起白娘娘的那个漂亮儿媳妇，瘸脚阿三没了白娘娘以后，日子就过不好了。自己腿脚不便，肚子里的那点墨水当了几天教书先生也被赶回了家，现在没了土地，又挣不了工分，脾气还不好。他的媳妇，一个女人养着家，还要带几个孩子，还时不时被自己男人打，时常躲在桥洞头哭，估计好几次都想寻死。阿金上门做过几次思想工作，可是那个女人也是一根筋，嫁鸡随鸡嫁狗随狗。阿金他们一上门，就帮着自己男人说话。瘸脚阿三呢，简直就是一个无赖，上门说得好好的，过几天老毛病就又犯了。

　　看看那个经常鼻青脸肿的女人，阿金觉得自己是何等幸运啊。虽然还没有一起生活，但是信中的那些关怀让她觉得老天爷终于开眼了。多少个肚里没食的日夜，阿金就靠着这些书信一点点熬过来。

　　金生家的两个哥哥，在外面的名声也不错，都是温和的老实人。阿金与金生确定恋爱关系的第二年冬天，也是金生当兵的第四个年头，金生跟部队打了报告，趁着探亲假回来，跟阿金办了结婚证。两人还拍了结婚照，照片上的阿金梳着两条麻花辫，穿着白衬衫挨着同样穿着白衬衫的金生，两张年轻的脸上洋溢着幸福的喜悦。简单地摆上两桌酒席，请的都是近亲好友，阿金的伯母和她姐姐阿娥在宴席上哭红了眼。金生原本是当三年义务兵的，后来又转成三年志愿兵，如果那次回来没有遇见阿金，也许他还会继续待在部队，如今只想早点退伍回家。那一年阿金22岁，金生24岁。婚宴的第二天，阿金带着金生来到自家坟地，恭恭敬敬地对着亲人们敬了一杯酒，也算正式告诉他们，这一家添了新人。

虽然结了婚，可阿金还是一个人住。一个女人家撑起一个家着实不容易，哪怕金生把他的工资都寄了回来。

婚后第二年的初夏，阿金去上海看金生，这是她第一次出远门，从桥垌头坐船，又坐了公共汽车，还坐了火车，按着他信中所写的路线赶往上海。还好金生在约定好的时间，等在火车站，要不然她肯定得走丢了。上海的繁华，让她觉得不可思议，更加不可思议的是，她竟然完全可以听懂他们说话。

小别胜新婚，当初两人连蜜月都没过完，金生就回部队了。从火车站走去招待所的路上，走着走着，金生就去拉阿金的手，把阿金吓了一跳，这件事要是在尉家村那肯定是要被人指指点点，说三道四的。可阿金逛了几天下来发现，在这个大都市这样是再正常不过的，况且两人可是合法夫妻，也便大着胆子牵着手了。金生带她去外滩，逛南京路，阿金一共住了十来天，两人就在依依不舍中告别。

从上海回来后不久，阿金便发现自己怀孕了，原本是件开心的事情，可是金生还得在部队待上差不多两年的时间，除了住在隔壁的伯母，家里连个长辈都没有。原本还有陪着自己的阿大，可是阿金结婚后不久，她也嫁给村西的顾大头了。说起来，这件事还是阿金给她出的主意，帮的忙。原本阿大那个地主婆伯母是想把阿大留在家里当免费长工用的，可是女孩子年龄越来越大，她这些年的名声也不好，可不想因为耽误了自己的侄女嫁人被别人戳脊梁骨。所以一心想把阿大嫁出去，不过她算盘珠子拨得贼响，买卖自然得赚，没有满意的彩礼是不可能的，这些年的粮食不能白白浪费。找来找去，给阿大找了个离尉家村几公里的鳏夫，不仅大阿大十几岁，还有几个孩子。说好听了是嫁，说难听了就是卖。

阿大找阿金哭诉。阿金就给她出了这么一个主意，尉家村东头有几户姓顾的外姓人家,反正也已经几代人住在村里了,有一个比阿大年龄大了五六岁的顾大头,跟阿大还是同姓。干活利索,家里没有兄弟姊妹,父母早亡,就是说话结巴,个子矮小,家里条件不好,只有两间瓦房。也被尉家村前些年的事情,多少给耽误了娶媳妇。阿大要是愿意,阿金帮她去说媒。村子不大,阿大当然知道顾大头,人确实长得其貌不扬,家里穷,自己嫁过去肯定要受苦,可是自己一个孤女,确实也没有更好的去处了。所以阿大点头同意,阿金便背着阿大的伯母把这件事给办了。等到地主婆反应过来的时候,人家已经是合法夫妻了,半分彩礼都没捞着,气得地主婆朝着阿金家的方向骂了好几天。如今阿大还赶在阿金前面生了孩子,自己都忙不过来。阿金看着自己日渐明显的肚子很是发愁。写信告诉金生,可他也没有假期回来。

村子里总有些老婆子眼睛毒辣,阿金故意将衣服穿得宽松以遮掩自己日渐隆起的肚子,可人家就是能从她走路的姿势看出来,在她屁股后面指指点点,然后捂着嘴偷笑。孕期的头三个月,虽然吐得胆汁都快出来了,阿金还得照常下地干活。阿金那段时间唯一能吃得下的东西就是盐水萝卜。萝卜是冬天作物,年前给拔了腌起来,如今也能管够,伯母时常熬点稀饭让孙女端过来给阿金补补身子,还好没有怀在前几年,那会儿家里连口吃的都没有,连门前的树叶都摘光了,多少女人生下死胎。

肚子显怀以后,阿金便羞于见人了,特别是五六个月以后,虽然入了冬,衣服厚实能遮挡,但是人小肚子显大,羞得连门都不愿意出,更别说去大队里开会了,就连党费都是托人转交。姐姐阿娥终于在阿金生产的前两天赶来,阿金第一次生产,脑子里总是想起母亲生妹妹的那一夜。虽然有伯母在,但是她老人家这两年眼睛已经不好了,她心里害怕,托人捎了口信给姐姐。开春本就是忙碌的季节,姐姐阿娥已经生下两个女儿,两个儿子了,家里一堆等着吃饭的嘴,可她还是赶来给这个没有任何血缘关系的妹妹陪产。

阿金整整痛了一天一夜才将孩子生下来,是个大胖小子,哭声洪亮。可是生产完的阿金怎么办,成了难题。女人坐月子是大事,姐姐不可能陪她一整个月,不过才待上两三天,婆家已经托人捎话来催了。都是挣工分养家糊口的,黄瓜秧等着去种,蚕宝宝等着去喂……阿金许是之前忧心过度,出不了奶水,孩子饿得哭,她也急得哭,还好阿大的奶水还没断,每天能接济一点。金生那边也只是去了个电报,告知母子平安,别的就指望不上了。如果问阿金是否后悔嫁给金生,那一刻是有过的。金生能做的除了每个月将工资寄回来就是给未见过面的大儿子取了个名字,单名一个"忠"字,尉忠,跟阿金姓。

女人坐月子是件大事,阿金成天哭,那是要留下月子病的。最后还是姐姐阿娥做出决定,她要带阿金回家。简单收拾了点东西,阿娥抱着孩子,阿金生完后下身一直也不干净,连走路都颤,是堂哥长生背着去的桥垌头,然后又摇着船送他们去了阿娥的婆家。阿金发现,少明家那棵枣树好像好几年没有开花结果了,也许哪天就被蛀虫蛀倒了。按照当地的规矩,未出月子的女人不干净,按理是不该出门的,到了别人家也不好走正门,以免晦气,所以还是堂哥长生背着她从姐姐家的后门进的屋。虽然事后遭了姐夫不少白眼,但是阿金还是咬着牙忍下,有什么办法呢,这时候命比自尊心重要。姐姐阿娥每天去地里挣工分,出门前给阿金准备好吃食,还让两个女儿帮着照顾小姨、洗尿布、看孩子之类的,大女儿本就有带弟妹的经验,可帮了阿金大忙。后来阿金将她认作干女儿,两人一直亲厚。

出了月子,阿金的身体也恢复不少,奶水也够吃,就收拾东西回了尉家村。为了糊口,她时常把儿子放在篮子里带到田间地头。只有下雨下雪的时候,才偶尔请伯母照看。孩子也懂事,似乎知道母亲的艰辛,一直很好带,除非饿了、尿了,基本不哭不闹。娘俩就这么一直等到金生退伍回来。

5

金生回来的时候,儿子已经会走路说话了,对着这个只见过照片的陌生男人,刚开始怎么也不肯叫爸爸。看着原本身材风韵的妻子变得消瘦,一头齐耳短发替代了麻花辫。金生的内心知道对他们的亏欠,原本是想给这个自己暗恋了那么多年的女人一个幸福的生活,可是却让她受了那么多苦。金生一生让着阿金,应该就是从这里开始的。

金生退伍回来,去大队当干事,虽然日子过得苦,但总算是稳定了下来。阿金当初因为怀孕,没有去队里开会,现在大队里的职务也由别人担任了,不过她在村里辈分高,又识字,所以还是在小队里帮着管一些妇女工作。

金生回来的第二年冬天,小儿子出生,按着哥哥的顺序,取名尉良,依旧跟着阿金姓。金生倒是很高兴,可阿金有些失望,她其实一直希望是个女儿。冬日的月子是难熬的,天气冰冷,幸亏金生回来了,要不然她不知道自己是否能熬过去。金生并不是一个在家务上很得力的人选,平时基本上是阿金说干什么他就干什么。因为多年在外,再加上这个妻子来之不易,虽然金生话不多,但是脾气一贯很好。当初生老大的时候,阿金月子里落下了病根,身体一直也不好,所以原是不打算要老二的,可是想着自己多年来没有兄弟姐妹的那份孤寂,而且家里人丁单薄,小辈中除了堂哥家的女儿便只有一个儿子尉忠。阿金很清楚自己这些年是怎么过来的,她委实不想儿子将来遇事连个商量的人都没有,所以还是决定再生一个。心里原是想要个女儿的,都说女儿是贴心小棉袄,自己这一辈几乎连个走动的亲戚都没有,如果将来能有个女儿外嫁,自己还能去女儿家做做客。只可惜,事与愿违,老天爷只给她当婆婆的命。虽然那时并不讲究计划生育,但阿金的身体和家庭条件并不允许她再生,而且她还有一个打算:再苦再难也要让孩子读书。

原本想着有男有女就好了,一心想要女儿的阿金一度想把小儿子送走。而且小儿子明显是个调皮捣蛋的,夜里总是哭闹,阿金差点就学唐僧母亲将孩子放木桶里漂走了。不过,好在金生作为新手奶爸还算靠谱,任劳任怨。大的小的一起管,尽量让阿金有足够的休息时间。

冬去春来,熬过了最寒冷的时候,万物复苏。这个小小的四口之家正在努力经营自己的生活,破旧的房屋里有了生活的气息。不过生活也开始对他们提出真正的考验,带着孩子下地是必须的。开春下地干活,有时候将大儿子寄托在伯母那,小儿子就带去田间地头。只要不是下雨的日子,阿金就会将两块地之间的地沟刨得深一点,然后把孩子放在里面,让他就这么躺着,深深的地沟让他翻不了身,一般的哭闹阿金是不会理睬的。就这么一直养着,养到孩子自己会走路,所以尉良小时候最熟悉的味道大概就是泥土的芬芳了吧。再然后就是大儿子带着小儿子,阿金此后没再生孩子,不是没怀过,而是没要,实在不忍心孩子再遭这样的罪,当然后来又经历了一些事,就去做了绝育手术。

没有女儿的遗憾困扰了她几十年,那个存在于她虚无幻想中的孩子,总是漂亮温柔,善解人意。姐姐阿娥生有两个女儿,连阿大也有两个女儿。后来,姐姐阿娥的大女儿认阿金当干妈,彼此也一直亲厚,也算是聊以慰藉。不过阿金想要一个女儿的愿望还是强烈的,可是再生一个儿子的概率让她不敢冒险。阿大看出了阿金的心意,她有两子两女,决心把自己的小女儿过继给阿金。小小的女孩亲切地喊着她妈妈,阿金不是没有心动过,但最终没要。她其实是有自己的小九九的,如果真要领养一个女儿,她宁愿去外面抱养,这年头河边洗个衣服、去集市路上捡个孩子都不是什么新鲜事。阿大离自己不过几十米的距离,小丫头都已经懂事了,这事谁也瞒不住,自己辛辛苦苦养大了,可能还是别人的女儿。不过,这件事最终成为遗憾,其实是被别的事耽误了。

旦夕祸福。前一刻一家人还在向往未来,下一刻就面临希望破灭。

不过说起来,导致阿金没女儿还有一个重要原因是金生被抓了。"文革"的燎原之火烧到了这个距离北京一千多公里之外的江南小村。金生被带走,罪名是"当过国民党的兵",这个罪名是金生很多年以后自己的回答,明明是中华人民共和国成立以后当的兵,他的回答里有多少戏谑的成分不得而知。夫妻俩对此的回答似乎统一了口径,只说金生被抓走关在大队抽水的机埠台里,金生的"娘"家是贫农,阿金家也是贫农,非要找点事的话,不可解释的地方只有他当兵的六年时间。当然,事后说明不过是有人故意为之,但具体过程和缘由,两人一直讳莫如深,不肯多说一句。不过这一切导致的最直接结果就是,阿金决定放弃再生一个孩子的想法。原来贫困的家庭早已经不起一点风波,没有了金生这一劳动力,阿金身上的担子就更重了,原本还有的欲望在现实面前不堪一击。两个儿子日益长大,阿金想生女儿的想法因金生的这一变故也打消了。现实生活不允许这个家再多一张口。和他一起被批斗的还有尉少明一家和瘸脚阿三。瘸脚阿三家被抄出很多线装旧书,后来连死掉的白娘娘也差点被拿出来鞭尸。因为有人告发,当初白娘娘背夫跟人搞破鞋,说得有鼻子有眼的。事情发生时,阿三的爹还在,而阿三还没出世。有天村里来了个油头粉面的小白脸,说是路过此地,打听哪户人家招教书先生。要知道尉家村连地主家都是不请私塾而是送去小镇的,谁也不知道他和白娘娘是怎么勾搭上的,两人竟然还私奔了。一路跑到百公里以外的杭州附近过起小日子,可到了那,白娘娘才知道这人根本没有当初嘴上说的那般柔情蜜意,原来只想不要聘礼地骗个老婆回来。在那里过得还不如在尉家村的日子,每天还得下地干活,白娘娘是个小脚,根本不会种田插秧,所以就被嫌弃,后来找了个外出的机会又逃了回来。阿三他爹当年毒打他娘很大一部分也是因为此。如今知道这件事的人不多,少明娘算一个。而且据说少明娘跟长工生孩子这事不知怎么的,被白娘娘知道了。两个尉家村的风云人物就这么互相暗掐了几十年。阿金忽然想起阿大说的那个夜晚,脑子里闪过一种猜想。

再说尉少明一家,地主帽子肯定是摘不下了。他家里被抄出两条"小黄鱼",在日本侵略军当年的"三光"政策下竟然还能留下,可见这地主婆还是有一手的。前些年"流氓兵团"(一些混混组成的专门抢劫的杂牌军)来村里的时候,强行要求每户人家有一个小青年就要交1斗米,如今的6.25千克。那时候一个男人做一天工才抵上二两八钱米,基本上没什么余粮可交。可这老太太给少明和孙子交米的时候还哭着喊着说没余粮了,要知道"流氓兵团"可是动不动就随便枪毙人的,谁家没遭过殃?这事发生在阿金回村前,所以具体的事她也是听别人说的。

可金生呢,就有些莫名其妙了。之前村里有人手术大出血,急需输血,村里组织大家踊跃报名,金生还带头加入,一共没几个人参加,匹配的人连他在内只有三个。本来每个人400毫升就好了,结果一个临阵脱逃,金生仗着身体好,硬是一个人一次性抽了800毫升。那户被救的人家,除了一声谢谢,什么物质上的表示都没有,村里也只给了一个口头表扬。家里穷得叮当响,连补身的钱都没有。阿金找点红糖泡水让他喝下就算补血了,休息不到半天又去上工。两个嗷嗷待哺的孩子,让这个手停口停的小家不敢耽搁能挣半个工分的时间。阿金将金生身体败落的起点归咎于此,为此一直耿耿于怀。之前还被夸奉献可嘉的人,如今却成了批斗对象。一切的不合理,在那时总是莫名其妙地合理。

6

因为本来就在农村,金生没有被送往外地劳改,只是这常年跟水打交道的机埠也不是人待的地方,过重的湿气能把好端端的人折磨死。金生所谓的问题后来都查无实据,他的"劳改"自然也就结束了,最后关了不到一年时间便被放出来。经此一事,金生整个人的心态似乎也发生了巨大的变化。大队里的职务是干不下去了,村里人看他的眼光也没了当初那样的敬意。当年意气风发的优秀青年眼睛里有了落寞的神情,身体也不复当初,原先笔挺的腰杆已经有些微驼。消瘦的脸庞,两只眼睛有些凸出,显得极大。

阿金为此愤愤不平,但是也无可奈何。她当初因为生孩子没有去队里参加活动,后来人家连党员会议也不通知她了,起初自顾不暇也就没有进行询问,就在她意识到有问题的时候,一切已经无可挽回。她是在这件事很多年后才被告知自己没有入党,可她明明在加入青年团的时候就已经提交了入党申请书。这对年轻的夫妻先后受挫,如今只想着将两个孩子养大成人,阿金让孩子们成才的欲望更加强烈。她的眼神与金生的不同,那里还有火,熊熊的火焰。

再说瘸脚阿三家和少明家,又关又批斗地过了几年,但最终还是保住了性命。两家被抄了个底朝天,阿大说的地主婆后来又偷偷藏着的那口小缸却没有出现在阿金期待的清单里,此后便遗忘在阿金的记忆里。阿生他们都已成为生生白骨或是一缕青烟,答案似乎也已经不再重要,"村败"也随着他们的离世结束了。阿金说到底,其实是不信的,阿大的话多少是有些夸大,毕竟她内心深处那么恨地主婆。

现在是一个人人平等的时代,她赶上了,她的孩子们也赶上了。清明时,能亲手为这些土馒头添点新土她便已经知足。坟上铺满绿色,顶上的万年青静静地生长着。边上那两棵她回村时种下的松树也已郁郁葱葱,亭亭如盖了。金生帮忙清理杂草落叶,两个儿子摘两把油菜花放在坟前,乖乖地磕着头。

阿生死后那么多年,阿金第一次没有在他面前哭。

第四章

1

　　地主婆在一个春光明媚的午后告别了自己的舞台,她的离开如同她的一生,不同寻常,像给尉家村的一个时代画上了一个句号。虽然是一场彻底的离别,但没有人为此伤心,大家像是为这一天已经等待了许久,包括她的家人。作为尉家村的代表人物,她的离去自然不会无声无息。

　　这些年地主婆家的日子并不好过,儿子不事生产外加腿脚不便,生活水平自然呈断崖式下跌,然后就持续平衡,稳定在尉家村的贫困人员名单里。人心是个复杂的东西,跟贫富无关。地主婆早年耀武扬威,在村里人缘极差,如今落魄,日子的艰难基本可以想见。他们养大的阿大虽然嫁在同村,但也完全没有一点想要来往接济的意思。尉少明一家往日风光不再,却没有认清现实。依旧不懂人人平等,只觉得眼前的落魄不过是暂时性的,虽然经过几年的劳动改造,但内心依旧带着怨毒。当初外甥走的时候,地主婆留下了那个由她一手抚养长大的孩子,比对自己的孙女更亲切,毕竟这个孩子身上才流着跟她一样的血。遗传这件事是很神奇的,地主婆的大孙女像极了她的妈妈少英,木讷呆滞,很不讨喜,地主婆早早就将她嫁人换得一笔不错的嫁妆。孙子比大孙女好不少,但终究不是她的血脉,反正得留着传宗接代,只要听话就好。但是这个小孙女,嘴甜乖巧,日常行事完全深得地主婆的真传。所以当初外甥带着媳妇走的时候,地主婆没舍得让她走,而外甥也觉得那孩子得了老太婆的精髓,绝非善类,根本不敢带走,毕竟当初是连自己妈妈都敢虐待的孩子。她敢抢大姐的吃食,给自己的亲妈吃馊饭,将刚生下的妹妹扔进马桶……

　　中华人民共和国成立以后，尉少明一家也发生了翻天覆地的变化。头几年的生活重担基本压在阿大身上，每天日出而作日落而息，吃得少干得多，养着一家子。当然地主婆他们几个迫于形势的压力，也不能像以前那样什么也不做，也得下地干活，起码样子得做足。一个人身上附着四只血吸虫，日子越过越穷。说起来还是"大锅饭"政策救了阿大一命。全村吃饭最积极的当属他们一家，总是最先来，要是哪天吃肉，那简直就是不要命的节奏。不仅放开了吃，还要偷拿，这可是集体资产，可谁要是敢阻止说上一声，少明能马上表演倒地口吐白沫的绝技，甚至躺到谁家门口装死给人添堵。天不怕地不怕就怕无赖。而且地主婆和她那个小孙女也都不是省油的灯，那嘴问候起谁的祖宗十八代还不带重样的。当然，这都是后话，在"大跃进"前他们做的事才真正让他们此后几十年都遭到别人的厌恶。

　　人的恶毒不在嘴而在心。村里的土地重新分配之后，阿金堂哥长生家的地和少明家的地挨着，有时候两家人家会为了一条地沟吵起来。原本那是公共地带，少明家就会想尽办法去占这点便宜，偷偷将作物往地沟里种。而长生家的作物要是不小心长到少明家的地里，哪怕是上空，都就会被当作是他家的，即使是一棵桑树枝条伸展到他们的空间上，那么那几片桑叶就会被他们连枝折断，不会再出现在长生家蚕宝宝的菜单上。更别说那些土豆、红薯、南瓜、丝瓜之类的藤蔓作物。有时阿金伯母气愤不过骂上几句，地主婆也从来不甘示弱，能跑到家门口来骂，她的原则就是在他们地里的就是他们的。而相反的，谁家要是像他们家这么做，遭到的谩骂只怕更甚。村里对他们采取的原则就是：少招惹。

　　他们的恶毒显然并不止于此，不仅要占人家便宜，还见不得别人家好。水田里种着水稻、黄瓜等作物时，一般都要保持田畈里的水位，为此每家都会在田里挖上几条小水沟，四周贯通，让水可以流通，保证每一棵作物的需水量。田畈里挖有公用的大水渠，而每块依靠田埂划分的水田总有一头是挨着水渠的。所有作物种植是有时间要求的，所以每次需要水灌溉时，如果河里水位高，便可以打开水渠与河的连接口，将水引进水渠。如果水位低,便需要动用水车。这是个大体力活,大家轮流踩,这对阿金而言是段痛苦的回忆,身子小小的她,踩完水车腿脚都是肿的。当水渠里的水位逐渐高涨,需要引水的人家,便将自家的田埂打开缺口,让水自然流入,够了就用泥巴将缺口封好。上百亩的水田,需要的水量也是巨大的。水渠的水位一旦低于缺口,便没有办法进行引入,所以大家往往会把田埂修筑得很牢固,再用淤泥牢牢糊住缺口,还要检查哪里有漏水的小缺口。虽然一同劳作,但一户人家主劳力的不同能力决定了不同的收成。这些长势喜人的作物总会遭到某些人的嫉妒,夜深人静时,也许哪家的水田就会漏水了,第二天水田变成旱田,唯一的解救办法只能是一担一担地从河里挑水灌溉,这绝不是一件轻松的事。一开始想着也许是哪条黄鳝打的洞造成的漏洞,但黄鳝洞一般都不会走直径,而且似乎还专挑长势喜人的几块田。当这样的事一而再再而三地发生时,人家就嗅到了不寻常的味道,当中显示的规律带着人为的选择。虽然怀疑的对象不过就是那几个,可谁也没有证据,无凭无据村里也没有办法做什么。

而这样的事却还在继续发生,甚至越演越烈。辛苦多时,原本就要"上山"(将蚕宝宝放在用稻草做的柴龙上)吐丝结茧的蚕宝宝吃完桑叶却摇头晃脑还吐水,发生变异,这意味着之前的努力皆付之东流。而这一切的起因就是吃了有问题的桑叶,蚕宝宝是非常敏感和娇弱的物种,桑叶上只要有一点点农药残留就会出现问题,有一条病蚕都有可能祸及全部。养蚕时,家中蚊虫再多,也不能点蚊香,擦了花露水都禁止入蚕房,这样的事于阿金他们而言都是常识。桑蚕作为尉家村每户人家最重要的经济来源,都会被悉心呵护。蚕宝宝住的房间是家中最好的,养完一季都要用石灰消毒,清洗蚕匾,并保证它们冬暖夏凉,蚕房里专门有个小火灶以防它们冻着,每年还会专门举办蚕花节,供奉蚕花娘娘,甚至还有专门的祭祀,以求一切顺利。桑叶明明记得没有洒过农药,家中日常该注意的事项都有注意,可养了半辈子蚕宝宝的人家还要将一匾匾活着的蚕宝宝往河里倾倒,白白胖胖的变异蚕只能喂鱼。一旦这样的事发生,女人们往往整日哭红双眼,寻死觅活。在婆婆底下干活的儿媳可能就会被埋怨,甚至遭到谩骂和毒打。这些事往往发生得突然，如果蚕宝宝还在二眠（生长的前期）前，兴许还能找蚕卵重新养，可到了大眠（即将吐丝作茧）之后，那可是一点补救措施都没有了，只能眼睁睁地错过这一季，更可悲的是往往连缘由都找不到，只能埋怨自己的无能。每个养蚕季总有几户人家遇到这样的突发事件，自古有之，其实不足为奇。可尉家村那两年此事发生的频率似乎有些偏高，阿金的伯母就因为春蚕的全军覆没差点把眼睛哭瞎，为此大病一场。本指望着攒钱给儿子娶媳妇的，结果原本说好的人家因为没有及时下聘也黄了。

原本算是稀疏平常的事，可因为高频率让村人一度陷入恐慌，好不容易熬过去的"村败"难道又要再一次上演吗？村里求神、烧香、拜佛比以往做得更加勤快。俗话说得好，若要人不知除非己莫为，真相揭晓得很是突然。

春末夏初，正是桑葚诱人的季节，桑葚是苍蝇的美食，更是孩子们的天然零食。紫黑的果实散发着诱人的味道，孩子们总会说着乌朵乌朵（音同"乌嘟"），吃得嘴巴紫嘟嘟的。阿金最喜欢的季节就是这个时候，茅草里长茅笋，甜甜的嫩心，拔一把剥着吃里面白白的果实是她小时候的乐趣；道路两旁种满蚕豆、豌豆，可以生吃，有清苦的味道，回味却是甘甜；挂满枝头的桑葚，紫的、红的、绿的，隐藏在绿油油的叶片之下，散发着诱人的光泽，招揽着路过的行人、鸟群、昆虫……尉家村的人从小便会分辨桑葚的种类，总能最快地找寻到最甜美的那颗。当然，最好的那颗往往会被鸟虫捷足先登，饱满诱人的果实摘下了才发现另一边已经坏了，这样的只能扔在地里化作肥料。对阿金而言，摘桑葚是她困难童年里美好的一段回忆，那时候阿生还没有病，他如同猴子一般灵活地爬到桑树上，将高高的枝条压下来，方便阿金摘取。兄妹两个饱餐一顿后还要捎些回家，找几片肥大的桑叶，叠成如尖角粽一般模样的小碗，用桑叶的蒂穿过叶片固定，里面可以盛很多桑葚，包好放在筐里带回家。吃桑果是一件瞒不了任何人的事情，舌头、牙齿、嘴唇都会带有明显的紫色证据，双手与衣服上的证据甚至不能轻易洗去。这个季节人们的嘴唇总有一种武侠剧里中了剧毒的模样，特别是孩子，大家对此习以为常。

茅草根和桑葚不能多食是阿金他们自小便知道的常识，大人告诫说吃多会流鼻血。但如果有人因为吃桑葚而吐血，那这便不是小事了，需要紧急送医，一开始只当是食用过量，看那嘴唇的紫色程度便可得知，可最终得到的结论是中毒，而且应该是农药之类的。仔细询问，这期间唯一的外食只有桑葚，一时间弄得尉家村人心惶惶，毕竟正常情况下是不会洒农药的。为了验证猜想，他们抓了一只麻雀，摘了那位食物中毒者之前采摘过的桑树地的桑果，喂食两天之后，麻雀便有些奄奄一息，将尉家村的人吓出一身冷汗。明明没有洒过农药，按照村里约定俗成的规矩，如果哪片地洒农药，那是要绑白布条在路口处作为标识的。如果是养蚕季，那更是要通知相邻几块地的人家，以防发生意外。可是之前谁也没得到相关的告知。此消息一出，沉默许久的尉家村爆发出一场前所未有的激烈讨论，谁家和谁家祖上有过节，谁和谁之前吵过架……一个个赌咒发誓自己绝对没干过。

直到有一个人站出来说出自己的疑惑，村里人才将矛盾对准了尉少明家。那个人家之前有一只老母鸡，原是指着下蛋的，天黑该回巢的时间却没有回来。所以出来寻找，可是怎么也没找到，倒是遇到了少明家的那个外甥女，看着她提着打农药的药水桶去河边，原本以为她只是清洗，结果却是往桶里舀水。然后背起桶子往村子外走，方向是集体用地的地方。那个人忙着找鸡也没有在意，就觉得这户人家懒得出名，看来明天太阳要打西边出来了，天黑以后还去打农药。当然，她没有证据，按理是不该说的，她说这件事是有私心的。那夜，她寻着寻着就听到鸡叫声，对自己家养的鸡鸭，虽然在外人看来一样，但农村人总会分得一清二楚，哪怕是几乎相似的叫声，在他们耳朵里也是有区别的。自家的鸡怎么会在他们家呢，难不成傻得宿错窝？可也不能贸贸然上门讨要，万一听错，那就尴尬了，况且他们家不是什么善茬。再说，如今充满对夜不闭户、路不拾遗的美好生活的向往，可不能随便怀疑别人，等明天鸡放出去吃完食就会自己回家了。她的美好愿望被一锅鸡汤的香味扑灭，垃圾堆里那一地鸡毛让她认清现实。上门理论，一场旷日持久的争吵在尉家村爆发，给平淡的生活增添了无穷的八卦乐趣。拿不出实际证据，地主婆以受了莫须有罪名的委屈发声抵抗，最终只是一桩无头公案，不了了之。

让地主婆家在此次桑树农药事件中受到怀疑的原因当然也不止于此，毕竟农药并没有洒在丢鸡人家的地里。直到另有人跳出来佐证了这个想法，有天夜里几个年轻小伙子借着满月的月光，手里提着几盏煤油灯，到水田里抓田鸡，运气足够好的话还能捡几只甲鱼回家。那夜却在田间遇到少明家的儿子尉福祥，手里拿着一根细细长长的竹竿，走在田埂上。看到他们之后就迅速走了，没有一起长大的情分，虽然年龄相仿，但一贯是没什么往来的。如果不是后来发生的一系列事情，他们也不会多嘴。这样一来，桑树地的问题还没解决，水田漏水的原因似乎浮出水面了。在所有人未理清头绪的时候，这件事终于落下他们认可的实锤。丢鸡人家的蚕宝宝几天后也出现异样，不过损失不算惨重，幸亏发现得及时，因为这次不是桑叶问题，而是蚕房里出现了老鼠。老鼠爱吃蚕宝宝，况且好几只，可明明事先鼠洞都补上了。这些老鼠明显是有人投进来的。原本此事隐秘，但是对一个人烟不算太稀少的村子来说，什么秘密似乎都不能成为秘密。有人看到尉福祥出事的前一天在那户人家的弄堂里徘徊，别人问起的时候竟说是掏蜜蜂。其实这个理由不算稀奇，毕竟在这样鲜花盛开的春天，掏蜜蜂再寻常不过了。找一面土质稀松的土坯墙，斑驳的墙上布满小窟窿，找一个透明的瓶子，装上新鲜的油菜花，再拿一根细竹条或者稻草头，将耳朵贴在洞口，听一下里面是否有蜜蜂，运气好的时候还能遇上正好采完蜜回巢的。等到它们入洞，一手将瓶子半捂在土墙的洞口，一手将细细的不长稻穗的稻草的一头轻轻捅进小洞。不一会儿，蜜蜂就被骚扰出来，顺势飞进玻璃陷阱。因为鲜花的吸引，它们会暂且忘记反抗。最后将收集到的土蜜蜂拿出来，屁股那一掐便能挤出甜甜的蜂蜜。如今想来是有些残忍的，但这是很多人童年的乐趣，也是那个年代的一点甜食。只是尉福祥的年龄做这些似乎有些偏大了，不下地干活而在那里做三岁孩童的玩意，让人有些不解。所以当人们将同日发生的老鼠事件联想在一起时，有些事实就如同证据一样摆在面前，哪怕不是实证。况且他们还想起，那块洒了农药的桑树地，正是丢鸡人家半年前私下置换给别人的，这是农村的常事，并非人尽皆知。所有事情对号入座，一时间尉家村人人都福尔摩斯附身，成了破案能手。这些年村里所有异常事件看来都找到了答案,人人都是恍然大悟的神情。心里再怨恨,大锅饭里还得有人家一口吃的。

再好的证据如果没有人赃并获那便只能沦为猜测,哪怕你吵得热火朝天,最后也只是不了了之。报复这样的事也不是谁都能下得了手的,况且即使是洒农药,喷雾会将农药洒到你所需要的范围外,这次边上几户不也遭殃了嘛!除了嘴皮子动动之外也无能为力。农村生活是件神奇的事,结着梁子也能这么生活,白娘娘和地主婆不就是如此吗?此事过后,尉家村人又过了很长一段按部就班的日子。

两厢无事地过了几年,赶上挣工分的日子,村里人终于觉得可以把社会主义蛀虫摒弃了。可现实并不会如他们所愿,阿大嫁人之后,剩下的这一家四口,祖孙三代,想的从来不是如何多干活挣工分改善生活,至少那三个留着同样血液的人是这样的。干活能偷懒就偷懒,少明是内八字,两个膝盖是左右对向长着的,其实也不是完全不能行走,只是走路的时候膝盖交叠地前行,不能长时间行走,更没办法从事重体力劳动。以前他当地主,天气好的时候,带把椅子到河边钓钓鱼晒晒太阳,轻松度日。虽然没读过几年书,算账倒是一把好手,那些年是他母亲的得力助手,最大的能力就是如何算计那些帮工的工钱,阿金小时候也没少受欺负,那个"斗"就是他的杰作。仗着身有残疾,要求干一些双手工作倒也无可厚非,比如坐着摘个桑叶、大头菜切片、削个榨菜头之类的,可他要求这工分不能按照劳动量算,得按照整劳力算,大队干部当然也不会由着他来,但终究算得还是比他实际的工作量高一些。以前凡事地主婆出面多,村里虽然知道少明也不是什么省油的灯,但从来不知道这么不省油。村里人也不是没有意见的,比如瘸脚阿三就提出要跟少明同工同酬,他们家的日子跟少明家过得半斤八两。阿三凭着自己的三寸不烂之舌,说得大队干部哑口无言。最后,鉴于两人的身体情况,村里只能做出让步。事实上,他们两家贫困的原因不止于此,瘸脚阿三家老婆倒是能干,奈何孩子还小,那些年生了四女两男,这还只算活着的。前面四个女儿,大女儿早已嫁人,其余三个生下来就送人了,如今两个儿子不过十来岁的模样,正是能吃的年纪。而少明家虽然一家子都能上工,但活干得是真不怎么样，能偷懒就偷懒，挑水选最浅的，锄头选最轻的，割稻选最稀的……当年跟阿金一起割草的那个小伙伴的伎俩被地主婆一家学以致用，用树枝架空草筐也不会比谁早割完。要说没人告状，那肯定是不会的。可不仅告状的人捞不到半点好处，还要被教育一番，先进帮后进云云。

阿金回村的时候，曾经不可一世的家庭已经成为村里最有名的无赖。当年趾高气扬、不可一世的地主婆脸上已有岁月的刻痕，以前时常散发着茉莉花香的头发已掩藏不住白发的痕迹，原本保养得宜的双手长满老茧，象征她地位的一应首饰全无踪迹，只是原本富态的身体依旧肥胖……岁月终究没有对谁手下留情。早年的养尊处优到底还是让她比同龄人年轻，身板依旧笔挺，再破的衣服穿在她的身上自有一种韵味，这是别人学不来的。阿金已不是当年的阿金，可是当年的事她却统统记得，当年干活说好的米最后不无意外地打了折；阿生的死被说成活该……阿金不是一个健忘的人。

如果没有读书，她也许会利用她所有的能力去报复，但是积极想要入党的她告诫自己忘却仇恨，其实她始终没有忘却，而是以另一种方式"报复"。所以在"文革"中也没有落井下石，当然这也有金生同样被批斗的原因。

2

地主婆走得并不轻松，这种不轻松却让尉家村的人舒服地呼出一口气。阿金的内心其实有些开心，但她不敢将这种欣喜让别人知道。

江南水乡的水域辽阔，水质清澈，水产丰富，水下的淤泥是农业上极好的肥料。这种肥料养育出的菱角饱满鲜甜。水乡的女人只需要一个木桶便能在水面上畅通无阻，盘腿坐在木桶里，依靠身体的重心和双手穿行在菱叶间，一只只红色的小菱角堆满木桶，即使像阿金这样完全不会游泳的人对于这项工作也是得心应手的。当然像地主婆这样肥硕的身材找一只能承受她体重的木桶却是不易的,所以她的工作往往是拉水草。"水草"是尉家村人对一种植物的特有称呼,这种植物学名"革命草",喜水,长长的管状空心枝条里可以储水,每个节处长着短圆形的叶片。是羊和兔子非常喜爱的食物,关键是它成长迅速。这大概是尉家村人最早使用水培的陆地植物,割取一小把,用绳子捆上,投入河中,将绳子的一端拴在河边的树上,防止漂走,过上半个月就会发现面积已呈几倍扩展,长势比在地里更加迅速。需要草的时候拉起绳子拖至岸边,拿起镰刀割上一筐,是极为简单方便的。

阿金回村后,与地主婆打过几次照面。当年在她面前瘦小无助的小姑娘已经长得亭亭玉立。阿金记得过往,地主婆却能跟没事人一般与阿金攀谈,甚至表现出对她父母早逝的关怀。这样的嘴脸,阿金不是不能想象,但还是觉得虚伪、恶心。阿金知道,如果现在不是新中国,她也许还不能回到村里,即使回来,也许还要受地主婆的压迫。推翻三座大山,翻身农奴才有了"人"的待遇,那个老太婆带着讨好的言语,是因为她现在帮大队里干活。

要说不恨她,阿金自己应该也不承认。她几个哥哥的死至今是未解之谜,她受的那些苦,地主婆到底扮演了什么样的角色,阿金不确定。但是这个女人内心有多恶毒,她可以想象。如果当初她不克扣自己那点粮食,阿生走前还能吃上一顿白米饱饭,想起那个瘦骨嶙峋的身影,阿金的眼眶有些泛红。

多年独自生活,阿金的性格已经有了很多变化,不再是当初那个任由别人欺负的小女孩了。她性格中的泼辣是她自己也没有想到的,秉承着人不犯我我不犯人的原则,可谁要是想欺负她,那也是捞不着好的。阿金刚回来时,村里对关于分给她土地的事有过争论。土地,于农民而言是命根子,能多分一份当然是好的。

虽然最终获得了她该有的那份,但阿金明白,人穷终归是被人看不起的,哪怕其实大家都很穷。尉少明一家落得如今的地步,除了本性不良之外,其实痛打落水狗的人也不在少数。

阿金一个孤女在村里要想立足并不容易,那些年想趁机揩油的也不在少数。如若不是自己有能力,她的这个家是否还能在,她真的不敢想。受了那么多年苦,她倒是明白了一个道理:不想被人看不起,首先得自己争气。所以看到地主婆和瘸脚阿三两家的无赖行径,她告诫自己要引以为戒,无论以前如何风光,他们后来如此行事,子孙后代都将在村里抬不起头来,毕竟还要几辈子住下去的。

那些年,她将与地主婆的恩怨暂且放下,并告诉自己,恶有恶报,不是不报,只是时辰未到。她要做的,是如何在村子里建立自己的威望。

阿金人前的那份气魄大约就是那时候一点点形成的。

阿金从来都知道自己不是一个任人欺负的性格,以前如果有隐忍肯定是为了活命。

自从被批斗以后,尉少明一家在村里属于被劳改的对象,即使地主婆是小脚也必须下地干活。阿金刚回村时,领着大队的头衔,在村里也算是风风火火干过几年,什么都抢个先进,与少明一家多少也有些磕磕绊绊。不过,她告诉自己,不能跟这些落后分子计较,所以跟地主婆那么多年的恩恩怨怨也暂且放下。后来自己生孩子丢了差事,再后来金生被批斗,她又回归到普通的一员。尉家村虽然没有族谱,这里的人也不知道祖上是从哪个朝代来此定居的,只靠世代口口相传记录着尉家村的那点历史,历史是否悠久从各家祖坟便能探究一二。阿金家祖上有名有姓有墓碑的也就是从她爷爷辈开始的,再往上已是不知,堂哥长生跟她便是同一个爷爷奶奶的堂兄妹关系。阿金一家与少明一家算起来也是同宗同族的关系,按照辈分算起来,阿金与少明娘当属同辈,只可惜以前连自己的父母都要对他们点头哈腰,如今阿金伯母便是村里的最高辈分。只是当初两家差距大,阿金家没按照辈分自恃,仅是偶尔嘴上的一点客套罢了。

阿金刚回来那几年,少明等一些小辈依规矩对本家女性按男性长辈的称呼叫阿金"叔叔""爷爷"的不在少数,阿金其实也是受用的。所以当地主婆家那个小孙女尉少婷出事的时候,阿金便当仁不让地出面解决。这个比阿金还小上几岁的丫头,小时候吃得好,长得白白净净,浓眉大眼、唇红齿白,是尉家村数一数二的漂亮姑娘,也是出了名的泼辣,自小便是地主婆的好帮手。原本过着地主家小姐的日子,地主被打倒了,人民翻身当家做主,她这才一头"跌落凡间"。最初那几年,尉少婷人前一套人后一套,挑起了尉家村不少是非。长到十几岁,出落得亭亭玉立,但一个未出阁的姑娘却成天掺和人家夫妻间的事。阿大当初差点嫁给那个老头便是她出的主意,阿大嫁人之后,她又成天传阿大的闲言碎语。因阿大以前经常来阿金家住,尉少婷甚至跑去跟她那个姐夫说长生跟阿大有一腿,说得有模有样,害得阿大差点没被自己男人打死。尉少婷干活时想尽办法偷懒,在男人堆里抛媚眼撒娇的事也没少做,别人衬衣的扣子从头扣到底,她硬是能少扣一个是一个,挺着傲人的双峰招摇过市。男人们喜欢,女人们恨得牙痒痒。让人想起多年前阿三的奶奶,甚至祈祷有人能够像当年一样也给她的脸上砍上一刀。阿金回来后,多少分散些别人对她的注意,所以便偷偷将她恨下。阿金那些年婚事一直耽搁,直到遇到金生才结婚也不是没有她的功劳。阿金总在想,如果金生不是因为在外当兵,是否也会被那些谣言左右,认为她跟自己的继父不清不白,毕竟老人已作古,她连证明自己清白这么一点事都无能为力。

对少明一家,阿金是新仇加旧恨,她的内心其实一直认定阿生的死与尉少明一家是脱不了干系的,还有自己那个逃得不敢回来的姐姐。每次看到尉少婷在男人面前那副娇滴滴的模样都让阿金恨不得手撕了她,这也是尉家村女人的心声,可是拘于自己的身份,阿金不仅不能怎么样,甚至当别人与之产生矛盾时,她还要去调解。

农村生活简直没有秘密可言,隔壁人家放个屁都能听到响。尉少婷跟人私通这事很快便传遍尉家村的角角落落,大有传到外村的趋势,这得归功于尉家村的那些女人,她们在这件事上达成了前所未有的默契。势如鼎沸之时,阿金被指派处理此事。尉少婷不是处女这件事往前追溯,那时可能阿金还没回到村里,有人发觉有异正是尉少明一家不事生产、度日艰难时。一个个嘴上说着邻里邻居互相帮助,其实打的什么主意,明眼人都清楚。这样的事在农村也不算稀奇,自古出入寡妇家的男人都会说自己是怜惜人家不易。后来,村里都知道她有些作风问题,只是从来没想过一个姑娘家可以如此不顾名节。原先她只跟村外的一些混混有些往来,尉家村里也还不至于有闲言碎语。渐渐地,跟自己村里的男人也不清不楚,跟没老婆的还可以说是自由恋爱，但人家若有老婆，这样的行为完全就是违背道德了。后来发展到跟一堆男人纠缠不清，男人显然是看不起她的，人尽可夫的女人谁也不会娶，占便宜却是没几个不愿意的。尉家村的女人很一致地将问题归咎于那个女人，完全忽略了一个巴掌拍不响的道理——自家的男人只是定力不够才被那个不要脸的女人勾引的，是无辜的。女人们成日骂骂咧咧，上梁不正下梁歪，还将地主婆家那些陈芝麻烂谷子的事都拿出来说上一遍，若说还略有顾忌也只差没有指名道姓了。村里有一家算一家，相处数百年，谁家没点见不得人的腌臜事。谁也别拿谁说事，指桑骂槐地过过嘴瘾便罢了。

　　阿金回村后，这些事自然也没有躲开她的耳朵，只是这样的事她也不好出面做什么。这些年，不齿行为的结果于地主婆家而言是实在的收获，所以她自然不会阻止。尉家村的女人们本指望着尉少婷早点出嫁，附近没指望，远嫁自是再好不过的。原本的期待，因为一个意外而弄得人心惶惶。尉少婷怀孕了，少说已有两个月，因为孕吐才知道。可谁该为她肚子里的孩子负责成了摆在尉家村人面前的一大难题。久未在村里掌控话语权的地主婆一夕之间拿住了尉家村不少男人的脊梁骨，那双小脚走路都带风。凭着手里那份名单，敲开了四五家的门。原本此事他们私下解决也是无可厚非，阿金却不知道怎么的头脑发热，一个未出阁的姑娘竟然主动掺和进去。

　　阿金避开地主婆，偷偷去找尉少婷，这姑娘也不是省油的灯，阿金说明来意，人家一副置之不理的高傲模样，完全没有半点羞愧，倒像自己做了多么伟大光荣的事。转身就想往家走，要不是阿金拖住她，回家准跟地主婆告状。两人说到底也没什么深仇大恨，阿金是热脸贴人家的冷屁股，动之以情晓之以理，才最终把她的嘴巴撬开。

　　阿金一直以为尉少婷是个精明的人，结果一谈才发觉，根本就是聪明脸蛋笨肚肠。此次意外怀孕，尉少婷想的不是如何掩藏此事，而是听信地主婆的话，将跟自己这两个月有来往的男人告诉地主婆，让她去行讨打胎费为虚，敲诈为实的勾当。阿金将自己这些年学到的卫生知识一点一点讲述给她，并且分析此次事件的后果。如果说一开始是尉少婷少不更事，自己被人甜言蜜语给哄骗了，那后来发生的那些事却离不开地主婆背地里的支持。

阿金的一句"哪有奶奶不心疼自己孙女,而只当摇钱树的,还是拿姑娘家的身子去换"如一记拳头重重地打在尉少婷心上。回想这些年的点点滴滴,年少时奶奶对自己还是不错的,可"土改"之后就变了,自己那些年的事她是知道的,可从未劝阻,以前觉得是宠爱自己,可细细想来她在乎的好像只有自己是否能够为这个家带来好处。以前从未有人对她讲过名声,她自己也未想过将来要如何过。奶奶出门的时候还跟她说过孩子要在肚子里多留些时间,好让那帮人多害怕一段时间,甚至还能多去要点钱。如果不是阿金爷爷告诉她,她根本就不知道孩子越大打胎的危险就越大……尉少婷哭了,这些年来,所有人都说她像她奶奶,殊不知她只是听奶奶的话,因为从来没有人真心告诉过她哪些事是错的,包括当初抛下她离开的父母,所以她奶奶说的一切她都信。阿金的话她不知道为什么就信了,也许是第一次有人用那么真诚的眼睛看着自己。

地主婆的如意算盘被阿金破坏,因此恨得牙痒痒。而更让她觉得可恨的是,尉少婷竟然同意马上打胎。阿金出面,私下去找那几户人家,省得以后大家都不好做人,当事人很是感激,乖乖地交出手术费。凑够钱之后,阿金带着大队开的证明,带她去卫生所做手术。地主婆想发作,但是证人都被别人带走了,她要再说什么也只会徒增一些口舌。至于背地里做了些什么就没人知道了。

可想而知,尉少婷在尉家村的日子并不好过,好不容易熬到适婚年龄,阿金出钱出力为她寻得一门不错的婚事,自此远嫁,几乎没有再回来过。阿金与地主婆的矛盾也因此被激化,但是阿金觉得很值得,村里人也因为这件事对阿金刮目相看,甚至有点打心眼里佩服,按长辈称呼叫她也不再只是一个称呼,而是有了敬意。

尉少婷出嫁的前一晚,特意去找阿金,给她深深地磕了一个头,还解开了阿金多年的心结。关于村败,阿金学了再多的无神论依旧压不住疑惑。尉少婷小时候见过那些缸,地主婆对她和对阿大是不同的,她小时候跟着地主婆睡,所以那些藏在床底下的东西她是不陌生的。被查抄之后,她问过她奶奶那些是做什么用的。地主婆告诉尉少婷那些是她当年拜托一个朋友为她设的祭坛,原本是想借此治好她儿子的双腿。祭坛里有她自己生下的女婴,也有少婷妈生下的女婴。那些活活掐死的死后必然带着怨气,将它们封入坛中,据说以鲜血喂之数年后便可让它们为她所用。其实,地主婆自己也没搞清楚到底有没有养成,她儿子的腿始终没有往好的方向走,而她诅咒的人确实死了不少,但是她讨厌的白娘娘一家却活得好好的。尉少婷不知道阿金多年来纠结此事,只能算作好心提醒,地主婆好像又有设坛的心思,可想而知,阿金肯定是她的目标。只是如今这个世道,她要想办成此事不易,国家鼓励"光荣妈妈",掐死孩子要被当杀人犯抓走。阿金一笑置之,此事经年,天灾抑或人祸早已不再重要。

3

尉良是天生的乐天派,如果金生在"文革"中被批斗的时间更长一些的话,也许他是有机会改变的,毕竟那时他小得还不记事。在尉忠上初中的时候,尉良在每天对老师的批斗中忙得不亦乐乎。戴着高帽的老师每天被一群学生拉到所谓的操场,跪在泥地上,作为一名"臭老九"是可以任由学生打骂的。尉良将妈妈阿金对他"好好上学,天天向上"的嘱咐忘得一干二净,他甚至觉得如果自己好好读书的话,可能也会像老师一样被批斗,被扔泥巴,成为牛鬼蛇神……毕竟以前这位"臭老九"是多么受人尊重,听说还去过首都看过天安门,那可是毛主席生活的地方啊!可是丢了眼镜的他,已全无往日风采,这还是去上海读过书,见过大世面的呢。他现在真的是人人喊打的"老鼠"(尉家村人老师与老鼠发音一致),而不是老师了。所以尉良觉得读书完全没有必要,村里不识字的人可多啦,干农活需要什么文化呀,有力气就行了,要是能学门手艺也不错。其实此时这场运动已近尾声,但才小学五年级的他已经萌生了不上学的想法,为此,他与阿金展开了一场旷日持久的拉锯战,尉良以不符合他性格的方式对抗阿金的强势,并取得他为之后悔半生的胜利。

阿金首先选择的方式是家长普遍爱用的哄,全然无效之后,暴怒的她选择与之匹配的暴揍,一根藤条狠狠打向屁股,尉良一贯讨饶的性格展现出前所未有的坚韧,哪怕屁股已然红肿。平日里毫无主见的小儿子竟然会这么坚决,阿金有些意外。最后她选择体罚,对于这个好吃懒做的小儿子来说,这个方法应当是奏效的。母子俩约定,尉良每天必须给队里完成 6 筐草的任务,完不成就得老实回去上学,而且这是秋末,并不是春天,草已经不那么容易割了。小儿子与大儿子不同,调皮捣蛋,除了嘴甜几乎一无是处,做什么都毫无毅力可言,这样的打赌估计不出三日他就会认输。看着儿子一天又一天,甚至一个礼拜后还在继续,阿金着实有些惊讶。当小儿子坚持一个月后,阿金忽然意识到或许有些事情真的已经不可逆,两个月后,赌约以阿金的妥协告终。为此,母子俩进行了一场简单的对话。

阿金问:"你真的不想读书了?"尉良点点头。

阿金又说:"不读书就每天去队里干活挣工分养活自己。"一个简单的"好"字算是尉良的回答。

阿金最后说道:"这次是你自己选的,不是我不让你读,你以后后悔了不要怪我们!"尉良为自己最终取得顺利而欢呼。对于他而言,生活只是眼前的事,他没有遗传到父亲的个头,他的视野并不辽阔。阿金看着那张稚气未脱的脸,不失望是假的,她有未能读书的遗憾,可是有些事真的不能强求,尉良真的不是读书的料。老话说"皇帝爱长子,百姓爱小儿",阿金知道金生一直是偏爱小儿子的,尉良手不能提肩不能扛的毛病有很大一部分是他惯的,本想着他可以靠读书逃离这些农活,可是孩子不争气,只有从地里刨食的命,她也没有办法。

还好尉忠是个有出息的孩子,从小就懂事,向来不需要父母为他费心。读书成绩一直很好,如今小儿子没了指望,阿金和金生的全部希望就落在了大儿子身上,金生也从偏疼小儿子渐渐将视线转移到大儿子身上。夫妻俩约定要努力支持孩子读书,只要尉忠能考高中,上大学,即使砸锅卖铁他们也会供的。

再说尉良，不用上学以后，日子过得相当快乐。正如阿金所料，他这辈子的毅力都在那场持久战中消耗殆尽。冬天越来越近，尉良每天的心思就是怎么偷懒，草割得越来越少，工分挣的还没有放学后再干活的尉忠多。尉良读书不行，可是手却很巧，所以阿金一度萌生过让读书不成的他去哪里学门手艺的想法。阿金知道尉良最崇拜的人是那个叫慢慢的人，这点完全出乎阿金的意料。毕竟她曾希望自己的孩子能靠读书跳出跟泥巴打交道的命运，不要再过这种头朝地屁股朝天的日子，况且尉良的胆子完全遗传她，慢慢的那份手艺估计尉良是没有勇气学的。

不到 40 岁的阿金，漂亮的双眼皮有些耷拉，未再留起的长发有些稀疏。她第一次意识到自己有些老了。脑子里回想起那张模糊的脸，那个挽着髻的女人离开自己也有 30 年了。日子过得真快。

4

慢慢是尉家村一个带有神秘色彩的人物。比阿金大上几岁，少时便父母双亡，和哥哥两人基本靠吃百家饭长大。人很机灵，阿金的记忆里他是个很好说话的慢性子，村里不知道怎么就给他取了这么一个称呼，他的本名叫什么似乎谁也想不起来了。阿金小时候是见过他的，也一直记得他。因为那年国民党军队来征兵，说是征，其实就是抓壮丁。一个所谓的班长带着七八个兵，带着枪，在某一天踢开了尉家村村长家的大门，大巴掌往人家的八仙桌上一拍，破旧的桌子抖落一地尘土，喊道："我要十个人，你给我凑齐了，要是凑不齐，我就把你抓去凑数！"这个时候，也管不得是否得罪人，村长只得拿出村里的花名册，极其公平地开启了一场点兵点将的游戏，除去只有女人或小孩的人家，落到谁家的概率似乎都是一样的。确定人选之后，由村长带路上门抓人，直接踹门往里闯，看到人以后用绳子绑上，直接拉走，当事人连反抗的机会都没有。慢慢更是连来人都没看清就被抓走了，因为他是在晚上被人直接从床上带走的，甚至没有引起什么动静，阿金她们也是直到第二天才知道他被抓走的消息。

尉家村被选出来的十个人在前一天被一根长绳固定在一起，等周边几个村的人凑齐就一起拉去县城，再去更远的地方。许多人这一走就是此生难见，所以之前那十个人被拉走时，家人的哭声响彻整个尉家村，尽管不敢反抗。阿金目送着每一个远去的背影，在人丁不旺的尉家村，他们是一串庞大的存在。虽然自己家很幸运地躲过一劫，看着乡亲们被抓走，她内心也是难过的，那一张张绝望的脸深深地印在了她的记忆里。所以当前一天还在被带走人员里的周明出现在田头干活时，阿金因为惊讶嘴张得能将自己的拳头塞进去，当然，被惊吓到的不止阿金一个。周家是尉家村早年搬来的几个外姓之一，只有三户，在尉家村人微言轻，一直没什么存在感。

大家一头雾水，半天以后谜底才揭开。失踪半天的慢慢原本不会引起谁的注意，只是他的某一项技能在村里无可替代。他年少时机缘巧合认识了一个走街串巷的白发老头，那老头主要以抓蛇为生，自然也会解各种蛇毒。老头来尉家村抓蛇，慢慢便跟着他，慢慢性子慢，也耐心，胆子还大，别的小孩也跟着看热闹，可是谁也不敢上手。老头在尉家村抓了几天蛇，慢慢就跟了几天，老头离开尉家村时，慢慢还跟了去。本来就是个无父无母的孩子，他那个自身难保的大哥寻了两日也便放弃了，慢慢一走就是两年。过两年后，长高许多的慢慢回到村里，比以前更加沉默，想来是拜师学艺了，虽然自己什么也没说，但是尉家村人惧怕的蛇基本都成了他的私产，什么蛇都抓，抓去药店卖钱，也是一门不错的营生。要是谁被蛇咬了，慢慢也有办法解毒。没多久，他便成为方圆几公里有名的捕蛇能手、解毒大师。蛇这种软体动物，农田里时常出现，人们惧怕的同时偶尔也会忍不住去抓，比如扁担蛇这样的种类是极其受人欢迎的，它个大无毒，打死剥皮切段，热油葱香爆炒或者煲汤都是不错的选择，肉质鲜美，而且据说吃蛇肉还能让皮肤光洁。所以慢慢要是抓到这样的蛇，村里人还会跟他购买。要是毒蛇，他们当然也会通知慢慢来抓走，毕竟天天在地里干活,万一被咬可是很危险的。赶巧那天有人被赤练蛇咬伤,虽说无毒,但是被咬后伤口痒上几天也是够受的,瘸着脚去找慢慢,遍寻无果。最后,他哥哥才支支吾吾地说慢慢昨天半夜被抓走了。

原本有些惊讶,可是看他哥哥那欲言又止的模样,实在是有些蹊跷。回到田头一说,村人七嘴八舌一番讨论。真是若要人不知除非己莫为,竟然有人昨天傍晚看到周明父母挑着粮食去过慢慢家,非亲非故,非年非节的,来回挑了两次,足足四担粮食。谜题解开,其实这样的事原本也算不得秘密,自古有之。不愿意将自家的孩子送去上战场,出点粮买个没爹没妈的孩子顶替是件很正常的事。附近几个村,被抓的时候就有这么做的。如今看来,慢慢显然是顶周明的缺,而这件事摆明是本人不知情,亲哥哥拿他的命换了四担粮食。阿金不知道这样的粮食他咽不咽得下去,命贱如此也只能这般了。慢慢的哥哥独占慢慢那些年捕蛇盖起的三间瓦房,后来又托人说亲娶了一房媳妇,可惜好日子没过多久便身染重疾一命呜呼了。而那刚出生的儿子某天竟然被老鼠给活活咬死了,据说孩子妈当天还看到家里聚集了不少蛇,丈夫儿子都死了,自己也就跑回了娘家,自此这一家便淹没在尉家村的历史长河里。当初大家心里觉得那人恶毒,只当是老天爷开眼,收拾了这种没人性的东西。再说那周明逃过了兵役却没躲过村败,在阿金离开村子后也消融在尉家村的土壤里。

慢慢家那三间瓦房,地主婆硬说当初慢慢他大哥生病时跟他借过钱看病,如今人死钱没还,按理房子便归她所有,还像模像样地拿出一张字据。那时阿金不识字,就看到上面印着几个红手印。死无对证,这房子便顺利纳入地主家的资产。只是谁也没想到,这房没几天就荒废了。房子盖在靠河的一个小竹园处,按照现在的眼光算是曲径通幽的河景房。地主婆家豪门大户自然也看不上,也不会搬去住,只是有便宜不可能不占,到手之后自然要去视察一番,结果被吓得连滚带爬,阿金第一次看到那双小脚还能跑那么快。竹叶青、五步蛇这样的毒蛇对于尉家村人来说其实也算是稀罕物种,所以地主婆还未来得及推门进屋,便被盘踞在门口的几条与之对视的毒蛇吓退了,对于它们物种的猜测也是她那时候描述出来的,毕竟除了她谁也没见到。此后尉家村便传言,那里已经成为毒蛇的聚居之地,村里人走到那也不敢靠近,宁肯绕路走。所以几年后,慢慢回来,他的三间瓦房虽然破旧,但依然坚挺地矗立着。作为一个抓蛇人,这样的房屋于他而言是再合适不过的。

慢慢回来的时候,阿金还跟着继父在外,所以许多事情并不知晓。据说地主婆来闹过,让慢慢还钱,慢慢竟然递给她一麻袋蛇作抵,吓得地主婆不敢再上门,只是成日里骂骂咧咧的。地主婆后来还说他是逃兵,慢慢置之不理,再后来还跑到大队里告状,想借此得点好处。结果好处没得,还被大队干部教育了一番,不知道怎么的,后来就有传言说慢慢在外面是立了大功的,只是他不愿意当大官才回来的。说起来,回来后的慢慢确实很神秘,从不提及往事,只有小孩愿意围着他转。地主婆偷鸡不成蚀把米,骂了一段时间后自知无趣便也偃旗息鼓。

阿金回村时,当初的年轻小伙已经是个胡子邋遢的中年模样,当初话不多,如今更是沉默寡言,跟村里人几乎没了往来,依旧抓蛇卖蛇药,有钱了便喝酒,好几次醉倒在路边。一晃十多年过去,邋遢的模样依旧,虽然大人不待见他,但是村里的小孩却极喜欢他。慢慢虽然人奇怪,但对小孩极好,人也大方,只要抓蛇去小镇卖了钱,买完酒剩下的钱便会买糖,所以他去镇上的日子总有一帮小孩在村口翘首以盼。他会很大方地将糖分给所有的小孩,尉忠尉良也曾是这个队伍中的一员。特别是尉良,自从有次慢慢帮他解除蛇毒之后,他就觉得慢慢是他认识的所有人里最厉害的,最关键的是,他还会给他糖吃。他每次跟爸妈要钱买糖,他们总是不同意。而且慢慢在抓不到蛇的时候,也会买酒买糖,尉良不知道那在父母眼里是败家,如果用一个现代词来形容他当时对慢慢行为的评价,那就是:酷。慢慢犯了酒瘾就会爬到自家房顶,揭几片瓦背到镇上去卖。每次都是几片,直到一间房没了屋顶,再将横梁、柱子、柱础……一切能换钱的都拆光,然后再从第二间屋顶的瓦片开始继续,直到他的三间瓦房只剩下一间。

"文革"时,村里人都以为他曾经被抓过壮丁会受到批斗,毕竟连金生这样的也没逃过。可是谁也没想到,他不仅没被批斗,还从家里拿出了很多军功章,村里人被惊得不轻,想起当初的传言,原来是真的。至此,尉良完全视慢慢为偶像,退学之后竟一心想拜他为师。对此,阿金是不反对的,因为她太清楚自己小儿子的胆识,一腔热情顶不过一条吐着信子的小蛇对他的微笑。

5

春暖花开,万物复苏。经过严寒的动物纷纷从冬眠中醒来,可谓"枵肠辘辘;饥不可堪",对于食物的渴望让它们变得异常凶狠。老人一般都会告诉小孩,这时切不可去招惹这些生灵。

阿金抬头从指缝中感受春阳的耀眼,忽然想起阿生离开的那个春天。一转眼 30 多年过去了,她依旧在尉家村,守着他们的家。指缝间的红色好像淡了一些,是因为指缝变窄了吗? 手指比以前粗了不少,因为关节变大,她不仅长大,还在慢慢变老。

一年之计在于春,农村人在这个季节里时常忙得直不起腰。嫩绿的野草布满田野,偶尔还有小野花点缀其间,只是小草过于矮小的话,想要割起来却是不易的。吃了一个冬季的干草和蚕屎的羊群对于鲜草充满了渴望,只可惜它们是湖羊而非山羊,只能圈养。在队里负责割草的几个女人分了工,有些下地割草,有些去河边拖水草,这两项工作的难易是显而易见的。地主婆自然选择去河边拖水草,而大部分女人不愿与之为伍。两三个女人去到河边,渐渐回暖的河水将水草养得鲜嫩肥美,铺满了一边的河道,如非要行船,不加控制的话,长满河道也要不了几日。这是一项需要互相协作的工作,几个人先一起拽绳子将水草拖至岸边,再往上拉,直到可以拿镰刀割。这份力气地主婆是不愿意出的,拉着绳子也不过是做做样子,等到拽上岸才会慢悠悠地割。这么多年大家也都习以为常,懒得计较,不少算自己的工分就行。

那日也是赶巧，拖上的水草里竟然躲着一条蛇，按照往常，水草动，它肯定也会跑，那日正巧因为收紧的绳索限制了它的行为，所以被一起带上了岸。正常情况下，人们见到蛇的第一反应是松手，要真是这样也就无事了。地主婆那日眼尖，一眼瞧见了它，看着像是扁担蛇的模样，家里多日未开荤，心里便起了贪念。要怪只能怪她没常识，扁担蛇又怎么会躲在水草中呢。想着无毒，又怕别人跟她抢，一急之下拿起镰刀就往蛇身上打，隔着水草没打到，蛇被惹之后，以迅雷不及掩耳之势反咬她手一口，一痛一甩，蛇遁入水中游走。边上的几个女人还没反应过来，一切就结束了。布满皱纹的手上被蛇咬出清晰的牙印，只能自认倒霉的地主婆愤愤地看着自己的手，疼痛感渐渐袭来。

边上一个女人忽然说："那条蛇是不是有毒？"

地主婆疑惑地看着她说："不是扁担蛇吗？"

"看着不像。那么花。"

正在地主婆六神无主之时，又有一人插嘴说："要不要去找慢慢看看，刚才在水里，游那么快没看清。不过我即使看清楚也就认识那么两三种常见的。这条的花色没见过。"

这么一说，地主婆扔下一切，赶紧往慢慢家跑。慢慢家她是肯定不敢进的，顶多也就打算在河边的小道上喊他出来。这是尉家村人见过地主婆跑得最快的一次，可惜慢慢并不在家，地主婆一屁股坐在往来的河边小道上。村里人从来不是见死不救的，哪怕之前有过多少恩怨。生死关头，自是不再计较，路上有人看到地主婆，便帮着去将在地里干活的慢慢找来。现在不用慢慢看，谁看到那红肿带紫的伤口都知有毒，只是不知道慢慢能不能解罢了。慢慢的慢在那一天显示得淋漓尽致，听说是地主婆被蛇咬了，他连跑几步的欲望都没有。年少时没少受她家欺凌，当初还想霸占自己的房子，慢慢倒没想过不救，原本只想着让她多受些苦。慢慢到的时候，地主婆的意识已有些模糊，身体有些颤抖。慢慢也没想到毒素能发展这么快，只怪之前地主婆跑太快，加速了血液流动，一切为时已晚。

作为尉家村一代风云人物的地主婆就这么死在了河边的小道上,而且死相并不好看,死前全身抽搐痉挛,翻来覆去,下身失禁,传出一阵阵恶臭。

阿金闻讯赶来时,见到的便是那副模样,人缩成一团,眼睛睁得巨大,眼珠凸出,可见死前的痛苦。阿金素来胆小,委实被吓到。入夜之后,那条河边小道她从此便不敢再走。慢慢的小屋依旧静静地矗立在那里,任凭流言蜚语,自岿然不倒。因为有传言说慢慢没有尽力,其实也不过是少明一家说说,谁也没有搭腔的意愿。

地主婆的丧事办得极为简陋,村里人连凑热闹的热情都没有。只有外嫁的两个孙女闻讯赶来一趟,算是谢她那些年的养育之恩。眼圈有些红,眼泪终究是没掉下来。最该难过的尉少明好像对母亲的死没有任何难过,只是穿着丧服去大队里敲诈了一点丧葬费。自此,这个家变得沉默,不再在尉家村占据一点话语权。

慢慢独自生活了很多年,尉良想作为他的追随者,最终却败给遗传的胆子。尉良只有在言语上还能透出一份崇拜,却不敢接近他的那间独门小屋。洒脱半生的慢慢,最终醉死在路边,走得悄无声息。萦绕在他身上的传奇却在尉家村上演了许多年,村里人为他办理后事时竟然整理出许多共产党颁发的军功章,谁也不知道他离开那几年发生了什么,也没有人去查证,这些秘密随着他一起埋入地下。他留下的除了传说便是那间小屋,任由风吹日晒,周围时常出没的蛇类让人不敢靠近更不敢占有,直到它回归自然。那片竹园里的断壁残垣至今留在尉家村,谁也没有去侵占,似要陪着尉家村人长长久久地过下去。

人,渺小如尘埃,蝇营狗苟一生,到头来不过一抔黄土。

曾经那些是非恩怨,随着地主婆的死亦烟消云散。经此一事,尉家村人的生活有了一种前所未有的平静。

地主婆死后不久,阿金的伯母也告别人世,留下的只有一张生前请人画就的遗像,慈眉善目。她的好,至今留在尉忠尉良的心目中,如果没有她一碗一碗米汤的接济帮衬,阿金一家当初是否能够挨得过来都是未知数。从小没有奶奶的尉忠与尉良打心眼里便认定她是自己的奶奶,小时候唯一收到的压岁钱便是她给的，哪怕只有一两分钱。这个给予他们幼小心灵里一点慰藉的老人走得很安详，阿金说那是上辈子做了好事的死法，静静地在睡梦中离开，没有经历疾病与痛苦，自己没有遭罪也没有让活人遭罪，给亲人留下无限的念想。唯一的遗憾，大约就是没有留下只言片语，阿金在痛哭中送别了这个老人。此后逢年过节，祭祀的桌上总有一个位置是留给她的。

堂哥带着女儿简单度日，阿金一家努力生活。两家相扶着过下去，日子总会好起来的，这是他们的信念。

6

"文革"后期，尉忠不负众望地考上桐城的高中，开启住校生活。他是尉家村唯一的高中生，甚至是方圆几里村子里的第一个高中生。被生活的重担压着的阿金与金生，如今走路时，腰板会不自觉地挺起来，这是发自内心的骄傲。

尉忠是个听话的孩子，凡事有自己的主见。每个周末花两三个小时从学校走回尉家村，进屋放下东西就下地干活挣工分，第二天吃过午饭，再走两三个小时赶回学校。几乎是风雨无阻，阿金心疼，可穷人家的孩子早当家，这点工分攒下来也是好的。每次要走的时候，阿金就会给他炒一大碗咸菜装满整个玻璃瓶。这是大儿子一个星期的菜，也唯有这样没有任何荤腥的下饭菜能够存放一个星期，即使能存放，阿金也是拿不出一点肉末来放的。对此，夫妻俩的内心是愧疚的，儿子正是长身体需要营养的时候，学习又辛苦，可是家里的经济条件只能让他咸菜配饭，这一吃就是吃到了十一届三中全会，可尉忠从来没有抱怨过，每次都乖乖带着玻璃瓶走，回来时将洗干净的玻璃瓶再带回来。如此循环往复。阿金望着走在田埂上渐渐远去的儿子，阳光照耀下的背影镀上了一层光辉，耀眼又模糊。

自从包产到户，村里人的责任心好像也变强了，干活的积极性高涨，起早贪黑，渴望凭借自己的双手创造出更好的生活。阿金自然也不例外，她和金生配合默契，家里的水田旱地没有一处是空置的。油菜、黄瓜、水稻、榨菜、大头菜、土豆、玉米……轮番上演，连水渠和田埂都不放过，茭白、芋头种得满满当当。每天累到腰都直不起，但是收获的喜悦可以抵消一切疲惫。于是之后尉忠回家的日子，碗里能有块鱼有块肉，过年能穿上新衣。日子总会越来越好的，他们相信。

　　生活终于开始善待阿金，虽然大儿子因为半分之差没能考上填报的大学，但是高中毕业的学历已经是她很满意的结果了。所以当儿子决定放弃复读，选择去工厂上班的时候，阿金还是同意了。没有任何背景，一个农民的孩子能够当工人，这样的事都得遭人嫉妒。最让阿金满意的一件事是儿子已宣誓入党，这点是她一直强调的，所以读高中时，尉忠便成为入党积极分子，毕业后在工厂里正式成为一名党员。对于当年的事，阿金一直耿耿于怀，儿子入党之后，她便让他去查党员名单，她希望那里还有她的名字，她愿意将这些年没交的党费都交上，可是事实还是让她失望了。她记得自己的入党介绍人，记得自己的入党申请报告，可是介绍人已经作古，报告已经找不到。她的名字没有成为那里的一员，这件事她终生遗憾，以致她将此转移到对子孙后代入党的期盼上。生活总是如此，在帮你关上门时往往会给你留一扇窗，只是阿金做梦也想不到生活会给予她如此大的惊喜。

　　种桑养蚕是尉家村人的重要经济来源。桑树全身是宝，桑叶养蚕，桑葚既可入药也是美食，而桑树皮更是造纸的重要材料。尉良最喜欢的就是初夏时，人们直接将桑枝剪断，捆起来带回家直接摘，可以一边吃桑葚一边摘桑叶。剩下的光秃秃的桑条，用力甩进固定在屋檐廊柱上的两根铁棍组成的简单器械里，然后使劲抽出，桑树皮就会裂开，拿手一剥，用脚在连接处一使劲，棍是棍，皮是皮，棍子晒干当柴烧，皮晒干了卖钱。尉良不喜欢劳作，却喜欢剥桑树皮，不是因为爱劳动，而是因为这项劳动有回报，只要他能完成这项工作，就会给他五毛钱的奖励，也允许他偶尔拿点桑树皮换麦芽糖吃。

桑树极容易遭蛀虫，所以每隔几年就要连根拔起。翻起的桑树，被锯成一段一段，整齐地码在屋檐下任凭风吹日晒，是每户人家日常的重要燃料。烧饭时要用稻草小火慢烧，可烧水时却要大火，如果放上这么一段，人便可以离开灶头去忙别的。虽然都是江南水乡，但也有许多地方是不种桑树的，比如平湖。尉家村时常有摇着船来买柴火的人。某日，一个操着外地口音的男人跟尉家村的人打听长生，耐心说了几回才对上号。长生自生下来去过最远的地方便是亲戚家，从未出过桐城地界，这个外地人是如何知道的呢，而且能准确说出长生家房子的位置，甚至还说出了村里人对长生母亲的称呼？当然，陌生男人其实还说了别的几个名字，可惜这位三十出头的年轻人并不知晓，艰难的交流中，他自动屏蔽了那几个陌生的名字。

　　年轻人带着他去了长生家，长生看着陌生人有些迷茫，直到他说出一个名字——美娥，尉美娥。长生原本端着的水杯砸到地上弄湿了裤子，随后让前几年招女婿为他生下的大孙女马上去喊阿金来家里。招女婿似乎成了他们老尉家的传统，长生的女儿担心父亲孤单，也为了这个家的传承，选择了与阿金一样的路。阿金被侄孙女连拉带跑地带入家中，发现长生的眼圈竟然红红的，这个苦了半辈子的男人在他娘死后好像就再没哭过，可是他看着自己的眼睛带着笑意。阿金一脸探究地看着他们，当她听到"美娥"这个名字时有些反应不过来，长生又补充道："你二姐，那个从小给人家当丫头，后来逃掉的。"对啊，二姐，那个从未见过面的二姐。

　　长生指着阿金对那个外地人说道："这是美娥的亲妹妹，我是她堂弟。"

　　那个外地人也显得极为激动，说道："这回总算没有辜负婶婶的托付，我每次来你们这里，她都千叮咛万嘱咐地让我帮她找找家人。"

　　阿金有些不敢相信眼前发生的一切，她使劲地掐了自己一把，靠在刚刚赶来的金生身上不住地抽泣。她的姐姐没死，她那个没见过面的二姐没死，尉家不是只有她一个。

　　原来，姐姐美娥逃走后，一路向西不敢回家，到后来也不认得回家的路了。后来流落到一个小镇，给一对没儿没女的老夫妇当丫头，美娥机灵乖巧，老夫妇俩将她认作女儿。漂泊多年，终于有了一个稳定的落脚处，安定地过上了几年好日子。一家三口,日子清贫简单,伺候至二老百年归去,此时的美娥已经二十好几。老夫妇俩在她十八九岁时便为她寻找婆家,可是美娥不肯,自己要是出嫁,便没人照顾养父母,一拖便拖成了老姑娘,选择的余地自然就不大了。后来经人做媒,嫁给一个丧妻的鳏夫,对她倒也体贴,她也善待丈夫前妻生下的一对子女,夫妻俩还生了二子二女。从小镇嫁到农村,美娥没有半分娇气,干活利索,吃苦耐劳。家里出了两个大学生,其中一个是丈夫前妻的儿子。美娥不识字,离开尉家村的时候年纪还小,可她记得家人,记得尉家村,做梦都想找到家人。她不知道有阿金,但她记得父母的名字,记得走时几个弟弟的名字,还有寡居的伯母和长生兄妹……更记得自己叫美娥,尉美娥,虽然不知道父母取名时用的是哪两个字,更不知道怎么写。

每当村里有人往桐城方向来,她便托人帮她打听,将她记得的一切告诉别人。一次次地寄托希望又一次次地失望,一次次地坚持终于换来了亲人相认的机会。美娥的同村侄儿将消息带回的那年冬闲,他们夫妻二人便由大儿子领着赶来了尉家村。她认得桥垌头的那棵枣树,当年在这个桥垌头离开尉家村,如今再由这里上岸,漂泊了几十年,她知道这次是终于找到家了。后来她的身份证上工整地写着三个字:尉美娥。哪怕她不识字,也能将这三个字画出来。

血脉亲情是极为奇妙的,几十年来的首次相见,两张极为相似的脸让两人没有任何疑虑,相拥而泣。当年的家人如今只留下一个妹妹,美娥站在祖坟前重重地磕下迟到几十年的头,久久不能起身,唯有抖动的身躯泄露了她的情绪。那些她心心念念几十年的家人终究已是阴阳两隔。

美娥的乡音已大改,姐妹俩却能默契地交谈,紧握着双手亲昵地坐着。除了长生,赶来与之会面的还有阿娥。美娥离开时,阿娥不过刚被抱养来,看着两个阿娥,阿金忽然觉得父母有些偏心,姐姐们都有好听的名字,怎么轮到自己却是阿金,像条狗的名字。农村人说名字越贱越好养活,父母那些年心里大约是怕了。如今真好,日子好过,姐姐也找到了。以后自己就有两个姐姐,两个都是亲姐姐,这日子还能有什么不满足呢?

事实是,阿金真的不会满足。她的野心萌发地比预想中还要快——造新房。这个想法存在她心里也不是一日两日了，说不清道不明的原因，像是农村每代人的使命。在自己当家做主的阶段，一定要建一次房，以此彰显自己的能力，这是在村里立足的某一种资格。当然，阿金家还有个现实问题——儿子们大了，过几年娶妻生子，如今的旧屋显然是不够的，重新选址搬家已迫在眉睫。这是明面上的理由，其实那几年阿金的心里还暗暗憋着一口气。她知道大儿子尉忠也是。尉忠高中毕业之后原是想参军入伍的，乡里也明明有征兵的通知，当阿金一家为一个名额努力争取的时候，现实狠狠地打了他们一记耳光，甚至还不能还手。在争取的众多人员中，尉忠的自身条件是优秀的，可是当供求失衡时，这个名额就会被现实所左右。要强了半辈子的阿金也曾据理力争，"有理走遍天下"是她信奉的真理，但最终还是眼睁睁看着别人家的孩子带着大红花坐上大卡车，敲锣打鼓地走。尉忠不愿意父母为自己太操心，没能当成兵，就去砖瓦厂里做了工人，吃苦耐劳，做坯、晒砖、搬砖、销售……一个个一线岗位做得有声有色，尉忠那份天然的领导力展露出来，能力强学历高，很有号召力，总有一帮小年轻围着他。尉忠每个月工资上缴，这笔钱让阿金的造房大业更加有了指望。阿金要成为同龄人里第一个建新房的人，还要建最好的房子，这是他们家的脸面，更是他们家的骨气，只有这样才能不被人轻看。选定日子，在原屋后方几十米的地方破土开工，亲戚朋友的帮助加上尉忠小兄弟们的友情协助，阿金家带着天井小院的四开间的新房子很快便建成了。宽敞的屋檐，高高的梁柱，粗大的房梁，高耸的屋脊，崭新的青瓦，粉白的外墙……房子落成的那一刻，阿金忽然觉得自己的腰杆直了，哪怕欠下外债。看着亲戚们坐满自己家的堂屋，吃着上梁酒，作为女主人，实为一家之主的阿金眼眶有些湿润，站在屋后空旷的那片土地上，望着自家的几亩水田，绿油油的庄稼尽头是父母和哥哥们的安居之所，阿金深深地吸气又重重地吐出来，肩上的担子似乎轻了许多，呼吸也变得顺畅了。金生懂她此刻的心情，默契地没有去打扰她，任由她那样站在属于自己的一方天地里。

　　此时的她在村里已经是"太"字辈了，很多人敬称她为金太，阿金这一刻才觉得这个称呼与自己有些相配。又过了几年，她也拥有了一个自己家铺就的桥垌。

二宝篇

我认识二宝的时候,她刚 46 岁。我们的第一面在炎热的夏天,夏令时的上午 11 点。我哭着,她笑着。她眼角的皱纹很深,短发利落,两鬓已略有白发。她笑得很认真,我哭得很大声。据说,我的哭声把她吓得没敢在屋子里睡觉。

我很喜欢这个笑起来看不见眼睛的女人,不是眼睛小,只是笑容太饱满。我们在很多个夜晚静静地躺在一起交谈,却从来没有争执。

二宝离开的时候,我以为这是我生命中最遗憾的事情,而后很多年,我知道那只是"之一"。这是人为造成的遗憾,我应该痛恨,可是当制造遗憾的是我的亲人,而他们将一切总结为"为了我好"的时候,我忽然觉得这个世界上最大的谎言和自私就被掩藏在这四个字后面,变得冠冕堂皇。我想大声地说,我不需要。

我在所有人没来得及反应的时候,第一次清楚地摸到死人的脸颊。那年我 16 岁,农历九月的夜晚,我在赶回来的路上一脚踩进了水坑,被水浸泡的脚透着凉意,可脚远没有手冰冷。一张没有了血色的、泛着青色的脸,那张我曾经熟悉的脸庞,那一刻变得有些陌生,而我依然能从她的脸上看到和蔼,哪怕她双眼紧闭。在我想抚摸她的时候被人阻止了,理由是惊扰死者,但我知道那张脸是多么渴望我的抚摸,她是这个世界上最爱我的人之一,也是我最爱的人之一。她在我生命中扮演过最重要的角色,因为她留住了我的生命。

她静静地躺在门板上,头朝西,脚朝东,不到一米六的身高,被红色的被子裹成一颗长长的糖果模样。我想拉拉她的手——那双抱过我,给我洗过澡、做过美食的手,曾牵着我走在乡间的田野上——可我找不到手在哪儿了。我试图挣脱她们的拉扯,可是我的力气越大,她们的人手越多。我被渐渐拉离。你知道吗？那一刻我好恨自己的弱小，弱小到还不足以让自己的意愿得到她们的认可。

我跪在二宝的身前，被她们控制着换上了一身白衣，从头到脚的白，这是我这辈子第一次穿丧服。我狠狠地喊着："死老太婆，你给我起来！"然后终于抑制不住地哭泣，号啕大哭，引发了一堆女人的哭声，我知道有很多是假的。她们说毛头姑娘哭得越多越好，对死人而言这是很值钱的。但我真的想哭，在她身边哭到声嘶力竭。我终于知道，她不会再轻轻地叫我一句"囡囡"了，也不会再听我吐槽：过咸的菜、过厚的水蒸蛋、过小的布鞋……

二宝走后的很长一段时间里，我就只是静静地坐着发呆，我总觉得她曾努力等我了，可是我没在。她一定也很遗憾。这个将所有温柔给了我的女人，她走前肯定特别想见我的，我们曾经是那样亲昵。

时间很快，二宝离开我的时间已经超过我现有生命的半数了，而这个数字只会越来越大，可是我总清晰地记得她的模样：短发下那张肥嘟嘟的脸，笑得满脸皱纹的样子，看我的眼神里那份浓到化不开的爱，虽然她不曾说。那时的她，头发还没花白，毕竟走的时候是那么年轻，再有三十年，我也长到她的年纪了，她会等我，因为她不再长大。

现在我也 33 岁了，她在这个岁数时已经守寡。以前总听她说些往事，我很配合地哭，觉得她很可怜。如今自己到这个岁数了，才忽然懂得一些她微笑背后的辛酸。我是这个世界上唯一没有被她凶过一句的亲人了吧，她将所有的温柔都给了我，我眼中的她总和别人记忆里的不一样。

我的急性子与她的慢性子总是形成鲜明的对比。我会因为肚子饿而挠她的脚底心，让睡懒觉的她起来做早饭；我会因为急着赶路而催促她结束跟田间劳作的人闲聊。她总是笑着配合我，在我达到急疯的临界时妥协。

直到如今，我还是会想起她藏在肚子上保温的煮鸡蛋，怕我半夜肚子饿，又怕我吃凉的坏肚子。我肚子疼，她会整夜忍着瞌睡帮我揉肚子……别人都以为她很粗心，但其实她把细心都给了我，对吗？她总记得我爱吃的东西，没有一次买错过。

我总想着，如果她还在，我一定要带她去坐轮船，坐飞机，去吃美食，看风景。可是回应我的只是她墓前一年比一年粗大的松树，那亭亭如盖的模样提醒我她离去的时间。我很少去看她，即使是清明，因为"遗憾"这个词总会出现在脑海里。路过时，我习惯地往她所在的那片桑树地看看，却总没有勇气去跟她说说话。我是跪着送走她的，火葬场那块小小的屏幕上出现过她最后的实体，然后大火将一切回归尘土。所以我知道她不在了，可我这辈子永远都会有她陪着。

我右手腕上带着她妈妈留给她的手镯，只可惜在10岁那年被我遗失了一只，如今剩下的这只，十几年来我不曾离过身，就像她永远在我身边。

我知道，她依旧会出现在我此后生命的梦中，延续我们这段短暂的缘分。

想那双厚实却粗糙的手抚过的感觉，想她那些不对我胃口却盛得满满当当的菜，还想她每次回家时我在她身后追着不肯要她留下的零花钱的日子……整整17年了，我不敢涉及有关二宝的话题，因为心里有块地方至今空着。她若还在，我想牵着她的手走走。她的笑容背后的那份苦涩，我有看到。

如果二宝还在，她一定会是个比阿金更慈祥的老太太。

如果二宝还在，她的肚子依旧会那么胖，睡觉时的呼声应该还会那么响吧。

如果二宝还在，做的饭可能会更咸，当年只是花白的头发应该已经全白了。

如果二宝还在……

二宝，我打算跟别人说说您的故事。

第一章

1

离尉家村约 5 公里的汪村也是一个水乡小村,属于沿水而建的江南格调。两村格局大同小异,分属不同的镇。二宝的家就在汪村,但二宝不姓汪,她世代生活在这里,她叫杨二宝。她家的门前有一条大河的支流,她原来的家在村东头,她后来的家在支流的源头,村的最西头。这条支流向东连着村外的大河,大河连接着长山河,长山河又连接着京杭运河,二宝和她的孩子们当年还参与过长山河的挖掘工作,这都是后话了。

二宝的名字只是身份证上的显示,杨二宝这个名字于她是陌生的,她只知道那张塑料卡片叫身份证,上面有她的大头照,公安局发的,很重要,得收好。她第一次需要核对名字的时候是在医院挂点滴,她只知道自己姓杨,叫阿二,她的哥哥有好听的名字,她的妹妹叫阿三……她有八个兄弟姐妹。当护士跟她核对:"你是杨二宝吗?"她怔怔地回答:"我叫杨阿二。"最后还是身边刚上职高的孙女替她做了认证,毕竟她勉强只能认识一个"二"。

我记忆里的杨阿二是个乐天派,心宽体胖,学"宰相肚里能撑船"这个谚语时,我脑海里浮现的是她的胖肚子。她的脸总让我想起包子,只是有点黑,褶子却条理清晰,肯定是个皮厚肉超多的黑面包子,特别是见到我时,那褶子深如沟壑。那时的她是个岁月侵扰下的女人,我总是好奇她年轻时的模样。

她在老一辈人记忆里的模样大约就是梳着两条大粗辫子,穿着一件自己织的土布衬衫。一个初春的中午,与母亲在村子小道上激烈地争吵着。

为了爱情，她反抗母亲，17岁的脸上洋溢着青春的倔强。为了他，她愿意和母亲断绝关系，叫嚣着"死都要嫁给他"。母女俩的争吵再度激化，最后上升到约定老死不相往来。她的执拗，换得母亲的妥协，也换来自己的爱情，哪怕是短暂的。我的生命也该追溯于那场反抗，感恩那刻的勇敢。我未曾来得及问她一句，你后悔过吗？但答案从来就在我心中。我记忆里的她从未和那个春日午后的形象重合，她的倔强从未在我身上施展，她对我从来都是好脾气的。

在阿金还在和金生通信的那个冬天，即将年满18岁的二宝，穿上母亲当初为她亲手缝制的嫁衣，怀着喜悦之情从村东嫁到村西。几步之遥，却是一个女人另一段生命的开端。生命这端的男人大她六岁，两个人算是自由恋爱，一个家徒四壁的有为青年，一个大大咧咧的花季少女，就这么开始幸福地生活在了一起。同村不同姓，男家姓汪，唤作山林，家里的姐姐早就出嫁，双胞胎的弟弟也早早去别人家入赘了，父亲早已病故，只剩下个瞎眼的母亲，是早年针线活干多了留下的眼疾。孤儿寡母的，却也母慈子孝。山林的家境让他根本读不起书，穷人的孩子早当家，身高还够不到灶台就已经干起了农活，勤快、能干、嘴甜，村里的人也都喜欢他。山林渐渐长大，干活肯卖力气，有时候村里人有打零工的机会也都叫上他。孤儿寡母简单地过着，直到一个人的到来才将这一切打破。

早些时候，村里来了个老中医，据说早年在桐城是很有名望的郎中，在当地也很受人敬重。乐善好施，遇到看不起病的人也往往会免费诊治，仁心仁德之名更是让他的医馆有口皆碑，生意自然也很是红火。世道总讲究一种平衡，如果一家独大，日子久了总会有问题。正所谓同行是冤家，别的医馆不嫉妒肯定是假的，所以当老中医被质疑的时候，谁也没有站出来替他说话，有些甚至落井下石。大致情况是这样的，有日老中医出诊回来，遇到一个躺在街边角落的乞丐，正捂着肚子发出呜呜声，这声音换别人听来也许不会引起注意，但老中医却蹲在了他身边。乞丐长发覆面，肮脏不堪，甚至泛着阵阵熏人的酸臭，别人避之不及，老中医却从他的脸上看出了痛苦。自报身份之后，便伸手替他把脉。问题不大，应当是肠内寄生虫作怪。老中医便让路边看热闹的人帮忙,将人带到医馆,让人煎药给他服用。此事本是一次义举,人人传颂,可谁也没想到第二日,一切便变味了。有人在路边发现了乞丐的尸体,而且他的身下还有一滩血,像是从屁股处流出的。如果没有老中医医治这件事,那么乞丐的死便只会像河里掉进一颗小石子,那点涟漪谁也不会注意。可是有人却从这里嗅到了发财的机会,当地的恶霸硬说老中医开的药吃死了人,先是敲锣打鼓地将尸体送到医馆门前,吓得病人不敢上门,然后再由警局出面将犯罪嫌疑人逮捕归案。恶人做事也是滴水不漏,甚至还找了当地几个中医为他们背书,老中医的那张存档药方也被人动了手脚,早已有理说不清。这件事的最终结果就是老中医被认定开错药吃死了人,家人为了将他从牢里赎出来几乎倾家荡产。原本很多人还为老中医愤愤不平,可是他替那个乞丐看病的事那么多人都看见了,后来又有"目击证人"说那乞丐喝了药从医馆出来后,就是上了几趟茅厕,然后就在墙角没动过。渐渐地,质疑声便越来越多了,毕竟吃死人不是小事。而老中医呢,虽然保住了命,但名声也算是彻底完了,门可罗雀,病人不再上门,终日郁郁。其实最伤他心的是人心,这么多年行医,本着医者父母心的原则,待病人一视同仁,尽心尽责。教育者常说有教无类,自己也可以算是"有医无类",可是……花甲之年经此一役,心灰意冷,不愿意再留在此地。便想着带家人回老家汪村,那个他已经离开半个多世纪的地方。

乡音无改鬓毛衰,与老中医相识的人已所剩无几。只要有钱,想在村里定居自是不难的。他在有自家房舍之前先租住在村里有闲房的人家。后来人们不知怎的就知道了他原是中医的身份,只是来这里的原因还未有人得知,只说是落叶归根。村里人一开始很开心村里来了个郎中,以后就不用再跑几里地去看病了,而且还是大城市里来的,医术必然也高明很多,可是渐渐地,大家发现一切都跟他们当初的设想不一样。

村里偶有人不舒服请他开几剂药,他也总是推辞。慢慢地,村里人都不待见他了,以为他嫌弃他们是乡下人不肯给他们看病。老中医因为当初的心结早已发誓不再替人看病,可是他不解释,村里只当他是见死不救,误解便越来越深。老中医的新家挨着山林家,原本跟着他一起来的家人过惯了城里生活，还是想方设法回到了城里，但是老中医却死活不愿意再出去，便一个人留下来。老中医不事生产，农村的生活又比不得城里便捷，虽说瘦死的骆驼比马大，他有钱却连自己的基本生活都无法料理，饱一顿饥一顿的。跟村里人关系不好，也没人愿意帮他，除非是他花钱雇人。日子好歹也就这么过下去了。

　　一个夏日夜里，临近满月的日子，月亮透过瓦砾缝隙闯进屋内。山林的娘眼疾犯了，疼得死去活来，翻滚让竹榻发出了声响，穿过破旧形同虚设的房门，终是吵醒了贪凉睡在天井里的山林。看着老娘疼出一身汗，却咬着牙不肯叫一声，这个年轻后生还是不顾她的反对，连夜背着老娘出门，想出去找郎中。夜里睡不着的老中医那夜正坐在那儿吸收天地精华，正所谓远亲不如近邻，自己虽然跟村里其他人基本没有什么走动，但是山林家倒不曾找他看过病，而且山林娘是个厚道人，两家挨得近，平日多少也受些人家的照顾，看到此情此景就立马起身喊住，问了何事。山林说完，老中医只道了一句稍等片刻，便转身进了屋，又步履匆匆地出来，说他有办法，不等人家反应就催着山林背着老娘回家。母亲说过，这位邻居是有真本事的，平时母亲也让山林帮着给他劈点柴，挑点水，所以那一刻他什么也没问，就又将老娘背回了家。回到房间，按照吩咐平躺着，他按住母亲不自觉动着的双腿。老中医取出带来的蜡烛让山林给点上，借着月光与烛光，又掏出一个小布包，布包里赫然有大小不一的类似绣花针的东西，山林看他掏出一根又细又长的针往一坨棉花上一擦就要往母亲的脑袋上扎，他想阻止，却又莫名地信任他。只见几针下去，母亲之前痛到蜷缩的身体有了缓解的迹象。"嫂子，我给你扎了几针，暂缓你的疼痛，你放心，过一会儿就不疼了，我再开个方子让山林给你去抓几副药吃吃，就无大碍了。"

　　"谢谢茂名兄弟，大半夜的，辛苦你了！"山林娘的语气明显平和了许多。

　　"嫂子，你别说话了，休息会儿吧！"山林第一次听到老中医的名字，但是因为着急老娘的病也没有在意。

　　许是之前疼到虚脱，没一会儿母亲便睡着了。听着老太太平稳的呼吸声，山林总算松了一口气。吹灭蜡烛，老中医招呼山林往外走，想是有话要交代。站在天井里，老中医道："你娘的眼疾患病多年，我已无力根治，只能为她减少疼痛，若能保养得宜，不再复发也不是不可能的。只是……"

老中医欲言又止，山林急问："叔，只是什么？"

"只是我曾发誓不再医治任何人，这次出手算是破例，但村里那么多人我都拒绝了，单单今天……所以你得保证今天的事只有我们三人知晓，外出抓药，不得透露半字。"山林狠狠点了几下头，说道："叔，你说的我都明白，你放心吧，今天你救我娘的恩情我都记下了，我不会对别人说的。"老中医颔首离开。山林亦跟着他往家走，明明是位干瘦老头，但月光下的身影却让他觉得特别伟岸。

老中医说他开的几味药都极为常见，离家约20里地的小镇上便有，他给老太太扎了针，老太太一时半会儿不会醒过来，他这一去一回能赶得及。山林打零工的时候去过一两次小镇，趁着满月的光亮，山林怀揣着老中医给的药方，连夜赶路。事情办得顺利，不到午饭时分人便赶回来了。遵医嘱，几副药下去，老太太的眼疾得到缓解，倒是比以往还舒适许多。因老中医的嘱咐，山林不敢过于明目张胆地感激，但日常里能帮着干的，也紧着做。

那年，山林十岁略余。20世纪40年代初的中国正处于战火硝烟中，村上有人被抓了做壮丁，他侥幸躲过一劫，是老中医拿出唯一值钱的东西——怀表为他换得一命，老中医怜他孤儿寡母，也算是为自己的晚年得一个保障。山林给他磕了重重的三个头，什么话也说不出来，心里决定侍奉他一辈子，只是这样的心愿却没有实现的机会。

2

山林曾以为日子是简单的，即使很清苦。等再过些年，自己长大成人，娶个媳妇帮他伺候母亲与老中医，再生两个孩子……他不曾想过自己有一天会认字,会写自己的名字,会写很多人的名字……

有道是能医不自医。山林一直不清楚老中医的岁数,灰白的头发,原本还红润的脸色,在乡下的日子里一点点消逝,穷乡僻壤除了空气好,大约就没什么可取之处了。这是片没有山地的丘陵地带,没有悬崖峭壁,自然也没有深山老林,甚至没有荒地。草药在这里是稀罕物,多的却是田间地头的杂草。多年的劳作,这里的人也将这些杂草的功效摸了个透,物尽其用。比如那个带有紫色叶瓣的是止血草,摘下叶子吐点口水搓烂了就可以敷在出血口;那个如漫天繁星的白色小碎花晒干了可以治咳嗽……要说药理,全村人加一起都没能说出半点,只会告诉你,老底子就这么传下来的,所以它们的学名自也是不识的。

汪村一直没有真正称得上是地主的人家,有几家也顶多算个富农,只是农忙的季节需要帮手。山林家自己家还留了点水田和旱地,农闲时出去打打工,日子也还过得去。老中医来村里时也用积蓄跟人换了点口粮田,他是少时离家老大还,村里认识他的人已不多,正好山林家旁有村里遗弃的旧屋,如果那几块摇摇欲坠的破板也算房子的话。那会儿可跟如今对房产的态度不同,不少村落都是逃难落户者建立的,谁也别说谁是外来人口。汪村村西头那几家姓汪,东头那几户又姓杨,还夹杂着几个独立姓氏。老中医倒确实姓汪,也说得出汪村上几代人的事,所以要住村里也无可厚非,跟村里族老打过招呼,便请人修缮房屋,黄泥混着稻草建的墙,木头撑起的房梁,前面三间正屋,瓦片盖的顶,木头框架玻璃窗,一间卧室,一间厨房,一间堆杂物用的小柴房。屋后拿竹篱笆围了个圈,正后面搭个茅草盖的小茅房。围起的露天院子里种点菜,养个鸡鸭也着实不错。房子落成,成了村里最洋气的所在,老中医也算正式在汪村安营扎寨了。这里远离城区,战火硝烟也暂时没有蔓延至此。

别的倒好说,就是这农活着实胜任不了。头先那一季水稻,秧苗是别家花钱匀的,插秧是花钱请人种的,总不能除个杂草、施个肥都要花钱雇人吧,那到时收割的成本都不如直接买粮食了。况且地里还得种点农作物,于是老中医便想跟人学。这可非一日之功,花钱学吧,自己带的那点积蓄已无多，自己看着偷学吧，真不是那块料，谁也没闲工夫教，况且他死活不给人看病，慢慢把人都得罪光了。也就是住在隔壁的山林，年纪小心善，干活也是好手，家里田地不多，所以偶尔可以帮衬着他，所以才有后来施以援手那一出。

　　说起山林学识字，倒也算个意外。有一回老中医自己病了，连着拉了两天的肚子，人都虚脱了，提笔写字的力气都没有，想让山林去帮他去抓点药，其实不过两三味药的事，山林也不是记不住。上次他是带着方子去的，但这次只能口述，记性是不错的，但是到了药店，伙计问他到底是黄连还是胡黄连，他却懵了。老中医说的是官话，他虽死记硬背，但是他的发音着实不准。老中医说时，黄连放在最后说的，这个"和"与"胡"也分不清，好歹其他两味药还算明确。最后无法，只得将黄连和胡黄连都抓了回去，单独包好。还好，老中医自己识得药材，要不然这油纸混在一包，谁认得谁呀，药可不是能乱吃的东西。想着上次自己老娘病了，拿着老中医的药方，抓药是何等顺利。老中医似乎也意识到了这一点，毕竟说不定哪一日自己还得仰仗山林呢，自己的孩子头一两年还来，再后来托人捎来一封信，说是日子过得不如意，世道不好想去上海寻寻门路，然后基本是杳无音讯。也不是不着急，只是这世道乱糟糟的，托人打听也没打听回来什么消息，没消息便是好消息吧，自己岁数上去，也管不得许多。以后的日子，估计也少不得这大侄子。所以山林一提想学官话，最好还能识几个字的时候，老中医便同意了。老中医所会的当地方言仅限于日常生活所需，残存的记忆里还能听得懂当地话，所以也算是两个人互相学习。下雨无法劳作或者农闲的日子里，山林就跟着老中医从"一""二""三""四"学着……一转眼两年过去，山林《三字经》也能读个七七八八，日常对话也能拿官话说了，地里那些能入药的杂草也基本知晓了，偶尔还能背几味草药方子，但是老中医有严令，不得在人前卖弄，更不得给人看病开方。

　　原本以为日子就这么简单地过了。外面依旧硝烟弥漫，山林根本搞不清现在是谁跟谁打，明明他14岁那年，他就听说日本鬼子已经投降，中国胜利了，原本以为好日子要来了，可是没完没了的战火依旧在蔓延。他有记忆以来不是没见过当兵的，也听人说起过外面的事，老人们说八路是好的，他们不会抢老百姓的一针一线，日本鬼子进村以后是烧杀抢掠无恶不作，连皇帝都被他们抓起来了……日本鬼子当年搜刮过的这个小村，位于沪杭的中间地带，典型的江南水乡。在山林 16 岁的冬日，一群穿着破烂的匪兵进了村，见粮食就抢，村里的牲畜顺手就迁，糟蹋了不少姑娘少妇，害得人羞愤自尽，还抓村里的壮劳力。山林一个十多岁的孩子也没能幸免，老中医为保住山林，拿出了一块老怀表，请求匪兵头子放过他，这块老怀表一看就是好东西，是他当年花二十个大洋买的，多少年过去了，时间依旧精准。秀才遇到兵，有理也说不清，人家是既想收怀表又要把人带走。

说来也是巧，老中医看了看这匪兵头子，说"老匹夫不才，这位长官想来时常头疼胸闷吧，且已持续一年以上。"

匪兵头子一听，马上道："你怎么知道？"

老中医捋了一下花白的山羊胡，道："老朽我曾在桐城行医多年。"

匪兵头子半信半疑，倒是他身边一个脸上有着半边刀疤，看似亲信的小兵言道："你是汪老医师吧。"

老中医看了一眼这个小兵，却是不曾见过。那小兵倒是兴奋地说："你不认识我，我认识你。哈哈，老大，你知道我是桐城人吧，这个人我小时候见过，是我们那最有名的老中医，大家都说他是华佗转世，您的病这回有治了。这回咱们路过桐城的时候，我还想着找找他呢，但是没找到，真是踏破铁鞋无觅处，得来全不费功夫，竟然在这里碰到了。"

匪兵头子一听，也是兴奋不已。当即就让老中医给他看病，老中医见状，提出一个条件，想请他放过村里的壮丁。原是不肯的，两人一番密谈后，竟同意了，谁也不知道他们俩说了什么。没几日，这个队伍就离开了汪村。山林问过老中医一次，老中医只道："人都怕一死。你知道的越少对你越好。"

经此一役，村里人对老中医的态度完全变了。村里的粮食财物被搜刮了个干净，这个冬天必然是难熬的。村里的树皮、河里的鱼虾、黄色的观音土、地里的野菜、遗留的稻穗……都成了果腹保命的粮食，所幸那个冬天没有人饿死，只等来年春暖花开，日子也便好过了。老中医的吃食也得全村人的照顾，他依旧是那副泰然处之的模样，倒也融洽，想着以后也不必为自己地里那点活计费神，甚是满意。只是好景不长，眼看就要到春节了，老中医收得一封信，战火岁月，这封信虽然走了许久，但是能到他手上也算是奇迹了，只可惜这不是一封好信，也是这封信要了老中医的命。信是他儿媳托人送来的，内容是老中医的儿子和孙子被流弹炸死的消息。老中医气急攻心，一口血喷出来，晕了过去。山林给他把过脉，脉息微弱，本就年事已高，经此一事，恐是危险……山林守在床边一日，老中医方转醒，他让老中医开个药方，自己好去给他抓药。他却道："我已是药石罔顾了，我知道自己的事，好孩子，你听我说。"声音极其微弱无力。山林将耳朵凑上去，听得那日他诳骗匪兵头子一事。

原来那匪兵头子的病也不过就是陈年旧疾，多半是这些年走南闯北，风餐露宿导致的。小病不治拖成顽疾，虽说要根除极难，但是扎上几针缓减一下，配上几副中药调理，自能减轻。老中医却跟他说，自己有祖上留下的续命丹，可保他药到病除，延年益寿。最后自是恭敬地呈上，等到人家服下，方告知此丹药有两颗，一颗在他身上，一颗在他师哥身上，必须两颗同服方能见效。还将自己师哥的体貌特征，身在何处详细告知，说得有模有样，让人不疑有假。要说人家没怀疑那是假的，谁也不是傻子，当然怀疑过，只是这老中医几针扎下去，多年未曾这么轻松了。后来他还告诉他们，这村子入口处他早已洒下药粉，如果没有他的解药，他们这些人必死无疑……诳人的理由千千万，有效的便是最好的。最终老中医将人诳走，救下全村。这个世道纷乱，想着那帮土匪也不会再回来了。以防万一，老中医将事情经过告知山林，万一以后再来人生事，或许可以依照此法，救大家一命。虽然话中细品有很多不合常理之处，但是山林还没来得及细问，老中医便闭了眼。

老中医走得很安详。山林白衣素冠，以代子职，那个年代本是置于棺材，入土为安，但老中医留下遗言，请山林将其尸身焚烧敛灰，悉数投入这里流经的京杭运河。挫骨扬灰本是对死者的大不敬，但山林却理解老中医的心，他是想将自己置入流水，沿着河道，去看看上海的孩子。

3

老中医走后的那个春天,山林学会了一个词"解放",也看到了老人口中的八路军,看到了有人穿着中山装,左胸口别着一支叫钢笔的东西。以前老中医教他识字,顶多是毛笔,但是纸得省着用,所以山林基本上都是拿着树枝在地上练的。这个春天到来的不止解放军,还有他人生的春天。除了几户富农家庭,村里识字的年轻人竟只有他一个。而且根据划分,他们家属于贫农,正是无产阶级代表的合适人选。识字的他受到大队干部的任用,然后就从未离开那个岗位,这些都是后话。那年的十月一号,他还在广播里听到老百姓口口相传的毛主席的声音,他用他特有的口音宣告:中国人民从此站起来了。那一刻,他觉得所有的苦难都过去了,眼泪止不住地流,他要回家告诉自己老娘,好日子就要来了。

山林的好日子真的来了。他勤快能干,官话说得也地道,学习能力也强,村里大队领导很重视他,他是村里最受重视的干事。时间过得很快,一转眼也是 20 出头的青年了,这个年龄,别人可能都已经是两个孩子的爹了,他却连个对象都没有,倒不是他挑剔,而是他被人嫌弃。虽然在大队里干活,但是依旧是个家徒四壁的贫困户。当初老中医走后留给他的田地和房屋,也在他积极要求入党的时候,上交给了队里,成了集体财产。为此,村里不少人在背后说他是个缺心眼。瞎眼老娘的旧疾凭着当年老中医的真传,自己也能应付,时不时抓几副药。只是前两年,老太太肚子疼,半夜起身上茅房,按理自家地方真的是闭着眼睛走都没问题,偏巧那天放在茅房外面屋檐下的锄头不知道被风刮倒还是怎么的,横在地上,老太太一脚没跨过去,整个人绊倒,身子往前冲出大半个身位,腰离锄头尖也不过一根手指长短。听到声响跑出来的山林吓了一大跳,要是再挪过去一点,自己老娘的命就交代在这里了。山林连忙扶老太太起身,才发觉老娘没有声响,心里忽然有个念头冒出来,颤颤巍巍将手摸到老太太颈动脉处。还好,山林松了一口气,探了脉搏也没异常,老娘明显是昏过去了,于是赶紧将她挪到床上。天微亮,老太太才悠悠转醒,说是膝盖疼,好像摔下去的时候磕到石块了,撩起一看果然有点瘀青,倒也没破皮。头也有些晕,倒下去头也撞到了。原以为没事,起码从脉象上看是这样,但是老太太却起不来身了,这是山林几日后才发觉的事实,他赶紧带老娘去看别的医生,中医、西医都看了,得出的结论是:膝盖有点轻微骨折,年纪大了,治好也留有后遗症,起不来的原因可能是因为撞到头,所以里面可能有血块,压迫神经,也许什么时候血块消了,就能起身了……总结就是一句话:你娘瘫痪了,什么时候能起来看老天爷的意思。

经此一遭,山林娘倒是将隐藏多年的一个秘密告诉了山林。山林爹和老中医是少年时的好友,虽然一个是地主家的少年,一个是下人家的孩子。但是两人很合得来,老中医也从未将山林爹当下人。虽然山林爹上不起学,但是老中医会将自己学到的东西毫不保留地分享给他。一直到老中医一家搬离汪村前,两人总是形影不离。离开前,老中医还求着父母烧掉山林一家的卖身契,留下一点水田和旱地让他们自己劳作生活。后来山林爹凭着自己这点家产在汪村娶妻生子,所以多次在妻子面前提起这个年少时的伙伴。只可惜山林爹不到 40 岁便病故了,但是山林娘倒是将他的名字记在了心里。老中医一家来村里时,她听人闲嘴说过几句,无论年龄职业和来处都对得上,山林娘便去打听了他的名字,果然是故人。所以才让山林时时帮衬一把,而老中医后来也从山林的嘴里得知了他爹的名字,便找机会私下跟山林娘确认过。两人商定表面上若无其事,不让旁人知晓。自此,山林才将之前的疑惑一一解开,只觉自己当初真的愚钝得厉害。

4

　　有为青年与瘫痪婆婆给媒婆出了难题,也让原本还有意的人家望而却步,所以山林的婚事拖了下来。一直拖到 23 岁那年,山林在当时算是大龄未婚男青年。村东头的杨家老二长成了一个 17 岁的大姑娘。这村东老杨家可是个"大户"人家,不是钱多,而是人多,兄弟姐妹八人,完全是光荣妈妈家庭啊,除了老二和老三是女儿,其余全是儿子。杨家老二是典型的泼辣又能干的主,人不高,嗓门不小,弟弟妹妹差不多都是她拉扯长大的。家外也是能干的,光看那双脚都是能干的,又厚又宽,挑着担子走田埂肯定相当稳。

　　也不知道杨家老二和山林怎么就看对眼了,一个哥哥叫着,一个妹妹哄着,竟然走起了自由恋爱的时髦路线,最后杨家老二死活非要嫁给山林。所以才有了那一年,她在村里跟母亲的那番争吵,直到相约老死不相往来才换来了自己这场爱情的圆满结局。大家都阿二阿二地叫着,但是婚后的她却真真正正地成了"二宝",虽然我没有开口问过她,但是我知道他没有让她失望,只是我不敢问罢了。

　　六岁的年龄差,一个男人将一个女人当妹妹、当孩子般宠爱着。而那个女人也为这个家增添了活力,能干的二宝伺候婆婆,照顾老公,里里外外都收拾得妥妥帖帖。只是原本以为雷厉风行的她,却是个实打实的慢性子。一家人相处融洽,父母跟孩子之间也没有隔夜仇,娘家那边也渐渐有了松动。特别是婚后第二年,二宝的大儿子出生,作为外婆自然要来看看自己的第一个外孙,还特意动手缝了"历本袋",就是当地的香包,也叫"菱",因为它往往做成菱形,是当地的传统风俗,要从婴儿时期戴到四五岁。里面放了 7种谷类和孩子的生辰八字,还有桃枝。据说可以辟邪,孩子出门远行,是一定要带上它的。母女俩默契地谁也没有提及往事,冰释前嫌。

二宝的父亲在她不到十岁时就过世了，大哥性子冷淡，也许山林的出现正好弥补了二宝心里的某块空缺。大字不识的二宝想来也是崇拜这位村里识字最多的年轻人。一家四口的日子过得其乐融融，二宝的母亲也时常过来帮衬一下。瞎眼老太太是在大孙子会喊奶奶的时候走的，据说是含笑走的。大儿子之后二宝又怀过一次孕，可惜生下来没多久就死了，那个年代，孩子养不大的很多，虽然伤心倒也看得开。山林更关心的是二宝的身体，运用那点有限的医学知识为妻子调养身体，生完大儿子五年后，又生下小儿子，隔了两年又生下小女儿。有儿有女的山林觉得满足，那会儿已经有了节育手术，为了让二宝以后不再受苦，带着她去放了节育环。夫妻俩同心协力，一家五口日子过得也越来越好。

山林深知知识改变命运，所以他的孩子们都陆续上学，没有耽误。山林在队里也坐上了大队长的位置。夫妻俩一个主内一个主外，一家人走过了大跃进，扛过了三年自然灾害，迎来了文化大革命。山林和二宝家都是贫农，没受太多影响，倒是村里偶尔也来几个下乡知青的小青年，有些后来还在村里扎根落了户。

如果生活能如此顺遂平常，大概也就不叫生活了，它毕竟是"活"的，总要有变动。到了七八岁还能骑在老爸脖子上去上学玩耍的小女儿汪娟大约从没想过这样的日子有一天会戛然而止，干脆得毫无征兆。直到一切发生时，她才回想过往，而这一切却要在二十多年以后，在我成为听众时才得以诉说。

她说，她的童年，在大家的日子都很苦的时候，她不知道什么是苦，除了二宝会凶她，哥哥们让着，爸爸宠着，好吃的都是她先吃。她不曾想过她会因为冻疮穿不上鞋子，会被亲戚家怠慢……她说这些的时候，她的眼睛飘向远处，尽管她告诉我，她已经想不起她爸爸的样子了。

5

　　8 岁前的汪娟完全是别人眼中的蜜罐里的孩子,说她的生活在一夜之间发生天翻地覆的变化一点也不为过。

　　1973 年的春天,大概会一辈子留在汪娟的记忆里。阳春四月,风光明媚,水渠边的野花开了。8 岁的汪娟已经是一名一年级学生了,在被野花勾搭了一路之后,背着妈妈二宝缝制的花布书包,蹦蹦跳跳地放学回家,两个羊角辫正上下摆动,配合着她幸福的节奏。她没有玩到天黑才回家的原因是她饿了,正在长身体的肚子里没啥油水,总也吃不饱,长了一个圆脸大脑袋,却有一副皮包骨头的身体,像根豆芽菜。放学回来,就忍不住想吃点点心(当地人将中饭与晚饭之间非正式的餐食统称点心,是为了垫补)。跑去厨房,打开土灶上专门烧饭的那口锅的木质锅盖,小小的身体还得借助凳子才能够上,想看看是否有中午吃剩的红薯,或者盛一点冷饭泡水就着咸菜疙瘩吃也是美味的。打开锅盖的一瞬间,汪娟吓得将它扔了回去,差点从凳子上摔下来。受惊尖叫出声,而后不顾一切地跑向屋外,正好撞见下班回家的爸爸山林。她一把抱住爸爸,小脸上挂着眼泪,我见犹怜的模样。拍着女儿的慈父,等到孩子缓过来以后,一问才知锅里竟然有条蛇。重量不小的锅盖盖住的锅里竟然有条蛇,难不成蛇还长手了?这个村里见多识广的男人一时也不知道该怎么说,心想也可能是中午盛完饭,锅盖卡在锅铲柄上,没盖严实……猜想没用,他现在要做的就是亲眼去看看这条蛇,疾步走到厨房,拿起锅盖,果然出现一条比手指略粗的家蛇(是生活在住宅周围的几种蛇的统称,包括黑眉锦蛇、奶蛇、线条家蛇、王锦蛇、白条锦蛇等,特点是对人无害,以鼠为食)盘踞在锅底,仔细一看还是活的。从老底子传下来的规矩:不杀家蛇。按照以前的迷信说法,一旦家里出现家蛇,那是要找专门通神解惑的"盲子"(一般是当地的一些年长女性,自称梦中受了神仙点拨,自此通灵,为死者传达未尽之言,为生者带去对亡者的关怀。通灵时哈欠连天,闭目浑身颤抖,神仙上身。算命的多为瞎子,所以当地话叫这些通灵的为"盲子"),但是当时反封建反迷信,所以这些旧社会遗留是不被认可的。况且山林还是党员,更要做好党员先锋模范作用,坚持无神论导向。按照当地的说法,不可以伤害家蛇,因为它是这家去世的亲人幻化之后前来通风报信的。虽是无稽之谈,但是很多人一直深信不疑。山林用火钳将蛇从锅里夹出,一直将它带到门前小河的桥垌处,将其放生。汪娟怯生生地跟在山林后面,看着这条小蛇回过头来看了他们一眼,便往水草处游去了。谁也没有再去追究这件事,即使是信奉鬼神之说的二宝,日子又平淡地过着。

直到后来又发生一件诡异的事,但一切还未等反应,悲剧便发生了,二宝他们才觉得也许一切都不是偶然,可又能怎么办呢?

6

初夏是个繁忙的季节,山林作为村里的大队长,时不时地也赶不上天黑前回家,偶尔夜间还要去田间地头巡视一番,有时候顺便还能抓两只田鸡(青蛙)、螃蟹回家加菜。山林家的房子原本就是两进院落,前面两间房,一间堆柴草、杂物,一间置一张八仙桌当餐厅,再进是一个天井,天井里种了一棵柿子树和一棵梨树,天井的一边辟出一块地,盖着瓦片,上面顶着烟囱,便是厨房。厨房很大,有可以放置四口锅的土灶,厨房的屋顶上垂着绳子,绳子的一端接着挂钩,挂钩用的是香樟树的枝杈,挂钩上吊着竹编篮子,偶尔得来的鱼或者肉皆放在篮子里以防猫鼠偷食。木头菜板上,一般刀就放在边上,破了口的碗三三两两放在充作碗柜的破旧木柜里。土灶烧火处,写着"小心火烛"几个字,"火"是倒着写的,意味着火不会往上蔓延,也就是不着火。再往里进便是两间卧房了,东边的屋子是山林他们四个人的,西边屋子是大儿子的。西边挨着天井处开有小门,挨着屋子盖了个小茅房,茅坑里存着种地的肥料,周边都是桑树地。等老二再大点就要考虑跟人将西边挨着的桑树地换了,再盖两间房。为了这个目标,山林一家正努力干活,想着到年底能多攒下点钱。

二宝总会为晚归的山林留一个手电在餐厅的桌上,以方便他回来后洗脸回屋,特别是没有月光的夜晚。在这个可以夜不闭户的时期,大门总是虚掩着,山林回家时也不需要为他开门。忽然有一夜,门外的敲门声吵醒了因为暑热刚刚睡着的二宝他们,只听得来人一边敲门一边叫着"大嫂",二宝从里屋走出来,只见是不认识的陌生人。来人是两个年轻人,看着都是20出头的样子,自称是隔壁井林头村的,还说了自己父母辈的名字。农村便是这样,附近村落的,即使你没见过人,可人家的事却总能知道个一二,甚至祖上几辈都清楚,况且二宝还不是外嫁进来的,一说全对上了,顿时亲切,毫无防备。他们俩敲门的目的也简单,只想借个手电,说是刚才路过他们家西边不远的桑树地看到了狼,想去打个野味,还说打到了分她一份。二宝知道那,那边有个小水塘,四周还是全村老人过世后的埋葬地。二宝天生胆子小,入夜后从不敢往那去。手电借给两人,也不忘嘱咐两句当心。以二宝的常识是不会知道,就她家这样的南方平原地带是不会有狼的,顶多就是狼狗。

这两人倒也不是骗子,过了个把小时的样子便将手电还回来。二宝问他们是否追到,两人摇摇头,在煤油灯的光线下,脸看着有点诡异。二宝看两人气喘吁吁满头大汗的样子,还去厨房水缸里舀了两碗凉水给他们。汪娟他们因为之前的动静也没睡着,听说有人打狼,更是兴奋地睡不着,听着外面的动静便都跑出来。眼巴巴地等着那两位喝完水给他们讲讲打狼的经过呢。其中一个人说道,恐怕他们见到的根本不是狼,今天不知是初一还是初二,明明外面一点月光也没有,现在想来才觉得诡异,怎么他们俩就能看见狼呢。他们拿了手电追过去,发现这两头畜生就在水塘边站着,他们觉得可能是过来喝水的,想着悄悄接近,一个拿手电照着。以前听老人说,任何动物,只要你拿手电照着它的眼睛,它就不会动了。另一个人拿着刚才从二宝家一起借的扁担，心想只要它不动，一扁担打下去就可以了。他们拿手电照着那两头畜生，发现它们真的不动了，也不叫唤，就这么看着他们俩，不知道是不是错觉，总觉得它们在笑。他们一边慢慢走过去，一边抄起扁担找时机，忽然那两头狼动了，脸上的笑带着凶狠，吓得他们还以为要扑过来。他们当然不知道真正的狼有多可怕，一条扁担要不了它的命，它一口牙却可以轻易结果了他们。他们以为狼不过就跟狼狗一样，杀狗两人可是很拿手的。之前觉得这两畜生有点像狼狗，又有点不一样，所以才得出了"狼"这个结论，其实他们根本没见过狼。结果两头狼并没有朝着他们扑过来，而是分开朝两个方向走了。因为手电只有一个，他们决定先合力解决一条，便跟着其中一条走，结果差点没把自己吓死。只见那头狼来到一个长满茅草的坟头，然后又回头看他们一眼，此时的他们心里已经发怵了，忽然狼不见了。这个世界没有鬼神的言论这些年在他们的心中也是树立了信念的，可是壮着胆子绕坟头一圈也没再看到它的身影时，信念有些崩塌。一边对自己说看错了，一边三步并作两步地往最近的二宝家赶。

　　正说着，山林回来了。山林一遍遍地告诉他们，可能只是看错了，这里哪有狼，哪里的野狗罢了，再说了，坟地那里好多都已经是无主的孤坟了，年久失修也是正常的，搞不好正好有个洞，以前专门有人挖坟盗宝的，这种情况也不能排除，洞口被茅草盖住，你们没看到罢了，那狗说不定也确实把那当成了窝。一番说辞，让两人的情绪舒缓不少，山林让二宝给两人泡点菊花茶，去去暑气，压压惊。其实是偷偷让二宝用安神草药给熬点汤水，这些也是自己当年从老中医手里学到的本事。这两人吓得不轻，想来这夜路是万万不敢走了，喝完安神茶，用稻草铺地，就在山林家的餐厅地上借宿一宿。听说这两人，原本是胆大之人，从那之后却连走夜路也不敢了。这件事，二宝他们很快就忘了，倒是汪娟当成鬼故事加工以后把小伙伴们吓得不轻。多年以后，当她再度讲述的时候，这里面添加的成分有多少，无人知晓。

7

汪娟的大哥汪建设即将年满 15 岁,因为"文革"耽误了几年,但好歹也马上就要初中毕业。他性格比较木讷,不苟言笑,比爸爸还像爸爸,很有大哥样,人也高高瘦瘦的,跟山林长得很像,身体强壮已经能挣一个全工分。二哥汪建国虽然比汪娟大两岁,却还时不时尿床,跟大哥性格不一样,是个热情又好脾气的,和汪娟一样长得像二宝,圆圆脸,个头不高,爱笑,估摸着将来也只会是个五大三粗的样子。家里房子不够多,正在努力准备扩建,现如今大儿子自己住一间,老二、汪娟和二宝挤在家里最大的那张木制雕花床上,那是当初二宝结婚时置办的物件,是家里最值钱的家具,也是唯一的双人床,山林在房间角落里用长凳打底,上铺一个竹塌,搭就一张简单的单人床,跟大儿子的一样。夏天倒也凉快,就是冬天难熬,一层一层的稻草铺着,上面放一个破棉絮褥子,冻得人直哆嗦。衣服都不敢脱,脚的那一头还用稻草给扎起来,生怕有冷风灌进去。娘仨倒不错,一块挤着能暖和些,可到夏天就受罪了,所以爱尿床的老二时常被发配到爸爸那张单人床上去。

虽然经常吃不饱,但是一家人和睦,时常欢声笑语的,那段日子是汪娟最幸福的记忆。妈妈二宝脾气上来,时不时总要骂他们几句,但是爸爸总是护着,有啥好吃的也紧着最小的她。这是她被爱护的时光,也是她最不敢回忆的时光。

汪娟幸福的童年止步于 8 岁的那个夏末秋初,熬过秋老虎便能迎来凉爽的秋季。已经没有萤火虫的夏夜,天却依旧热得厉害。之前酷暑难熬,双抢(水稻在南方一般种两季,七月早稻成熟,收割后,得立即耕田插秧,务必在立秋左右将晚稻秧苗插下。因水稻插下后得六十多天才能成熟,八月插下十月收割。如果晚了季节,收成将大减,甚至绝收。只有不到一个月工夫,收割,犁田,插秧十分忙,所以叫双抢)的日子,日头毒得能晒脱一层皮,劳作之后,男人们一个猛子就往水里扎,一顿狗刨,缓解一日的暑气。天擦黑,女人们也纷纷加入河边大军,抱个木盆,卷起裤腿,踩在没入水中的桥洞石板上,边洗衣服边消暑。吃过晚饭,打水擦拭草席,或者竹塌,甚至是蚕匾。铺在大门前空地上,孩子们躺在上面,大人们坐在马扎上,大家都出来乘凉。山林会讲各种故事,二宝会一边摇着扇子赶蚊子一边骂不停打闹的兄妹,只有汪建设安静地就像不存在一般,静静地数着星星。汪娟喜欢拿个罐子抓萤火虫,睡觉时放在帐子里。西瓜吃不上,甜芦穄还是管够的,纳完凉,一地渣,偶尔还有黄皮的黄瓜和绿色的甜瓜吃。皓月当空,暑气未消,蚊子们正奋力寻找延续生命的源泉。夜色渐浓,人们陆续开始进屋睡觉,当然若扛得住蚊子叮咬,也可以选择在户外露宿,不必担心有人打扰。那时候的日子很慢,汪娟总在盼望过年可以穿新衣服,可以穿新鞋子,可以长大一岁……

夏天马上就要结束了,秋天已经初露端倪,那么冬天就不远了,今年一定要做一个很大很大的雪人。汪娟在睡前这么想着。

虽然已经入秋,但是闷热的天气让汪家的在外乘凉的日子延长了一段时间。回到房间,两个小的打闹着赖着跟二宝睡,落下蚊帐,赶完蚊子,顺手拍死几只,蚊帐上布满蚊子的残肢和血迹,还有几块破布补丁,垂下多余的都塞入草席下,进出口用夹子夹住,做完一切,山林负责将桌上的煤油灯吹灭,再迅速进到自己的帐子里。寂静的夜晚,除了墙角的蟋蟀声,远处的蛙鸣声,便是蒲扇的摇曳声。孩子们的呼吸渐渐沉了,山林与二宝的交谈也渐渐止住了。忽然身子左侧有点温热,二宝就知道二小子又尿床了。喊起山林点亮油灯,推醒汪建国,将他赶到山林那睡。自己起身拿水擦床,这一切都没吵醒睡在内侧的汪娟。汪建国简单洗了一下,便躲进山林的蚊帐,刚想吹灯,汪建国就吵着有蚊子,山林便又拿蒲扇在蚊帐里赶着,正看见一只在眼前飞舞,又飞到顶上停住。于是就站上床去拍,双手一伸一拍,动静大得惊起了躺下的二宝。只见山林整个人趴在地上,她刚想说怎么回事,却觉得不对劲,山林完全没有起身的意思。叫了几声也没回应,二宝不知道自己是怎么从床上连滚带爬地来到山林身边的,她一屁股坐在地上,将他翻过来,一只手臂扶着他的头,让他上半身搁在自己的腿上。昏黄的煤油灯下,二宝看到山林的嘴张着想说话,却没有声音,眼泪不断留着。动静惊醒了隔壁的大儿子,原本以为不过又是弟弟尿床被妈妈揍了,却不想是这样一幕。看着呼吸越来越急促的男人,心慌不已的二宝让他快去喊卫生队的郎中。

汪娟是被一阵哭声吵醒的。她懵懂地看着眼前的一切,爸爸躺在妈妈怀里,二哥蹲在地上哭,妈妈抱着爸爸哭,她下床走到他们身边,连鞋子都忘了穿。看着爸爸胸口猛烈地起伏,嘴巴却没有办法张合,她忽然就被吓哭了,其实她什么也不知道,后来甚至有些想不起来。妈妈忽然跟爸爸说,你放心走吧,爸爸流着泪的眼睛用力闭了一下,然后爸爸深深地看了她和二哥一眼,那眼睛里的不舍,汪娟后来选择遗忘,也许是深埋,她不愿意提及。妈妈忽然就将手指伸到爸爸的嘴里,尽量用力地往里伸着,她那粗短的手指似乎伸到了他的喉咙口,然后用力地抠一下。山林深深地呼出一口气,他没穿上衣的胸口伏了下去,可是再也没有起来。这个才 39 岁的男人,从一张还不到自己膝盖高的床上掉下来,然后再也没有起来。汪娟不知道这一切是怎么了,自己只是睡了一觉醒来,爸爸就没了,他是睁着眼走的。一屋子的哭声,终于惊动了邻居,然后似乎是全村的人。满头大汗的汪建设带着郎中拨开人群才得以踏进房间,他从来不知道一个房间可以挤下那么多人。他的六个舅舅都从村东赶来了。

二宝依旧坐在地上,她已经不哭了,抱着山林坐在地上,眼神空洞。她的母亲坐在她身边,拍着她的背,看着自己才 33 岁的女儿,掏出别在左侧胸部斜襟的手绢,默默擦着眼泪。

8

　　山林的长辈早没了,一切还得二宝出面,可是她现在的样子就像个活死人。早上的米汤还是汪娟外婆灌进去的。她娘家几个妯娌也来劝导,让她为了孩子想开些,天气热,死人得尽快擦洗换衣服。可是她就这么呆呆地坐着,谁要是敢动山林,她就尖叫,甚至拿嘴去咬人,谁也近不得身。一家五口就这么坐在那,两个小的哭着睡着,醒来又哭。好在娘家人多又近,村里婚嫁丧娶自有一套规程,村里分了小组,平时红白喜事都是小组里的人家互相帮衬着,谁家有几户亲戚,家住何处都门清。村里有规矩,婚事是自家带着糕饼点心去邀客,而报丧则是小组里的几户人家,派出两人一队,去往各家亲戚处,而且接到丧讯的亲戚还要给报丧的人煮糖蛋(烧开的水里直接打入鸡蛋,放入红糖,煮熟后带汤一起吃)以慰劳苦。接到丧讯的近亲会尽快赶到,其余亲戚会在主人家定下的丧事举办时间赶到,同时相对近一点的中午到,其余的傍晚到,一般办两天。从身上的白帽、白衣、白腰带、白鞋看亲疏远近,小辈隔三代以上要戴红腰带。几辈子传下来的规矩,村人都心知肚明,一切有条不紊地进行着。

　　山林的大姐和双胞胎弟弟是前后脚进的屋,天刚微微亮,接到丧讯就赶来了。姐弟三人长得很是相像,看到山林双胞胎弟弟的时候,二宝的眼神发生了变化,随后"哇"的一声大哭起来,她的小脚母亲把她拉过来抱着,娘俩紧紧拥抱,母亲轻轻拍着女儿的背,说道:"我苦命的孩子,哭吧,哭出来就好了。"二宝的大哥见状,马上示意边上一直等着的几个人把已经有点僵硬的尸体抬走。

　　原本用作餐厅和杂房的两间屋子被收拾出来,一间停尸放供桌,一间供亲朋好友陪坐。哭完之后的二宝又呆呆地坐着,任由自己娘家妯娌为她戴上白头巾，穿上连夜缝制的白布鞋，穿上麻布白衣，换上麻布白裙。几个孩子也是一身白，男的是白麻布长衫，戴白帽，女的是白麻布短衫配褂裙，近亲也是如此，但只有血亲关系或是配偶才穿白鞋。汪娟和汪建国两个人除了哭，什么也不知道。倒是汪建设还算镇定，跟着几个舅舅做着主家的活。

裹尸有专门的流程，也有专门的人。可是二宝坚持自己替山林擦拭身体，这个前一分钟还呆若木鸡的女人，这一刻眼神却透着坚定，她是想亲手再为这个疼爱自己那么多年的男人擦一次身，也许这就是最后一面了，所以她要自己完成。打水仔仔细细擦过身体，还替他剪去手指甲和脚趾甲，指甲缝里还留有劳作留下的泥土，她忽然发现这个平时干净体面的男人，因为忙碌，近来连胡子都没来得及修剪。她没给人修过胡子，但是她还是拿着剪刀一点点地帮他剪短。头发也有些长了，她剪下一撮放进自己的口袋，然后用梳子轻轻地梳理。走得突然，也没有备下寿衣，便找出他最钟爱的那套中山装换上，这还是当初结婚时特意置办的，也没舍得穿几次。面料有些厚，是冬装，可他已经不知道热了。尸体越来越僵硬，穿衣这些看似简单的行为变得没那么简单了，但是她一句也没吭，就这么默默地做着，哪怕汗水浸透衣服。换好一切，二宝看着那张泛青的脸，忽然喊了几个孩子的名字，这是她这一天一夜第一次开口说话，声音哑得厉害，汪娟他们怔了一下才反应过来。二宝是想让孩子们再看看自己爸爸的样子。然后她背过身去，裹尸人将尸体包裹在被子里，上下都拿布条扎了起来。看着脚上的那根布条，汪娟想到爸爸冬天里怕冷时拿稻草捆着被子的样子，她觉得爸爸以后都不会冷了。

这里有哭丧的规矩，几个近亲的女人走到白布遮挡的停尸板前，哭诉着死者的好与自己的不舍。完事以后还得为死者守灵，她们用黄纸折成元宝模样，然后烧给死者，是给他在下面的买路财。生前穷困，人们总是寄希望于事后能获得更好的生活。所谓有钱能使鬼推磨，多带点钱上路，不用再过苦日子，下辈子投胎投得好一点。她们一边阿弥陀佛，一边手不停地折着。全身素白的二宝像个傻瓜一样坐在女人堆里，无论谁怎么劝，二宝做完一切之后就再也没哭了。母亲担心她憋着出事，让汪娟跟在她身边，想着让她看看孩子，想开些。

二宝开口的第二句话是:借钱,买棺材。语气坚定,不容反驳。这个30出头的女人,在丈夫过世后,第二次表现出决断。原本考虑到家里情况,几个孩子也还小,汪娟几个舅舅,还有叔父商量着还是拿草席简单安葬,平时大部分人家也是如此,除了大户人家,也只有一些老人慢慢积攒下钱财,生前给自己置办好棺材放在家中角落,等百年以后能够入土为安,免受蛇虫鼠蚁的滋扰。像山林这样年纪轻轻,突然死亡,家里还没有老人的,自然没有现成的棺材可以用,如今之际只能买。邻村便有专门做棺材的师傅,买一口棺材不难,但是作为"奢侈品",价格自然不菲。

　　处于那个年代,大家的贫富差距就像是能吃七分饱还是八分饱一般,微乎其微。山林与二宝辛勤劳作,无非就是为全家挣个饿不死冻不死的局面,离温饱的距离很是遥远。有道是,半大小子,吃死老子,家里余粮都不多,棺材钱于他们而言无疑就是一笔巨款。大家想让山林草席裹尸也不过是为了家计考虑,但是二宝不同意,即使是薄皮棺材,她也要让山林到了另一个世界有个踏实躺着的地方。就因为家里床不够,他才睡在竹榻上的,他才会……二宝撇开众人,走进卧房,翻箱倒柜找出一个布包,一层一层打开,最后是一个小小的红布包,哆哆嗦嗦地打开,赫然是一对银耳环,这是她婆婆临终前交给她的。本想着将来传下去的,可如今……二宝紧紧握在手里,深深地吸一口气,起身走到外间,将它交给自己的大哥,还让她的几个娘家弟妹进里屋帮她收拾一下,她要把当年自己陪嫁过来的那个"红"木箱子也卖了,哪怕是红漆都掉了。自始至终没怎么开口的汪娟外婆此时终于坐不住了,虽然儿子们都已各自成家,她已经多年不管家中事务,但是雷厉风行的模样还留在很多人的记忆里,如今看来,二宝的性格是像极了自己的母亲。

　　老人家一开口,所有的质疑便停止了。她对二宝说:"你娘家还有人。"随即看了几个儿子一眼,继续说:"当年就给了你这么一个像样的嫁妆,也没值几个钱。你要买棺材,让你哥和弟弟们凑一凑,你将来再慢慢还就是了。"寡母虽已不当家,但威严依旧在,儿子们不吭声,媳妇们即便是再有意见也不敢反抗。毕竟天热,肉腐烂的速度让争论变得奢侈。老太太给出解决办法,不管是否甘愿,棺材总算有了着落。

9

山林被放入那口薄皮棺材的一瞬间，汪娟忽然意识到她以后没有爸爸了，哭得特别卖力，被外婆紧紧抱着。二宝已经许久没有说话，就在棺材板即将盖上的那刻，这个两天来只被灌了点米汤的女人，使出全身的力气，挣脱了搀着她的两只手，一个健步冲上去，抬腿，跨进棺材，动作一气呵成。生同衾死同穴，她不是要告别，她是想同去。亲戚们冲上前去，将就要躺下的二宝给拽了起来，她用脚死死勾住棺材壁。怕把棺材弄翻，惊扰死者，他们也不敢太用力。最终，还是二宝母亲出面，她拉着身边的汪娟，对女儿说："你看看孩子，你要忍心让他们没爹没妈，你就跟着他一起去，我们不拦你。"说着还让他们放开了二宝。

整个世界静得只听到蜡烛燃烧的声音，在香灰落地的一瞬间，二宝的声音响起，不似哭声，倒像在嚎叫，汪娟吓得有些哆嗦。她看到妈妈二宝一口鲜血喷出，整个人便瘫倒了，众人在她倒下前扶住她。汪娟这才看清，血顺着她的嘴角流下，而妈妈眼睛紧闭，好像是晕过去了。

山林的棺材由四个男人抬着，出门前掉了个个。这是祖上留下的规矩，如果棺材里的人未咽气，就说明魂魄未散，抬棺人便抬不动，以前是在棺前摔瓦片，以吓散魂魄。如今不兴这套了，抬着出门前掉个头就可以。他们抬起棺材的那一刻，不知怎么就忽然触及了汪娟的内心，汪娟号啕大哭。听得那些女性长辈们也忍不住抹眼泪。

外婆作为长辈是不送晚辈的。汪娟手里拿着三支点燃的香，跟着走在最前头的大哥和二哥，外婆交代她一路上要大声哭，还要说"让爸爸一路走好"。她的身后便是四个人抬着的棺材，可她除了哭，什么也没说，因为她一点也不想爸爸离开，这大约算是她最后的一点倔强吧。这个秋日的傍晚，空气依旧热着,天空蓝得没有一丝云朵。穿过绿得很好的桑树地,看到小水塘,便到了村里的墓地汇聚地,就是之前他们打狼狗的地方,汪娟感到一阵阴冷。

农村就是这样,不需要写门牌也知道是谁家,田地不需要做任何标记也清楚归属,哪怕是一条狗一只鸡也不会弄错……属于山林家的这块墓地上,有着山林没见过面的爷爷奶奶,也有他没有记忆的父亲和他亲手安葬的母亲,一个个简陋石碑上刻着字体,标注着他们名字,男左女右,夫妻同穴。山林另占一处,但是他的墓碑上还刻着"杨二宝"这三个字,汪娟认得这几个字,只是它们是用红漆描了的。汪娟有些害怕,她害怕妈妈也葬在那。他拉拉二哥的衣角,二哥摇摇头什么也没说。后来,还是大哥告诉她的,说那是给他们妈妈预留的,还活着的就用红笔写,将来等妈妈跟爸爸团聚了,再将字描黑就可以了。汪娟只希望"杨二宝"这三个字一辈子都是红色的。

山林的棺材被放进事先挖好的土坑,新鲜的泥土因为太阳的炙烤有些发灰发黄,附带的杂草也被晒干。当男人们用铁耙将土往棺材上拨的时候,汪娟忽然明白了妈妈的坚持。如果就将这些混着杂草的泥巴往父亲身上砸,他肯定会很疼的,她大概也会忍不住跳进去替他挡,那是会让她骑在脖子上送她去上学的爸爸,她不允许谁往她的爸爸身上扔泥巴。泥土渐渐将棺体全部掩藏,然后再慢慢耸起,直到它像个馒头。在坟前泥地上,点两支蜡烛,插上三炷清香,烧一点元宝。做完这些仪式,众人便往回走了。按外婆的说法,他们是不可以走回头路的,怕死人的魂魄跟着他们再回去。密密麻麻的桑树地里,小路四通八达,没了棺材,行走比之前方便许多。汪娟想起外婆交代过,回程的时候要喊,爸爸我们回去了,你就不要跟来了。她虽然不明白外婆为什么要让她那么说,她觉得他们这样抛弃爸爸,爸爸太可怜了,所以她比来的时候哭得更厉害。眼前闪过一道亮光,然后是一声闷雷,汪娟被吓懵,随即哭得更大声,陪她一起哭的还有他的二哥。送葬的人,一边走,一边脱着丧服,于他们而言,死人入土,仪式就完成了,大家默契地做着一切。回到家的汪娟,也在头上别上一朵白布做的花替代丧服,跟哥哥们一样,依旧穿着旧鞋包裹白布做成的丧鞋。

在整个丧礼完成前，二宝一直没有醒过来。请来的郎中把过脉说暂时没有大碍，先前急火攻心，那口血吐出来倒是好事，先观察观察再说。夜幕降临，所有人围坐在室外，一张张各家借来的八仙桌摆在门前的空地上，那原本是他们一家五口纳凉聊天的地方，不过才两天前的事。如今的空地上，摆满八仙桌，桌上放着一碗碗豆制品，有豆腐、油豆腐、千张……因为都是豆制品，所以他们也将丧事叫作豆腐饭，参加丧事叫吃豆腐饭。即使下雨天，宁愿搭棚在外面吃也是不能进屋的，也只用八仙桌而不用圆桌，这都是祖上传下来的规矩。

汪娟一家围坐在一起，静静地看着桌上的菜，谁也没有动筷子。二宝静静地靠在母亲的身上，这对母女都是年轻丧夫，女儿闭着眼，母亲抚摸着她的后背，看着天空。雷声过后，雨终究还是没下下来，天气闷热得蚊子们四处乱撞。一抬手，拍死脸上的蚊子，汪建国许是用力过猛，清脆地拍了一巴掌，一怔之后，忽然号啕大哭。嘴里喊着："我以后再也不拍蚊子了，爸爸，我再也不让你拍蚊子了……"他的自责，让全家人的眼泪再度决堤。

10

夜深，人散。仿佛从未发生过什么似的，差不多两天两夜没睡的汪娟终究是睡了过去，她告诉自己一切都是梦，自己醒过来，爸爸就会给买好吃的。可是醒过来看到的却是留下来照顾他们的外婆和大姑，看到右臂上的黑臂章，穿上白布鞋，她的梦便醒了。山林走了，她没有爸爸了。

第二章

1

二宝站在二楼的窗前,看着窗外一点点落下的梧桐叶,天依旧蓝得那么好,跟她 17 岁那年的春天一样。虽然跟母亲用最狠的话吵着架,黑白分明的眼睛里却闪着光,憧憬着未来的生活。玻璃上看着自己的人是谁,跟她长得有点像,可是那个人没有两条又粗又长的麻花辫,没有红润的脸颊,只有杂乱的短发,浑浊的双眼,塌陷的面颊……二宝试图开口询问,可是自己一张开口,那个女人也把嘴巴张开了。二宝略微抬了抬手,有点吃力,最终还是抬了起来,她想试着摸一下那张有点熟悉的脸。看到那个女人也跟她做一样的动作,原来,这个人是她呀。二宝将手缩回,摸了摸自己的头发,又摸了摸自己的脸,看着玻璃上映出的自己,虽然有些模糊,但那真的是自己,自己现在不是 17 岁,而是 33 岁了。那个她哭着闹着要嫁的男人已经走了有三个月了吧,自己现在一个人孤零零地在医院,往事历历在目。他走的时候,天还很热,叶子还很绿。举起袖子擦眼泪,可是玻璃上的自己除了有些狰狞的表情,一滴泪也落不下来。原来已经没有眼泪可以流了,徒劳的手臂又自然地重重垂下。窗外又一片梧桐叶旋转着飘下,在生命的最后一刻翩然起舞,然后落地,无声无息。

在所有人都认为二宝能扛过去的时候,她倒下了,倒在山林头七的祭桌边,伴随着又一口鲜血。可是外婆和大姑因为家中农活繁重,之前已经回家,秋收后更是顾不上这边。爸爸走后,原本性子就有些闷的汪建设基本就不说话了,但是,二宝晕倒的那刻,他像个一家之主般镇定地指挥着弟妹,这个跟山林长得很像的人，让汪娟恍惚以为是爸爸回来了。将二宝背回房间，让汪娟照顾她，让汪建国去田间喊外婆，自己则跑去卫生所请郎中。

郎中这次的表情明显比之前的差，一边把脉一边摇头，汪娟吓得直哭。虽然在郎中来之前，外婆就掐了二宝的人中，又往女儿脸上喷了凉水。虽然人已经醒了，但是那口血让这个一贫如洗的人家也不得不花钱再请一次郎中。郎中说，之前是急火攻心，本无大碍，可是这郁结在心不得舒缓，日积月累之下，恐有不妥。他看着二宝问道，近期是否不时咳嗽，偶尔痰中带血，二宝怔了一下，又无奈地点了点头。汪娟他们却一脸懵，只知道之前妈妈确有感冒症状，但是以为早已无事，印象中很少听到二宝咳嗽，特别是刚才郎中说的，夜间尤甚。他们只是偶尔看到她拿手绢捂着嘴，晚上虽然也有点声音，总想当然地以为是她捂嘴哭，但是谁也不敢多问。老郎中说，他的能力有限，这方面他并不擅长，也不敢下结论，建议他们去城里找西医看看。他说得委婉，但是汪建设和外婆已经听出了他的言外之意——性命之忧，心中浮现一个词：肺痨。这对于他们而言就是等死的病。

钱，再次让这个家陷入困境，二宝原是坚决不肯去的，山林的葬礼让这个家欠下一大笔外债，如今孩子们也还小，她一个女人要撑起这个家本就不易，不想再雪上加霜。汪娟记得那天下午，外婆把他们几个都赶出房门，房内只留母女俩，不知道外婆对二宝说了什么，不久，里面就传出了她妈妈的哭声。

最后还是老母亲下的决定，就去看看，没事就回来，图个安心。当然医药费又是让她几个儿子凑的，为此，她算是把儿媳妇们得罪光了。那个年月，大家都不富裕，平常勉强吃喝，虽说年底能从大队里分红，但孩子们也都还小，今年干的活还了去年的预支，寅吃卯粮，拆东墙补西墙罢了，年底不倒欠就算烧高香了。二宝的母亲年纪大了，跟着大儿子住，可是吃是每个儿子轮的，两个月一家，叫作吃"轮家饭"。老太太头先会做人，说话做事都算公平，媳妇进门后，她也没端婆婆架子给她们小鞋穿，婆媳之间相处也还算融洽。可女儿家一出事，拆他们的东墙去补人家的西墙。眼看着今年大半年过去了，谁家也没多几个闲钱。老话说，嫁出去的女儿泼出去的水，如今倒好，女儿嫁妆不动，一而再地让她们掏钱，这泼出去的水是想把娘家都拖垮啊。

原本深谙婆媳之道的汪娟外婆，如今为了女儿也算是豁出去了，看着女儿苍白的脸色，也顾不得以后，况且她要是有个万一，这几个孩子怎么办，她想都不敢往下想，掏出了自己的棺材本——一副金耳环，偷偷跟人兑换了，还让汪建设去跟汪家的几个亲戚借了一点，让唯一时常去桐城做工的四儿子带着二宝去看病。二宝走之前，千叮咛万嘱咐让汪建设顾好家，照顾好弟弟妹妹。本想着不管如何，几日一定回来，谁知道一住就是小半个月。那个穿着白大褂的医生，用挂在脖子上叫听诊器的东西，往二宝身上一放，一头有两个耳塞一样的东西往自己耳朵里一放，移动着那个圆圆的怀表，就说二宝肺部有很多杂音，心跳也不规律，要留院观察。二宝不想留，医生说回去有性命之忧，二宝就被留下了。这是给二宝办完入院手续，交完钱赶回汪村的汪娟四舅说的，具体在医院里是个什么情况谁也不知道。过了小半个月，外婆又催着四舅跑一趟，回来说是伤了肺，不是肺痨，但是要好好调养一阵子，处理不好以后会很麻烦，所以暂时回不来。还说过几天要再去交点住院费和伙食费，咳嗽好了许多。只是整个人有点呆呆傻傻的，这句话他没有说。外婆褪下手上的一只绞丝银镯子，偷偷交给汪建设去找人兑成钱，还让汪建设直接交给他四舅，对外只说跟亲戚借的钱。

这世界就没有不透风的墙，汪建设还是嫩，没走出五里地就跟人交易，谁家还不知道谁家啊。几个舅妈没几天就听说了，老太太那点压箱底的东西全贴补了女儿，她们不闹才怪呢。

2

眼看着天就要冷了，二宝原本涣散的眼神终于在那个初冬的午后开始聚焦。

二宝在医院也是着急，没钱偏得个富贵病，这一天天住着的医药费也是她心里的一块大石。要不是为了几个孩子,她早就跟着山林去了。过了当时那股劲,如今她不想死了,现在就想好好把几个孩子拉扯大,给他们汪家留着后,也不枉费山林对自己的好。如今这医生不让她出院,说是再过一阵子就能痊愈,现在走就是半途而废,以后怕是会有反复,她倒不怕死,可孩子们怎么办。心里跟一百只蚂蚁在挠似的,整日坐立不安。

天渐渐凉了,南方的冬天,阴冷难熬,汪娟外婆病倒了。这个年代,能活到 60 就算高寿了,外婆已经白发苍苍,满脸皱纹。儿子们还算不错,给请过一次郎中,看过也没看出什么大碍,开张方子,几副药下去也没什么效果。能吃能睡就是没力气,一天中一大半的时间都在昏睡,可能真的是老熟了(人老到自然死亡的程度),也许哪次睡下就不会再醒过来。汪娟怕得直哭,爸爸死了,妈妈住在医院,外婆也病了……

大姑离得远,家里还有长辈,接济不了娘家。外婆一病,汪娟一家就算是彻底没人管了。外婆知道自己的几个儿子和媳妇是什么德行,自己也确实有不周到的地方,可是女儿的命摆在那,她也没办法。兴许就是这一摊事闹的,岁数上来,人也就倒下了。虽然有六个儿子,除了大儿子家孩子大一点能赚工分,其余几家孩子也确实还小,日子也着实难过。自己那点压箱底的东西被惦记着也不是一天两天了,如今东西没了,奉承也就没了,能管上她一天两顿稀饭就咸菜就算不错了。她要不病,凭着寡母带大他们几个的分上,儿媳妇还会忌惮几分,一倒下估计说什么也不好办了。心里焦虑,可身子骨就是不争气,一整个冬天就那么病着,直到二宝回来。

在每个长了冻疮的冬天里,汪娟总会看着自己的手和脚发会儿呆,然后淡淡地说,又长了,不过没有那年多。

1973 年的冬天,是汪娟记忆里最寒冷的冬天,那个年也是最冰冷的,因为心里的冷真的捂不热。

二宝住院,外婆生病,谁也顾不上他们。晨起,路边杂草上都白白一片,霜冻了,呼出的气会有白雾。上学路上,再也没有人会背自己。大哥已经决定不上学了,跟着四舅、五舅做小工,学做泥瓦匠。缝缝补补的活,汪娟还不会,没人给他们准备过冬的衣物,裤子破得腈纶都掉出来了,汪娟只得在裤子下垫一层又一层的稻草,时常冻得瑟瑟发抖。能穿的衣服都从箱子里找出来了,统共没有两件,最后汪娟穿妈妈的衣服,哥哥们穿爸爸的衣服,还是在这个季节里冻得瑟瑟发抖。没有棉鞋,给爸爸做丧事时穿的那双白布鞋已经看不出原本的颜色了,脚后跟冻得长满烂冻疮,裂开的口子里留着血水,结了裂,裂了结,鞋子只能拖着走,已经没法拔起来好好穿上。手上的冻疮多得手指已经没办法弯曲,鼻涕水时不时滴下来,又吸回去。习惯性擦鼻涕的袖子原本是一层白晶晶的,慢慢地变成厚厚一层污垢,人中被擦得通红干燥,皮都被磨掉一层,嘴唇裂开好几道小口子,不时有血渗出,时常疼得汪娟哇哇直哭。可谁也不会来安慰她,生火做饭,该干的活都要干,天再冷,手也要往结了冰的河水里伸。

午后的艳阳依旧不能将寒冷驱散。二宝拢了拢衣服,将围巾裹得更紧。

二宝回来时,看到的汪娟完全是乞丐的模样。谁也不知道这个大字不识一个的女人是怎么从二三十公里外的桐城回来的。住院费交不上,医院赶了人。二宝回来只说是治好了。医生说病根没断干净这话,她隐瞒了近30年。

二宝看着那个穿着自己衣服的女儿,只能拖着鞋走路的模样,她什么也没说。转身进屋,将当初那口被母亲拦下的箱子整理出来,然后出门,没过多久,带着两个男的回来,让人把箱子抬走了。汪娟傻傻地看着一切。直到母亲接过她手里的瓢,从水缸里舀水做饭。米桶早就没米了,夏天屯下的南瓜和红薯存在稻草里,防止冬天被冻坏,如今是他们的口粮。汪建设在外面当小工,中午人家管饭没回来,只有娘仨默默地吃了一顿饭。吃完饭,二宝烧了一锅热水,给汪建国和汪娟洗了个澡,那个满是窟窿眼的破布毛巾,擦得两个孩子疼得直想哭,可是一句也不敢叫,自从爸爸过世,妈妈就跟以前不一样了。洗完,可是没有换洗衣裳,二宝一边让他们俩把脏衣服穿回去,一边默默落泪。

半天过去,两个孩子看着许久不见的妈妈,谁也不敢说什么。才不过三四个月的时间,现实已经让他们忘记了什么是撒娇。傍晚的时候,汪建设回来,从背包里掏出一个破碗,碗里是饭,是他做小工那顿饭省下来的一半,晚上好让妹妹做成稀饭吃,最近一段时间都是这样熬过来的。虽说远亲不如近邻,但也是救急不救穷,刚开始的时候别人可怜,管上一顿半顿的,可时间久了,别人看见他们就像看到瘟神,躲都来不及。人走茶凉,大队里起初也借点粮食给他们,可他们家一屁股外债,一个住院的,家里三个孩子,简直就是无底洞。后来亏得汪建设每次带回来这几口饭,好歹没让弟弟妹妹饿死病倒。

汪建设是从汪娟他们嘴里知道妈妈回来的消息的,因为二宝给他们洗完澡后没多久就出门去了,让他们留在家里等她。二宝再回来的时候,天已经擦黑,家里的蜡烛洋油早就没了,没有月亮的晚上,他们天一黑就躲被子里。因为要等二宝回来,所以坐在灶头那里,还没烧尽的稻草灰,还有些暖气,锅里的稀饭已经烧好,但是谁也没吃,他们在等着妈妈回来。二宝回来的时候,看到三个孩子紧紧挨着,蹲在灶头边取暖。她递给汪建设几根蜡烛,让他点着。汪建设点着以后,将蜡烛油滴在灶头上,然后趁着油还没凝固,将蜡烛放上去,没一会儿就固定了。二宝借着蜡烛的光亮,看到了三个孩子。这才一个多月的时间未见,孩子们的样子变得她有些不敢认了,她知道他们肯定吃了不少苦头。手上的冻疮张着嘴,但是孩子们看到她时的眼神里是笑着的,虽然汪娟和汪建国的嘴巴抿得紧紧,明显想哭可是忍着。

"妈妈,你病好了吗?"汪建设打破了沉默。

"嗯,都好了。"二宝回答着。

"妈妈,你还走吗?"这是汪娟问的,她害怕妈妈再离开。其实从她一进门就想问的。

"好了就不用去了。"二宝回答。

简单的一句"哦",是孩子们坦然的语气。

自从爸爸过世,妈妈住院,反正吃饭也没菜,三个孩子基本上就是煮好直接在厨房吃的。今晚是妈妈走后第一次在外面的八仙桌上吃饭,还有一盘放了猪油的青菜。汪娟觉得那是她这辈子吃得最好吃的一碗青菜。

虽然汪娟和汪建国自从二宝住院后,时常不去学校,甚至还想跟大哥一样不上学了。但是二宝没同意,因为闹着不上学,兄妹俩还被二宝打了,山林就是因为识字才能当干部,她觉得只有读书才能成才。原本,二宝想让汪建设也继续上学的,可是家里的现状容不得她这样,所以只能同意让汪建设辍学挣工分,也允许他继续跟着舅舅们做小工,学做泥瓦匠。汪娟外婆也因为女儿回来,病好了大半,没几天能下床了。家里两个全劳力,两个小的放学回来也去割草喂羊,打草喂猪,也能记上工分。一家人的日子总算慢慢走上正轨,只是外面还欠着一大堆债,不知什么时候才能还清。

平时,汪娟和汪建国两人负责做饭、洗衣,二宝趁没上工的早上或者下工回来后,抓紧织布,纳鞋底。住院前,布原本就织了一点,鞋底子也日常积攒了些,终于赶在下雪前,给每个人做了一身土布衣裳,还给他们做了棉鞋。将棉絮缝在夹层里,换下了那几身黑不溜秋的衣服和拔不起鞋跟的布鞋。汪娟终于不用再被人嫌臭了。她其实知道,这一切都是妈妈用那两口红漆箱子换的,当初外婆拦下了,但是妈妈回来那天看到孩子们的样子就决定要卖了。在她回来路上,听说隔壁村有户人家女儿要嫁城里,正筹备嫁妆,到处买香樟树做的红箱子呢,这种箱子香味浓郁还防蛀,以前有条件的人家都想尽办法给女儿备上,可如今连树都是公家的,想要这种老底子的好东西,只能从别人家置换。二宝的那两口箱子,如今收在了别人家的嫁妆里,她不觉得可惜。什么都没有活着重要。

3

年终于在汪娟曾经的期待里来到,可是这一年她知道很多事都不一样了。如果自己可以不长大,可以回到半年前该多好,可是无论她愿意拿什么交换都不可能让时间倒退。

汪娟是在拜年的时候学会"人情冷暖"这个词的。

一家人辛辛苦苦,总算熬到了年。虽然一年的工分还不够还借的粮,但好歹看着二宝和过世的山林的分上，队里还是给了过年的钱还有一些票，当然还有村里杀猪分到的肉。不管怎么说，总算可以过上年了。因为爸爸过世，这个年过得简单又冷清了些。年三十那天，外婆还是依旧给了他们压岁钱，汪娟还是很开心的，起码她是这么认真表现的。

汪村这片都有摆年酒的习俗，年前就说好日子，到了那一天就请所有亲戚全家去家里吃饭。特别是哪个亲戚家今年新娶了媳妇的，那么近亲们都要在过年时设宴款待新人，也算认门，别的亲戚陪坐，俗称蹄膀酒。新人上门，主人家还会准备红糖水，水中放一点自己家做的锅糍，意味着甜甜蜜蜜。二宝因为新寡，以防人觉得晦气，所以没走亲戚，让汪建设带着弟妹去走亲戚，也顺便改善一下伙食，给肚子里添点油水。

9岁还是个健忘的年龄，爸爸过世的悲伤被日子的艰苦消磨得所剩无几，走亲戚拜年这件事带给汪娟的喜悦可以将仅剩的一点悲伤暂时忘却。下过雪，太阳一晒，雪化成水，水又结成冰的路，总是不好走的。穿着妈妈新做的衣服，兄妹三人穿过桑树地，跨过田埂，跳过沟渠，深一脚浅一脚地走着，鞋子难免遭殃，但是什么也抵不过一顿热乎乎的饭菜来得有吸引力。快到时，路边顺一把焦黄的杂草或者别人遗漏的稻草，甚至是小枝条，找一个桥洞头，沾水将鞋子上的泥巴擦拭掉。无论到谁家，无论穿的是什么，都得干干净净的，这是爸爸以前经常说的。

汪娟一直以来都很爱到姨婆家拜年，他们家条件好，每次都有很多好吃的，所以一进门就甜甜地叫人。这是第一次没有大人带着，兄妹三人一起走亲戚。临出门前妈妈也交代了许多，将拜年吃年酒要给亲戚家的礼品也准备好了，是一包好吃的桃片糕，汪娟一路忍着馋，将纸包交给长辈。出门早，到得也早，三兄妹乖乖坐在一边，等着姨婆家的亲戚们陆续到来，有认识的，也乖乖叫人，一切无常。看着新人喝红糖水，汪娟馋得不行，告诉自己没关系，一会儿就有零嘴吃了，姨婆家每年都是这样。果然，姨婆家的儿媳妇拿个脸盆装了一些花生瓜子出来分给小孩们，孩子们一个个乖乖地伸出双手并拢等着接。

在期盼中，汪娟他们三个每人得到了一把炒焦的花生和瓜子，而且还比别人少。汪娟暂且忘却的悲伤再度袭上心头，但是他们谁也没有骨气将手中的那点零嘴扔在地上，带着炒焦的苦味，依旧吃得小心翼翼。为了一顿有油水的饭菜，哪怕被安排在角落依旧选择忍耐。走的时候，按照惯例亲戚会给小孩甘蔗，为了几节甘蔗再大的雪，再难走的泥路，摔上几跤，都没有浇灭孩子们拜年的热情。汪娟兄妹三人眼巴巴地等着，最后，他们每人拿到两截蔗尾。往年，他们拿到的都是靠近蔗头的地方，谁都知道越靠近蔗头越甜，可他们依然没有扔掉的骨气。哪怕眼底有一种热气往上浮的冲动，但他们紧紧咬着唇，这是他们保留的唯一一点骨气。汪娟很想念爸爸。

二宝看到孩子们带回来的甘蔗什么也没说，回了房，关了门。过一会儿出来，汪娟看到妈妈的眼睛有点红，然后坐到织布机前织起了布。仿佛一切都没发生。

汪建设依旧带着弟弟妹妹们走亲戚拜年，不是所有亲戚都会摆年酒，摆的就要叫他们，要不然就是要断了亲属关系的意思。汪建设本是不想再去了，宁愿在家吃糠咽菜。可是二宝发了火，差点抄起烧火棍揍大儿子，她一定要让他带着弟弟妹妹去。二宝的意思是明确的，本就没几家摆年酒的亲戚，靠着过年能吃几顿荤腥是几顿，两个小的还在长身体。骨气是填饱肚子以后的事。

汪娟一直希望自己快点长大，她不知道原来长大只需要几个月。拜年的时候依旧乖乖地叫人，别人给什么都拿着，她说她没有哭，因为要笑着。

4

冬去春来，二宝头上的白布花迎着春风兀自开放。汪娟外婆的身体也在生机勃勃的季节里痊愈。女人们白天下地干活，傍晚摘桑叶，晚上喂养春蚕，围在一起叽叽喳喳，没完没了。二宝自从山林走后，沉默了许多。一个刚 34 岁的女人,带着 3 个孩子,她如今只盼着孩子们长大,将来日子也就好过了。

二宝的胆子是跟太阳一起出来的。天一黑,连上茅房都要汪娟陪着去。山林就死在卧房里,哪怕是自己的丈夫,她还是觉得害怕。当初踏进棺材的勇气,如今却是在家也时常觉得后背泛起凉意。二宝不是什么无神论者,她总觉得山林没留下一句话就走,肯定有很多遗愿未了。当初自己不忍他受苦,用手指抠了他的喉咙,让他走得舒服些。这些日子以来,山林也时常出现在二宝的梦中,有时候是两个人恋爱那会儿的模样,他会偷偷摘一把野花给她;有时候是刚结婚时的模样,他会给她煮个鸡蛋补补身子;还有时候是两个人为鸡毛蒜皮的事拌嘴的日常,每次都是山林让着她。当初为了嫁给他,二宝跟自己妈说了狠话,山林也跟她说,虽然娘家那么近,但自己不会让她有一天因为受委屈而跑回娘家的。结婚多少年,这个男人就疼了自己多少年,只可惜情深缘浅,只能在这梦里再续夫妻情分了。因为在梦里,她的山林是活着的,她不会害怕。

那个年代,乡下人没什么医学常识,什么脑溢血、心血管病从未听说。山林死得突然,虽然反封建反迷信,但是总有人琢磨里头的蹊跷。一个人能从膝盖高的床上拍蚊子摔死,简直跟说书似的。当初二宝家借人手电抓狼的事也是人尽皆知的;从饭锅里抓到蛇,放生时也没避人,林林总总加起来,背后的声音便多了起来。女人们围在一起干活,总有几个出力,几个只出嘴的。闲言碎语也便多了起来。他们汪家祖上的事都被扒拉出来,以及老中医的事,等等。女人们的想象空间是无限的,添油加醋之后的结论就是:上辈子造孽了。

后来,这种事连在二宝面前都不避讳谈论。她一张嘴哪里抵得过人家几张嘴,况且也真的说不出个所以然来。真恨不得偷偷去找个通灵的神婆,跟山林对上话,问问原因,好让这些长舌妇们乖乖闭嘴。

谣言止于智者,可惜这群村妇中着实没什么智者。作为这个村里的土著,二宝素来也是有几个交好的,免不得劝慰帮衬几句,最终谣言也就只定位成闲言碎语,没发展成什么流血事件。但是对于山林的死,她自己其实也是耿耿于怀的。

也许是天见犹怜吧，最终倒是给了一个很是合理的答案，至少二宝和一大帮长舌妇们很以为然。

清晨，睡梦中的汪娟被二宝吵醒，妈妈一直喊着"山林，山林……"揉着眼睛醒来的汪娟，看着躺在身边的妈妈正张牙舞爪地扭动着，双眼依旧闭着，表情扭曲，嘴里喊着爸爸的名字。妈妈又梦魇了，汪娟近来已经习以为常。天黑便胆小如鼠的妈妈，一入夜连去看看放在餐厅那边的父亲牌位都不敢，梦里倒是时常喊着爸爸。有时候哭，有时候笑，醒来后汪娟不敢问，怕招她哭，她也不主动说，大家就这么默契地过着。看着天才微亮，离上学的时间还早着，汪娟打算拿着她的小枕头换一头继续睡。刚爬起来，二宝忽然腾地一下坐起来，吓了汪娟一跳，抬手拍拍胸口，好将自己突然加速的心跳安抚住。看着妈妈不说话坐着的样子，汪娟的脑子里跳出"梦游"两个字。这种事，她听老人们讲起过，知道如果谁梦游了，千万不能喊醒，要不然人就回不来了。刚刚到嘴边的妈妈被生生地咽了下去，她紧紧地捂住自己的嘴巴。汪娟担心妈妈也会跟老人们说的梦游的人一样去挑水、烧饭，然后醒过来完全忘记。她静静地看着妈妈，两人谁也不开口，妈妈睡在外侧，要起床也是容易的，等着她的下一步动作。

"阿娟，你知道你爸怎么死的吗？"二宝忽然看着汪娟问。

"啊？"汪娟不可置信地看着妈妈，以为自己听错了，只出来一个带着疑问的语气词。

"我梦到你爸爸了，这是我第一次梦到他死了。"二宝自言自语地说着。

"哦。"汪娟不知道要说什么。

"是小鬼抓错了，你知道吗？是抓错了！"二宝的语气明显带着兴奋，声音有些高亢，多久没听见过她这么讲话了。

汪娟回给二宝一个莫名其妙的表情。

"北村的那个三林病了好几年了，他们家丧事都准备多少回了。"二宝忽然继续说。

"他不是病好了吗？"汪娟现在知道妈妈不是梦游了。

"你爸没了之后，他才好的。"二宝反驳道。

"嗯，你去住院的时候好的，我之前上学的时候还看到他坐在门口，我以前好像没见过他。是外婆跟我说，我很小的时候他就病了，所以我不认识他。因为跟爸爸名字叫起来一样（南方农村平翘舌不分），他们叫他小三林。上次在路上碰到，外婆让我喊他叔叔。"汪娟不知道妈妈为什么要提这个人。

"你爸走后他才好的。"二宝重复地说。

"对呀，大家都以为他熬不过年，现在开春以后听说都能下地干活了。"汪娟没听出二宝言中之意。

唉，二宝深深地吸了一口气，又重重地呼出。

"你爸说小鬼抓错了人。他在梦里哭着跟我说：'二宝，他们抓错了，我要回来，可是怎么求他们，他们就是不肯放我回去！'你爸一直哭一直哭，可是我抓不住他。"二宝的眼神有点空洞，看着汪娟又好像没看着她。

二宝静静地坐着，直到公鸡打鸣声此起彼伏，阳光从窗棂中透射进来。属于另一个世界的事情到此结束。

以汪娟以往的性格，这样的话题绝对是鬼故事的好题材，但是妈妈的表情，再加上那个是最最疼爱自己的爸爸，她谁也没说。

当天下工后，二宝让汪娟去喊外婆来一趟。二宝母女俩在房间说了好一会儿话才走，外婆走的时候特意交代汪娟这件事不能在外面说，要不然会惹祸上身的。汪娟自己大概也没想到，再说起这个话题已经是20年后的事了，那个小三林也已作古。她其实一直是相信妈妈那天说的话的，不觉得那只是梦话。她的爸爸不是做了什么孽，只是阎王爷那的小鬼抓错了人，她的爸爸才会一句话没留就突然这么走了。如果不是外婆的叮嘱，她一定要去跟那些说他们家坏话的坏女人们理论，但她一直忍了，忍了很多年。长大成人之后才明白，自己家死了人说是替人家死的，估计人家不仅不会感激，还会打上门来理论，再告一个搞封建迷信的罪。因为没有证据，所以他们都不会信。汪娟觉得她和妈妈相信就好了，而且就这么信了大半辈子。

二宝自从那个梦之后，精神状态倒是好了不少。只是日子总不会让她顺心如意的。有道是寡妇门前是非多，二宝年轻那会儿倒还能看，但是生了三个孩子之后，肚子比屁股还大，是个矮胖子，长得还黑，完全没有做俏寡妇的资本。做姑娘那会儿还能得个爽朗的名声，婚后有山林护着还算温和，山林走后简直就是泼辣，倒不是无理取闹，只是脾气着实不好，打骂孩子也是惯常事。现在没有山林护着，汪建国和汪娟的屁股没少挨揍，汪建设也时常挨骂。时常二宝自己打骂一会儿又哭了，几个孩子也不敢惹她。我对二宝与慈祥、温和不符的想象空间全部来源于汪娟的描述。汪娟后来才知道那时她心里苦，只是当初不懂，时常跟她对着干。

二宝是真心打算为山林守一辈子寡的，为这个男人全心全意对自己的那些年，帮他把孩子们拉扯大，然后自己就去陪他。那个年代，寡妇改嫁稀疏平常，因为穷得娶不上老婆的光棍太多。山林走后不到一年，同村就有几户打上二宝的主意了。干活的时候，总是时不时凑近点，或者帮一把。女人是天生的侦探，这话一点没错。男人们能忽略的细节，一起干活的那些女人们就跟随身装了雷达似的，一点都没放过，全看在眼里。时常互相努个嘴，偷笑一下，指指点点。二宝不傻，但是这种事只会越描越黑，只能装傻。二宝虽大字不识一个，但是一个女人能顶起一个家，也不是没魄力的主，这几句都受不了，那以后的日子也甭过了。

让二宝改嫁这层窗户纸是汪娟外婆捅破的。汪家没有长辈，有人就将事托到杨家。汪娟外婆是知道自己女儿的意思的。但是山林走了一年多，汪建设虽说能顶事了，可汪建国和汪娟毕竟还小，之前那些事欠下那么多钱，什么时候能还清啊。女儿才30出头的年纪，白头发也冒出了好几根，眼角皱纹都出来了。这一年的时间，女儿像老了10岁。自己当初守寡，好歹长辈们都还在，还能帮衬自己，况且人家也不让她改嫁，这些熬过来的日子里吃了多少苦头她自己知道。儿女再好，跟自己男人还是不一样的。她不希望女儿再走她的老路，人家到她那一提，她倒也是心动的。知道二宝他们夫妻当初感情好，如今走了一个，女儿心底的冷清也是可想而知的。猜到女儿会拒绝，自己可以慢慢说服她，这一年这个家是怎么过来的，她可都看在眼里。但是她没想到，二宝会拒绝得这样决绝，完全没有余地。山林走了，汪家的这个门梁她二宝要替他顶着，他们娘几个就是吃糠咽菜，也得在汪家。只要她还有一口气，她就是汪家的人。想起当初女儿嫁给山林时的那份决然，这个女儿看似好说话，但是认定的事，就是十头牛都拉不回，汪娟外婆比谁都清楚她的坚定，也就不劝了，此事便暂时作罢。

5

积雪在春日中一点点消融，山林的土馒头上长起的草黄了又绿，绿了又黄，已几遍。如今又一层绿油油渐渐爬出土层。转眼又一个年头过去了，日子艰难依旧。二宝心里的苦没有半分减少。12岁的汪建国也不愿意上学，闹着要跟着大哥一起去学泥瓦匠。二宝曾指望着他们兄妹几个能有一个像他们爸爸一样，能拿笔杆子。大儿子因为"文革"，上学耽误了几年，也着实不是上学的料，当初山林在时，打算让他混个初中毕业。可是小儿子像是块读书的料，虽然皮，但学什么都快，结果一个个只能拿了抹泥刀去砌砖、盖瓦，劝也劝了，打也打了，原本温暾性格的小儿子似乎也遗传了自己的倔脾气，气得二宝跑去山林的坟头哭了一场。心里是觉得对不起山林，没将孩子们培养成才，摆脱不了地里刨食的命运。二宝直到此时才明白，自从山林走后，原本调皮的汪建国跟以前不一样了，原本只当是爸爸过世，加上生计艰难，穷人家孩子早当家，懂事了。虽然谁也没有说过什么，但小儿子一直内疚自责，毕竟山林是因为他尿床，才起来给他拍蚊子的。而且自从山林走后，他也不尿床了。意识到这一点之后，二宝明白自己再怎么做，汪建国也不会改变心意的，这个长得像自己的小儿子连性格也像自己，也罢，反正能挣工分，而且好歹是门手艺活，将来也不至于饿死。

文化大革命已近尾声，没文化的二宝一家没受什么影响。汪娟倒是因为知识青年下乡而受惠，和同村的小姐妹一起在农闲时跟着一个从城里来的裁缝学习量体裁衣，家里缝缝补补的事也能替二宝承担了。汪娟知道自己不是读书的材料,学这些倒是上手很快,一心做着将来当裁缝的美梦。当然,梦想被二宝一手扼杀了,汪家三个孩子,两个孩子都学了泥瓦匠,山林当初就说过,不能让孩子们再吃没文化的苦,知识才能改变命运。所以无论以后汪娟怎么要赖,还是被二宝赶去学校,最后勉强成了这家学历最高的人。这都是后话。

一家子拧成一股绳,二宝算了一下,她如今身体也好多了,多干点活,哪怕是挑担、施肥这些,虽然不能跟男人一样挣 10 个工分,但也能有 8 个,再加上三个孩子的,一年做下来,不仅不用倒欠队里,说不定还能拿点分红还掉一点外债,以后日子还能越来越好。但是她忘了一个词:意外。这个"意外"来得很快,就发生在她放工回家的傍晚。

为了多挣工分,如今烧晚饭这件事已经完全交给汪娟了。汪娟放学早,偶尔还能去割个草再做,只是她老是不小心把菜炒焦,所以偶尔需要二宝或者汪建设回家再做菜。摘完晚上要喂蚕宝宝的桑叶,二宝她们就放工回家吃晚饭了。夕阳静静地垂在回家的路上,春风轻拂,倦鸟归巢,天气也暖和了,结束了一日的劳作,一身臭汗,二宝打算去小河边简单地洗漱一下就回家。别人家的烟囱正冒着烟,可是自己家的烟囱却没有火苗燃烧的迹象,心想今天大约早就烧好了,那可得快点洗把脸就回家,儿子们估计也在回家路上了,自己再炒个菜就可以吃晚饭了。一进门,家里静悄悄的,再走进厨房,看到的不是冒着热气的锅而是躺在地上打滚的汪娟。二宝赶忙走过去扶起汪娟,问怎么回事,只见她额头全是豆大的汗珠,手一直捂着肚子喊疼。问她哪边疼,手移到了左边,一会儿又说整个肚子都疼。二宝原本想着大概是肚子里有蛔虫,可是前段时间刚吃过宝塔糖,已经除过蛔虫了。要么是又吃错什么东西了,可是女儿煞白的脸色让人心慌,正当束手无策之时,两个儿子回来了。看着妹妹痛苦的样子,汪建设说得带去卫生队到医生那看看,二宝也怕女儿有个万一,留汪建国看家,两个人轮流背着汪娟就往卫生队走。人家一看说不是吃错东西,应该是盲肠炎,还是急性的,得赶快送桐城医院做手术。医生给汪娟打了一针先止一下疼。二宝他们又背着汪娟回到汪村,这么晚了,他们只能回村里找船送他们去桐城。找到大队里,借村里的船，收拾东西，借了钱，找山林住在隔壁的会摇船的堂哥送他们去。汪建设帮忙在船的另一头撑竹竿，二宝抱着汪娟坐在船肚里，也不像乌篷船有个顶篷，就这么披星戴月地往医院赶。还好汪娟止了疼，被妈妈裹在被子里沉沉睡着。二宝的抽泣声淹没在摇橹的吱咯声中。终于在天亮之前赶到医院，等着医院开门。

天不亮，汪娟就已经疼得厉害，硬是咬着牙忍着，差点把自己的嘴唇咬出血来。一查果然是急性盲肠炎，马上做手术。幸亏送得及时，再晚些肠子穿孔就麻烦了。这个医院，二宝是熟悉的，虽然不识字。她一个人能行，两个人都耗在这里，今年这日子就真的没法过了。汪娟这笔手术费还得想办法还呢。所以等汪娟手术一结束，二宝就催着汪建设跟着船回家，娘俩留下就行，按医生说的五天后再找船来接她们。

汪娟只有一张在过道里的床位，整个过道挤满了手术后的病人，麻醉失效后的呻吟声充盈着过道。汪娟是这里最小的病人，可是麻醉醒过来后一句也没吭。二宝知道她在忍，就一直在她耳边说："阿娟啊，你疼就喊出来好了，喊出来就不疼了。"任凭二宝怎么劝，汪娟自始至终没喊过一句疼。因为她自小身体不好，以前不觉得，自从爸爸走后，她一不舒服，妈妈就要掉眼泪，如果她一喊疼再一哭，妈妈肯定又会哭，所以她咬着牙不出声，生生地熬着。自此，她连感冒咳嗽都不呛出来，更别说疼痛了。这也是几十年后她自己亲口跟我说的。也不知道是因为长大了身体变好了还是忍耐力越来越好了，她反正觉得自己自从盲肠炎手术后，身体就好起来了。

母女俩靠着一包糯米锅糍兑开水抗过了五天。回家后，外婆为了给术后的外孙女补补身体，听说别人生病之后都吃白木耳，便托人买了二两，泡发了，让二宝给汪娟做。汪娟在医院里看别的人都吃就已经馋得不行，可是她不敢开口要，也不会开口要。这二两白木耳兑了水放锅里，二宝架上柴火煮开闷着，出门上个厕所，汪娟就马上跑去掀锅盖，没忍住，二宝上个厕所的功夫，她就把没煮好的白木耳给吃光了。原以为二宝见了会骂，结果二宝什么也没说。

6

　　二宝是在汪娟做完手术那一年的冬天再次结婚的。不过她不是嫁人，而是招了个入赘的，依旧当着汪家的主，顶着汪家的门楣。男人也姓杨，单名一个松，隔壁村的，干活的时候见过，也认识，是个光棍。父母早亡，一个姐姐，一个哥哥，姐姐早就出嫁了，兄弟俩干活攒钱，哥哥自己先娶媳生子，说好一家人再干几年攒够钱再给他娶房媳妇。钱攒得差不多了，可是大嫂就撺掇着分家单过，钱没捞着，房子也只给间小的，他就一直打着光棍。眼看着娶妻无望，就想着收养一个孩子也好让自己老了有所依靠，结果自己养大的孩子，被哥嫂骗了去，小姑娘叫他叔叔，反倒叫他大哥大嫂爸妈。所以别人都说这人老实，二宝倒觉得是有点傻。个子不高，干活不能挣 10 个工分也能挣八九个，也是奔 40 的人了，反正自己吃饱全家不饿。

　　汪娟的手术让二宝原本紧闭的心被母亲打开了一道口子。孤儿寡母的日子也不好过，家里终归还是得有个男人的。所以，当二宝动了找一个的心思的时候，杨松便出现在推荐名单里。老实本分，还能入赘，二宝也没什么可挑的。两家，其实也就是两个人都没什么意见，趁着年底农闲，事情也就订下了。两人去扯了一张结婚证，没摆什么酒席，买了点花生瓜子糖的，邻里邻居分一分，杨松带着自己那点铺盖卷就到了汪家。二宝和汪建设换了屋子，兄妹三人挤那间大的。新的一家人就这么开始一起生活了。兄妹三人都已经懂事，所以没改口叫爸爸，一直管继父叫叔。不过自此，这一家人的日子才算安定。

　　二宝生完汪娟以后便放了环，再婚后也没有拿掉。谁也不知道她那会儿是怎么想的，反正杨松就帮着她将三个孩子养大成人，又成家立业。只是一直木讷少言，也不知道如何跟孩子们交流。时常是二宝说一句，他做一下,过了几十年都依旧没有融入这个家。但无论如何,汪娟的心里是将他当作父亲一样对待的,毕竟是他一扁担一锄头干活挣钱才将他们拉扯大的。其实,自己爸爸的样子她早已记不清了,当初唯一的一张照片被二宝拿去裱,结果弄丢之后,只有看见大哥的时候才会去想象如果爸爸还在会是什么样。

二宝那时候一心想把汪娟培养成才。"文革"结束,高考也恢复了,可是汪娟的厌学状态一直持续着。读书成绩确实很一般,上课也觉得没劲。再加上来了初潮,每次来月经,卫生带里放的草纸浸透后来不及换,经血时常弄得裤子上到处都是,还会被嘲笑。物以类聚,人以群分,她们几个要好的小姐妹都不想读书了,所以大家约定谁也不去了。其实就差半年就能拿到初中毕业文凭了,可是任凭二宝怎么打骂都不去,最终汪娟凭借着执拗战胜了二宝,小姐妹们继续上学了,她留在了家里干农活,最愿意干的活就是喷农药。只是没想到,一年后有工厂招工,汪娟就差那张文凭,而小姐妹们一个个告别头朝地屁股朝天的日子,进了厂当工人。

好在家里人人挣工分,还清了债务,汪家的日子也算过得不错。特别是十一届三中全会以后,国家的政策起了很多变化,农村的生活也起了很大变化,甚至不用再挣工分吃大锅饭了。改革开放的政策一下来,汪家首先开始了房屋扩建工程,这是当初山林还在时便想做的事。如今儿子们也都干上了泥瓦匠,所以农闲时让舅舅们一起将原来的两间卧房扩成了五间,再过几年汪建设也该成家了,之前因为汪娟大了,一起住着都不方便,大哥和二哥住了好几年柴房。是该要有自己的房间,娶妻的娶妻,出嫁的出嫁。

舅舅们变身包工头,大哥、二哥凭借着自己出色的泥瓦匠手艺当队长,舅舅们成了最先富起来的人,他们俩念着舅舅当年的恩情踏踏实实跟着舅舅干,日子倒也过得不错。

第三章

1

　　汪娟看着镜中的自己，忽然意识到自己的身高已经不可能突破一米六了。镜中的自己很有妈妈二宝的影子，父亲是什么样，她已经有些想不起来了。跟继父的关系一直像住在一起的邻居，父爱在那个初秋便已在她生命里永远消失。

　　妈妈二宝的脾气这些年一直都很不好，什么事情都会成为她骂人的导火索，渐渐地汪娟也习惯了。她多少次看到妈妈躲在人后抹泪，她明白她的艰辛，明白她为了他们而选择的婚姻。所以她会选择盲肠炎手术麻醉消退后，咬住嘴唇不吭一句；可以在每次感冒时忍住咳嗽……因为她生病，二宝就哭，但是自己却又体弱多病，所以她能做到的就是忍着。慢慢地，她就将这种隐忍变成习惯，忘记她还是可以哭，可以喊疼，可以咳嗽的年纪。汪娟对二宝的反抗来自青春期荷尔蒙的挑唆，在她 14 岁初潮来临时，她的叛逆不可抑制地来到，她学会了顶嘴，尽管她内心有个声音告诉自己不要如此。很多年后，她明白妈妈的坏脾气源自内心的痛苦，虽然她在人前表现得乐天知命，从不是汪娟眼中的模样。

　　其实，二宝一直泼辣，只是以前有山林帮她顶着天。天塌之后呢？汪娟不知道她眼前这个矮胖的女人内心到底有多少能量。汪娟犹记得继父进门后那年，二宝为了家里的房子一夜一夜赶往桐城的情景。继父进门后，房子对于汪娟一家而言变得更加迫切。在汪娟爷爷辈，家境还算殷实，曾置办过一些房产，在自住房之外还买下了同村一户人家出让的三间房，想着好让儿子们长大后娶妻分家之用。儿子们还没长大，房子却被同村人借用，老人心善，也没有立字据，结果房子还没收回，人便死了。人家一借多年，山林那会儿孤儿寡母的自家房子够住便也没有进行追讨，后来那家的老人离世，大家再也没提及此事。山林当大队干部那几年曾想过要回来，可是自己当初连老中医留给他的房子都交公，再要回那个房子似乎有些不合情理，况且那三间房也早已破旧，那户人家早已自建新房，那房子留着当柴房用着。一拖几十年过去，急需房子的二宝曾听山林提及过此事，便动了要回房子的念头。可是没有任何字据凭证，当事人也早已入土。虽然村里还有人记得此事，可是没有证据谁也不能说什么。房子对于每家每户而言，都是极为重视的资产。眼看着大队干部没办法解决此事，二宝动了去桐城找政府的念头。那会儿汪娟还小，只记得二宝原是想让继父出面去跑的，他们以前就知道继父窝囊，但是从未想过会如此窝囊，三拳打不出一个屁来。二宝明白，她已经不能躲在男人背后过日子，而是需要她抛头露面将自己的一点算计全贡献给这个家，老汪家想要在村里不受人欺负，只能靠她自己。

　　二宝与那户人家据理力争的时候，汪娟继父便是事不关己的态度，如今二宝要进城，他更是连声都不吭一下。二宝的胆子是跟太阳一起出来的，连一个人独自睡在房间都不敢的人，汪娟不知道她那段时间是如何能够这么一夜又一夜地在傍晚收工之后，走上两三个小时的夜路赶往桐城，要知道有些小道挨着一些村庄的坟场，可她就是那么一夜一夜地赶往桐城去找政府，请求他们做主，然后再走两三个小时的路赶回来。那些坐等在政府门口的夜晚，她该是怎样的害怕与凄凉。靠着心中的那点信念维系的勇气，终究不会长久。房子最终没有收回来，因为二宝病倒了，病得很重，连床都起不来。那会儿村里到处传言"阿二要死了，阿二这回要死了"。汪娟见过二宝吐血，见过二宝晕倒，可没见过她这样重病不起的样子。所有沾亲带故的，都提着点东西来看二宝。这是农村的规矩，谁家有人得了重病，亲戚要来看望。可是来看二宝的阵势明显是来看将死之人，赶着最后一面。

　　汪娟在好多年后回想起此事，依旧觉得不可思议。如果没有外婆，她不知道妈妈那次是否能够撑过来。那些夜晚，这个胆小如鼠的女人硬是壮起胆子赶路。月亮时不时躲在云朵后面,手电照出的那束微弱的光勉强将她眼前的路照亮。偶尔路过的村子,却没有期待中的万家灯火,因为太晚了。心里明明怕得要死,可没有男人撑着的家就要她一个女人出面。

外婆跟汪娟说"你爸爸要来带你妈妈走"的时候,汪娟心里对这个疼爱自己的爸爸起了"怨恨",恨他早早离世,没有抚养他们成人,当初害妈妈吐血差点死掉,现在又要带她走。她在心里一遍一遍地求爸爸不要将妈妈带走。最疼孩子的永远是自己的父母,看着奄奄一息的二宝,兄妹三人手足无措,是外婆既给她找医生又偷偷去找通灵人,双管齐下,还带着汪娟去坟头,让她跪在山林的坟前,恳求他的保佑。

汪娟外婆虽说是病急乱投医,但也可以说是对症下药。二宝病倒,一是因为劳累过度,二是心病难医。一夜夜赶路,严重的体力透支,这点很好理解。至于心病,其实也可以说是心悸。某天夜里,二宝在田间穿梭,走在一条又细又长的田埂上。万籁俱静,只有天边被咬去一大口的月亮陪着她,只是还未长大的它很是调皮,时不时躲起来跟二宝玩捉迷藏。手电照射范围外,一片漆黑,只有偶尔拂过耳迹的一阵轻风撩拨二宝紧绷的神经。牙齿紧紧咬着,不敢将心底好不容易提起来的勇气泄气。忽然,一阵不和谐的声响在耳畔响起,是窸窸窣窣的怪声。二宝紧紧捏着手电,不敢回头看,脚步不自觉地加快。她越快那怪声也加快,似乎贴着自己。她觉得自己的后背阵阵发凉,手心冒汗。别是被什么脏东西盯上了,她自己那么想着。前不着村后不着店,小跑着的二宝觉得那声音越来越快,只得伸进口袋捏着临行前放在口袋里的那根桃枝。也不是第一次走,怎么今天就遭了道。怎么这条田埂这么长,怎么走都走不到尽头,她是不是遇到了鬼打墙……忽然觉得自己的后背越来越重。不知道哪来的勇气,她忽然站定,怪声也停了,她一个转身,那怪声又来了,可是手电光晕范围内什么也没有啊。刚才转身的时候好像哪里有点异样,怎么觉得脚上有什么东西刮到,是它抱住自己的脚吗?刚才确实脚步很重。月亮逃出云层,盯着她颤抖的双手,似乎在好奇她怎么不走了。额头滴落的汗水瞬间消融在泥土中,她终于将手电对准自己的双脚,鼓起勇气睁开紧闭的双眼。竟然是一张粽叶,吃完粽子随手丢弃的粽叶,正静静地黏在她的鞋底。二宝的哭声响彻天地间,声音是那样委屈,像是要宣泄什么。天上的小调皮呆呆地看着她,好想跟那些星星一样可以眨眨眼,也许逗逗她,她就不会哭了。

2

　　二宝病了许久,虽然最终从死神手中逃脱了,但是身子已大不如前。病愈后的二宝,心性相比以前也有了一些变化。汪娟记忆里的她,没有再像以前那样哭过,甚至是笑口常开,只是脾气依旧暴躁,又似乎只对他们兄妹三个如此,作为家中唯一的女孩,她终归比哥哥们敏感些,但她一直不理解她这份笑背后隐藏的东西。直到失去二宝以后,汪娟才品出味来,只可惜一切为时已晚。只能将无尽的思念蕴藏在每个梦到她的夜晚。汪娟总记得两人相争的日子,很长一段时间,这是这个家最激烈却又似乎最悦耳的声音。

　　这个家会因为一刀草纸引发二宝一场毫无意义的谩骂,而且完全是针对汪娟的。草纸是这个家并不富余的产品,所以一旦买来新的草纸,汪娟会偷偷地留下一些,为了下一次月经的到来做准备。每次想到这些,汪娟都觉得二宝是个极为粗心的母亲,她从来不关心这些,除了第一次来月经时教授过月经带的使用方法之外,此后就不再管了。哪怕是经期弄脏月经带也都是汪娟趁着夜幕将它夹在衣服里带到河边偷偷清洗,再夹在衣服里晾晒,这东西是羞于见人的,她好像也不曾在意过。只有在汪娟大量使用草纸时会因为心疼用量而骂人,为此汪娟是委屈的。母女俩的顶嘴事件便一点点变得日常了。偶尔二宝帮汪娟梳个头,只要汪娟喊疼,二宝就会拿梳子往她头上重重地砸几下,谁也不服输的劲头,也会为此产生争吵。日常鸡毛蒜皮的小事都能引发母女大战,所以在汪娟选择辍学时,二宝再严厉的责骂对她而言都已经习以为常。汪娟外婆总笑着说,注定的,哪有女儿不跟妈妈吵架的,母女没有隔夜仇,当年自己女儿跟自己吵,如今外孙女跟女儿吵。所以每次汪娟觉得委屈,反抗二宝的时候,二宝总是说,有本事你将来不要骂你的孩子。她们总相信一切都有天道轮回。二宝其实是有些喜怒无常的,汪娟至今记得那些午后,妈妈为自己洗头的日子,将肉偷偷埋在自己碗底的时候……

娘俩的争吵在婴儿的哭声到来前,似乎也是这个家唯一一点有生活气息的声响了。汪娟继父是个沉默寡言的人,在家除了日常的问答以外几乎不说话。做什么怎么做,都是在二宝的指挥下完成的。汪建设和汪建国在外面越来越忙碌,特别是改革开放以后,这个家也越来越稳定。原本是村子里的困难户,可这几年上升的势头却是别人比不了的。

转眼进入20世纪80年代,汪建设也到了适婚年龄。二宝和山林当年可是时髦的自由恋爱,那是走在时代前端的楷模,而汪建设完全没有遗传到浪漫基因,见到女孩子都是低头害羞的模样,全没有山林当年的那份自信。二宝知道如果让他自己找,她那杯儿媳妇茶不知道要等到猴年马月,只能托人说媒。说媒算是件功德无量的美差,况且那个年代离婚率低得很,所以也不怕被人骂。做媒的有男有女,汪村便是一个男的,差不多靠做媒过日子,毕竟每次别人给的媒人红包也是不菲的。可这也不是谁都能干的,媒人得将方圆几里的未婚男女掌握清楚,甚至上数两三辈的情况都要掌握。那会儿相亲可不是像如今这样将男女双方约一块,而是带着女方到男方家看人家。所谓看人家,既看人也看房。二宝家当然算是不错的,房子宽敞,家里全是壮劳力,汪建设又有手艺,孩子们的那几个舅舅日子过得也不错,他们也算真正在汪村站稳了脚跟。

二宝肩上的担子似乎松了一些,那个男人会原谅自己再婚吧!孩子们都已经长大,汪家终究还是汪村的汪家。继续占据着村子最西面的位置,比山林在世时更加稳固。

汪建设的婚事很顺利。二宝备下丰厚的聘礼,让亲家很是满意。来喝喜酒的亲戚整整坐满了十五桌,头戴红绳毛线小花的新婆婆,热情地招他们吃喝。比山林走时来得齐整,她心里这样想。汪娟跟在二宝的屁股后面帮忙打点,她从他们的表情中知道,以后这个家出去的孩子不会再得到炒焦的花生与瓜子了,甘蔗也会是整根的。

　　汪建设娶的新媳妇,转年生下孩子,二宝在 41 岁正式当上奶奶,汪建国当了小叔,汪娟当了姑姑。山林走后的第 8 年,二宝终于第一次发自肺腑地笑了。孩子生下的当天,她第一次在不是清明的日子里赶去山林的坟头,她要亲口告诉他,汪家有后了,是个虎头虎脑的漂亮孙女。她趴在山林的坟头号啕大哭,似要将这 8 年来的委屈全都发泄出来。

　　只可惜,老天对她真的不够好。

尾
声

1

尉忠工作很努力,已经从砖瓦厂的一线工人一步步做到车间主任,可谓前途无量。阿金对他寄予厚望,改变家庭命运的机会显然已经落到了他的身上。阿金知道这些年,金生对两个儿子是有一定偏向的,跟着他们在地里干活的尉良自然没有尉忠有出息,所以对他有些看不上。孩子已成年,阿金却时常会审视自己的婚姻。金生对阿金的好自然不必说,但是经历了那个特殊的年代后,当初那个意气风发的男人变了,谨小慎微,对于自家孩子甚至也不能平等对待。如果不是为了守住这个家,自己如今的生活是否能更好呢,不过她并没有后悔。

尉忠上班挣钱,下班回家还会帮着干活,这么有出息的儿子,在婚事上自然不愁,自告奋勇前来说媒的人差点没将阿金家的门槛踩烂。尉忠看上了附近一个村子的姑娘,高瘦白皙,家中排行老二,自小帮着照顾弟妹,没上过几天学。虽说没什么学问,但是胜在为人老实,手脚麻利,勤快能干。尉忠清楚,自己的家庭是不可能娶一个城里的女孩的,他是个一心干事业的人,母亲阿金一身的荣辱全系于他身,他很明确自己要找的老婆是个持家本分的,而不是个如母亲一般的厉害角色。

阿金原本以为尉忠的婚事会极为顺利的,可半路杀出个程咬金。以前都当女儿是赔钱货,虽然依旧重男轻女,可别人家的姑娘也不是随便外嫁的,彩礼必不可少。小两口已经过媒妁之言,互有往来,原想着年后开春之前过定,下半年冬季农闲时就摆酒请客。可在两家商量彩礼时,让阿金犯了难。对方父母提出除常规各项彩礼钱外,还要一块梅花牌手表,一台缝纫机。这些要求于阿金而言是有些为难的,造新房的外债刚还清,这两样物件所需的费用可不是一笔小数目。未来亲家母,阿金是熟悉的,当初大队里开会时没少碰到,心眼不坏就好个面子,她提出这样的要求,阿金并不意外,毕竟也不是村里头一份。

尉忠清楚家中的状况,不愿意父母为难,但人家姑娘的八字都找人合过,再拿回去也是不合适的。他忽然想起小时候看到的一个场景,村中有一户人丁兴旺的人家,生了六个儿子三个女儿,怕儿子们娶不上老婆,还特意领养了一个小姑娘以防万一。拉扯这么多孩子长大是件辛苦的事,而一堆人一起长大除了热闹还有争执,为一块糖、一口菜、半个玉米大打出手的事简直习以为常。当然,尽管内部矛盾不断,对外打架时也是空前统一的,是个谁也不敢惹的小团体。一个个长大成人,得了村里人不少的艳羡,毕竟这是一个人丁不那么兴旺的村子。女儿们出嫁得还算顺利,可儿子们的婚事却不是那么容易了。靠着嫁女儿获得的那点彩礼,解决了大儿子的聘礼钱,娶的是金生二哥的大女儿,阿金保的媒。那家老大老实稳重,弟妹们为吃食争抢不休时,他总是谦让,这一点让阿金很是欣赏。金生的二哥二嫂为人和善,阿金做媒,走了个过场,没让男家多花什么钱便将女儿嫁了过来,有婶婶同村照顾,父母也极为放心。办完喜事,剩下的钱还给二儿子和童养媳办了酒席。那家老人是个极重脸面的,所以让儿子去入赘这样的事是决不会同意的,奈何儿子们没有一个读书成才的,都是地里刨食的命。还就大儿子最吃苦耐劳,一个人能顶两三个人的活。所以大儿子结婚,他便担心儿媳妇要求分家单过。一直拖到大孙女出生,这件事终于爆发。原本是家务事,阿金不便插手,可毕竟是她做的媒,看到侄女生了孩子连饭都吃不饱,要不是她时常接济点,兴许真要出事。这一幕,让她回想起自己生孩子坐月子的日子,感同身受。侄女婿原本谦让老实的优点顿时成了缺点,无论妻子如何谩骂哭泣,他一副打不还手骂不还口的架势倒让人拿他没辙。

阿金自觉有点对不住二哥二嫂,所以仗着娘家人的身份去探侄女公婆的底。说到底就是儿子们娶上媳妇才能分家,可这家小儿子还不到十岁,前几年跟人打鸟,被弹弓误伤左眼,一个眼睛已完全失明,什么时候能娶妻根本就是个未知数。商量来商量去,最后的结果是要分家可以,大哥负责老三婚事的费用,家里现有的田地按8份均分,老两口占其二,并且将来老大负责老母亲的赡养。虽说这是一笔不合算的买卖，但好过在这个精明的老头底下过日子，遂替侄女做了主，还请人做了见证。

一点薄田，根本养不活这一家三口，阿金只得时常接济。他们家老三的婚事就像一块石头压在几个人的心里。阿金认识的人多，四处打听合适的姑娘。算是老天开眼，几公里外的王家兜有户人家有个年龄合适的姑娘，相貌一般，但是踏实能干，老实本分，父母早亡，唯一的姐姐早年远嫁，家中就剩她一人，靠着叔伯过活。叔伯虽勉强抚养其长大成人，但却不愿意她招赘，目的是显而易见的——霸占她家的田地和房屋。所以放出风声不要彩礼，只要八字相合即可。这样的事，争抢的人自然不会少。阿金一听这消息就让侄女婿带着他的五个弟弟赶去了，这回真是人多好办事，人家八字一拿出来，弟弟们挡着人，大哥撑起扁担便一跃而起，跨过水缸就去抢八字。八字到手赶回尉家村，合八字也不过就是一说法，不犯冲就成。原本事情到此也算胜利，等风水先生排个日子结婚摆酒就好了。

可不知道怎么的，姑娘家人竟然反悔了。叔伯们带着人赶到尉家村讨回八字，合过八字等同定亲，这样处事对女孩子的名声有碍，等同二婚，可无论姑娘怎么哭着求，他们都不肯还。当初白娘娘烧了人家姑娘八字差点害人病死，八字在谁手里，姑娘就是谁的人，这白要的媳妇哪能轻易送回。虽然他们带着人赶来，打架还是亲兄弟，扁担、门闩、铁耙、锄头……在尉家村人的见证下，老三的婚事算是正式敲定。尉忠跟着父母见过那个阵仗，所以他清楚如果此刻悔婚，对人家姑娘是极为不好的。当然，最关键的是父母面子上也挂不住。打肿脸充胖子，借钱造房子结果没钱娶儿媳妇，这样的闲言碎语肯定会有。凭阿金的心性，她定然不会让人有机会在她背后戳脊梁骨，她吃了多少苦才到如今这地步。人家也算是摸准了她的脾气，料定她会答应，所以才敢狮子大开口。

亲姐姐那相隔太远指望不上；阿娥姐姐家孩子多也不富裕；跟自己关系和睦的二嫂前些年因为肺气肿活活闷死在睡梦中，家里就留下一个二哥和比尉良还小上十来岁的小儿子，爷俩相依为命，时不时还得女婿帮忙干点活，自然是没钱相借的。唯有金生的大哥有可能，他家孩子皆已成家。

阿金和金生带着礼物亲自上门去借，大哥也爽快约定三日后去取钱，结果三日期到，他们俩赶去陈家门时，金生的大哥却避而不见，只有大嫂出来一顿诉苦。阿金一贯看不上这个飞扬跋扈、盛气凌人的女人，她一开口，阿金便知道这回钱八成是借不成了，尽管她承诺过几个月后小猪们养大卖了钱就还，可是人家根本不接话茬，继续哭诉着自家的不易。那个妻管严的大哥虽然留守家中，可家庭地位还不如自己两个入赘的弟弟，阿金也是一阵唏嘘。

碰了钉子的阿金，回到家就立马让金生把圈里的几头猪和羊全卖了，亏点就亏点，不想看人脸色借钱，自己已经低三下四了，真是受不了那份气。还好，最终还算是凑齐了那笔彩礼钱，儿子的婚事顺利解决，索性大儿媳品性也着实不错，老实本分，对长辈对小叔子都和和气气。不过，经此一事，阿金心里的那份好胜心更强了，她要让那个女人，让那些看不起自己家的人，睁大眼睛看着，老尉家总有一天会过得比谁都好。

2

忙完尉忠的婚事，尉良的婚事也排上日程了。媒人倒也很快介绍了合适的人，两人还一起去看电影，女家连八字都送来了。可不知道怎么的，尉良忽然反悔了，在家里闹。阿金问他原因，只说上次来家里吃饭，吃相看着有点傻。那姑娘阿金确实觉得是脑子缺根弦，上桌吃饭连点规矩都没有，长辈们讲话时插嘴，话比长辈还多。虽说阿金家也不是有什么具体家规的大户人家，但是基本规矩还是要有的。本来想着是小儿媳，要求可以不用像大儿媳这般高，儿子喜欢就行。他们没说啥，可如今儿子倒先反悔了。其实阿金不知道的是，这事还有尉良那帮小朋友的撺掇：长得难看，话多人傻。其实吃相不过是借口，因为阿金看重。

阿金夫妇俩不肯管退婚的事，尉良真要想退，让他自己想办法。尉良人是单纯可是不傻，要是明目张胆将八字送回，那简直就是自己送上门去找抽。阿金基于上次尉忠的事，这次合八字是偷偷做的，也算是给尉良留了一条后路。

冬天，哈气成雾。尉良起了个大早，天蒙蒙亮就跟他的好朋友拿着八字一起去了女方家，趁着人家还没起床，将红纸包好的八字放在人家窗沿下的柴禾堆上。忽然听到里面一声咳嗽，吓得他们赶紧跑回尉家村，生怕人家追出来。毕竟还没正式过定，人家也不敢将此事闹大，省得彼此脸上不好看，所以此事就算告一段落了。

尉良的年纪放在那，眼看着大儿子就要当爹了，小儿子这婚事也得抓紧。

跟她一样为儿女婚姻操心的还有二宝。按年龄来说，二宝比阿金还小上两岁，可是人家早就当奶奶了，二儿子的婚事年初也已经敲定，只可惜对方女孩子年龄还未到法定结婚年龄，所以且得等上两年。如今唯一让她操心的就是给小女儿找个好婆家了，自己这些年吃了那么多苦，总算把孩子们都带大了，也算是对得起山林，对得起他们老汪家了。女儿的婚事，她得好好挑挑，自己吃的那些苦不想再让女儿赶上。原本汪娟跟同村小姐妹的哥哥看得挺对眼的，可二宝不同意。同村的，差六岁的，单亲的，她都忌讳，总觉得避开这些，女儿才能不走自己的老路。当初自己整个时髦的自由恋爱，换到女儿倒像是家长包办制，好在汪娟这方面还没太开窍，跟人家哥哥还处在萌芽阶段，扼杀也就扼杀了。汪娟从十来岁就被二宝带着到处看人家，二宝挑的汪娟总也看不中，眼看着别人家的闺女都有着落了，二宝心里有点急。自己18岁都当妈了，女儿快20岁了，连个对象都没有。母女俩为相亲的事总有争执，两天一小吵，三天一大吵。二宝总还算是通情达理的，并不强制，婚姻大事马虎不得，汪娟看不中就继续挑。

阿金与二宝相遇在冬天的一个午后，地点是阿金家的四间瓦房前。两个历经近半个世纪的女人，两鬓已略有白发。眉眼间透露出的精干让两人的第一眼，不说相见恨晚，倒也有些惺惺相惜的意味。汪娟大约做梦也没想到,二宝看中的不是尉家的几间房,毕竟他们汪家明显比尉家富裕,而是阿金以及阿金的大儿子和儿媳。

那天,二宝和汪娟由媒人带到尉家,相看尉良。可尉良跟父母赌着气,蹲在屋内墙角捣鼓他那辆永久牌自行车,连头也没抬。汪娟只看到张侧脸,消瘦的身材,身高看着不矮。二宝倒是没太关注这个有可能成为她未来女婿的小伙子,而是亲切地与阿金、金生交谈。二宝在家是绝对的一家之主,说一不二,阿金虽然顾着金生的面子,但实际掌权人说到底还是她,所以这基本上就是两个当家女人的交流,气势上谁也不弱,语气上都客气万分。尉忠和挺着孕肚的媳妇客气地招呼他们用茶,陪坐一旁,微笑着不插嘴。那么多年过去,二宝已然是个人精,她看得出这家人有规矩,看出尉忠和他媳妇笑容背后的那份真诚,她更看中这一家的和睦。之前相看的人家,兄嫂哪有这般客气相迎的。汪娟是个什么脾气秉性当娘的是再清楚不过的,吃软不吃硬,骨子里要强,但从来不无理取闹。自从她爸过世之后,受尽了人情冷暖,不怕吃苦,家里的地里的活都难不倒她,性子能忍,是个好脾气的。给她找个父母双全,家庭和睦的比什么都强。家境比她家差点更好,娘家能撑腰,在婆家日子也不会受气,有手有脚,只要肯干活,如今的日子总不会穷的。

而阿金呢,之前早已从媒人处听得二宝一家的情况。寡母掌家,当年的日子必然不易。如若不是事先知晓,她肯定看不出对面这个笑容满面的女人曾有那样的经历,她爽朗的笑声让彼此的交谈愉快地进行着。跟在她身边那个瘦小的姑娘,害羞地低着头,倒是时不时朝着尉良的方向偷看。人与人的缘分就是这么奇妙。

二宝落实看人家的本意,刚坐没一会儿,就决定出门绕着阿金家的房子走一圈,边看边点头,直夸他们地方选得好。这两个精明的女人相视一笑,大有英雄所见略同的意味,屋后是大片水田,左侧跟邻居家隔着一大个弄堂,右侧跟邻居家隔着一块旱地,屋前是晒谷场,跟新搬来的金生侄女家也隔着不小的距离。四面宽敞,别人家挡不住半点阳光,关键是留着足够扩建的地,两兄弟将来分家也不用担心。

二宝对阿金一家自是满意,关键当然还得看汪娟的意思。回家后,正好遇到汪建设,他看了一眼妹妹。对着跟在身后的二宝说:"阿娟这次看来是满意了,第一次脸上带着笑回来。"

母女俩总算是心有灵犀,汪娟对这个连正脸也没瞧见,更没看自己一眼的尉良竟然有点满意,至于长相,看人家父母和大哥也能猜到不会差到哪去。母女俩这回看人,倒是把这一家人都看中了。相看这么多户人家之后,汪娟终于点头了。二宝也觉得心里一块大石落地,瞬时觉得肩上的担子松下去了。

而尉良那边呢,阿金对二宝那份爽利性子十分满意,可比大儿媳那个妈让人舒坦多了。汪娟虽然瘦瘦小小的,但是人看着也不错。平时牢骚挺多的尉良,这次竟然也没有反对,于是就让媒人递了话,两人这事就算基本定下了。

眼看年关将近。二宝家一点点备着年货,曾经盼着长大的汪娟过完年就 21 岁了。爸爸山林已经离开 13 年了,她偷偷走到父亲的坟头,摸着墓碑上刻着的字,她想告诉爸爸,自己有对象了。如果爸爸还在,他会开心也会舍不得吧!

大年三十那天一早,阿金就差尉良去汪娟家请她过来吃年夜饭,汪娟虽然害羞,倒也爽快地来了。吃过年夜饭,尉良送汪娟回家,但不是他单独送的。金生拿着手电在后面跟着,替他们照着路。汪娟只当是人家不放心两个人走,没做他想。

之前好像还不是太情愿的尉良,大年初一竟然自己跑去汪娟家,二宝起床开门吓了一跳,那个早啊,看样子像是来了好一会儿了。二宝心里想,别是个傻女婿吧。随即又捂嘴偷笑,谁没年轻过呢,她跟山林谈恋爱那会儿也是一日不见就想念得紧。心想,相亲那天没正眼看我闺女,这臭小子这回感情是开窍了呀。笑盈盈地将毛脚女婿迎进了门,丈母娘看女婿真是越看越欢喜。

过完正月,两家正式过定,摆了定亲酒,此事就算正式定下来了。二宝的小儿子汪建国跟尉良同岁,这小舅哥这些年在外面造房子见过不少世面,大哥汪建设本来就闷,如今有了老婆孩子更是聊不到一块去。正好这妹夫时常来家,只要汪建国有空,时常带他去见识点新鲜玩意。尉良的第一张照片就是和汪建国拍的,穿着喇叭裤还烫了个时髦的卷发。

3

当然,喜欢尉良的还不止二宝、汪建国、汪建设他们。二宝的胆子一辈子只用过上次那么一次,最终还把自己吓病了。所以汪娟很自然地认为,自己这半夜敢跑坟场转圈的胆子肯定是遗传山林的。但是汪娟没想到有一个胆小的母亲还不够,还给她找了个胆小的未来老公。怪不得之前去尉良家吃完饭,他爸总拿着手电跟在后面,尉良要是在汪家待到天黑,她那个未来公公也会在路边等着,像是事先约定好的。

其实,尉良的胆小是有迹可循的,阿金那胆子跟二宝完全是半斤八两,白天天不怕地不怕,晚上小得跟针眼似的。别看白天那么嚣张跋扈,顶着大半边天的样,天黑之后却连门都不敢出,都是一个人在家睡觉都不敢的主,怪不得两人合得来。

两个人感情日渐稳定,打算年底就替他俩完婚。热恋中的男女,时常见个面也是正常的,双方家长也是乐见其成。下午地里干完活,趁着天还没黑,尉良收拾一下就跑去汪娟家,在她家吃过饭就一起去看电影,这是时下男女谈恋爱最时髦的事。汪娟家的小侄女甜甜地叫着未来姑父,希望他们可以带上她一起出去玩。这小丫头在二宝的一手调教下长大,伶牙俐齿,日常最大的乐事就是跟汪娟互怼。两人约会可不愿意带着小电灯泡,每次被抛弃的小丫头都跑去跟二宝告状,生活的乐趣无处不在。

两人几乎把所有放映的电影都看完了。每次看完电影,两人再手牵着手回来,将汪娟送回家,尉良再回家,可汪娟做梦也没想到她到家了还得反过来送他一段。如果不是她家离镇上近一点,他们的日常很有可能就是她送他回家,然后她自己再回家。每次看完电影,汪娟得将尉良往他家方向送上一小段路,然后会遇到拿着手电筒站在他家附近小道上来接尉良的金生,如果金生来得晚,她就多送一段。看着被父亲接走的尉良,她再自己回家。

自然,热恋中的男女不会在意此事,况且身边胆小的也不是他一个,她不会觉得有问题,直到很多年后,遗传她胆大的女儿会不解地问她,怎么找个这么胆小的老公,她才想起来思考这个问题。这是后话。

每次这么接送,自然也是麻烦,所以有天二宝就提出让尉良住在汪家,等第二天天亮再走,也省得他爸爸来接。两人定过亲,亲戚朋友也都见过了,汪村那些人也基本都知道他,住下也不是什么大事。这些年二宝家里经济还算宽裕,房子在原址上又修缮了一番。汪建国在外地造房子正好不回来,尉良睡他屋就行。谁也没想到,那天竟然出了意外。夜深人静,外面的蛙鸣声响起一片,尉良带着一点小兴奋和不适应渐渐睡去。睡到半夜,忽然觉得身上特别重,像是有什么东西压着,重到喘不过气来,只能胡乱挣扎,想将重物推下身去,把床折腾出不小的动静。想要喊人救命,可是喉咙里怎么也发不出声来。赶巧,挣扎中摸到了灯绳,无意识地一拉,竟然将灯拉着了。睡在隔壁的二宝听到动静,喊起汪娟赶来时,看到的正好是尉良坐在床上大喘气,一脑门子的汗,有些惊魂未定的样子,喊了他几声才应声。后来,尉良将事情的过程叙述给二宝听,二宝一听,心里其实就有些了然。只是半夜三更的,他怕尉良害怕便没多说,只是尉良吓得不敢睡,二宝让汪娟跟尉良换个房间,并且安慰他不会再这样了,刚才应该只是做了噩梦。为了让他安心,还把自己的老伴喊起来到汪娟房里打地铺,陪着他睡。

尉良和汪娟在相亲第二年的那个冬天就领证结婚了。转年的仲夏,汪娟在疼痛了一夜之后,他们的女儿出生了。按照风俗放置了秤砣(称心如意)和剪刀(心灵手巧)的白胖丫头显示有九斤,尽管尉良更加希望是儿子。二宝和阿金倒是很高兴。二宝是因为第一次当外婆,自己的女儿也有女儿了,高兴得有些想哭。阿金是因为终于有孙女了,尉忠家生的是儿子,这粉嫩白皙,肥嘟嘟的小丫头可以填补她没有女儿的缺失。

女儿出生那天的炎热,让汪娟想起爸爸山林死去的那夜,尽管那是初秋。不知道是产后劳累还是初为人母,她哭了,她其实有点想爸爸,哪怕她已经记不清他的样子了。陪侍在身边的二宝帮女儿拭去眼泪,告诉她不能哭,要不然月子里会留下病根。

女婴用大声啼哭宣告自己的到来,也许只是因为炎热,她还不适应妈妈子宫外的世界。二宝初次当外婆的那点耐心终于在哭声中消失殆尽,她逃离女儿女婿的房间,躲进了尉良大哥大嫂的房间,然后呼呼大睡,呼噜声扰得尉良的大哥大嫂一夜未眠。这事,后来时不时被拿出来当玩笑说起,一大家人甚是融洽。

4

金生一直知道阿金不是一般的女人,但这么好强以及极富野心是他万万没有想到的。阿金在儿子们成家之后,竟然提出要建二层小楼,这在尉家村可算是创举。跟她有一样想法的还有二宝。

阿金这些年的泼辣劲更胜从前,这点跟儿子尉忠当上厂长是分不开的,作为村中辈分最高的女人,她时不时地出面主持公道,一副知书达理的模样。金生知道阿金好面子,连带着两个儿子和儿媳都让着她,阿金的日子过得舒坦无比。

跟阿金不同,二宝的两个儿媳不合,连带着她夹在中间也不好做人,所以提出分家。汪建设和汪建国倒也孝顺,母亲身强力壮,跟继父两人单过也不错。其实说分家,也不过是分开吃罢了,家里的那点田地也分成三份,日子倒也过得自在,她已经有两个孙女,一个孙子了,都是她带着,跟她也亲厚。建楼房不是二宝的主意,她只是表示赞成。她跟阿金虽然都好强,但还是不同的,二宝当初只想替山林将家守住,而阿金则是要在尉家村建立与她辈分相匹配的威望。两家前后动工，汪娟和尉良忙得两头跑。

阿金在现有的四间瓦房后面挖土建楼房时，原来的地主尉少明一家还挣扎在温饱线上，成了村里最穷的人家。少明已然老迈，腿脚是真的已经没办法行走。儿子前些年总算是娶了媳妇，可惜是个时不时犯病的傻姑娘，当初娶进来纯粹是为传宗接代，当然，换了好人家的姑娘也看不上他们家。儿媳妇不犯病时，还能帮着下地干活，可一犯病就要打要杀的。所以一旦犯病，又怕她走失，就拿根绳子绑在屋外的廊柱上，村里人对此也是见惯不怪。遗传也是个奇妙的事，虽说女人的娘家说她的病不是先天的，而是长到七八岁才发现的，可事实呢！傻姑娘给他们家生下了一儿一女，日子再穷，好歹能过，但如果家里有两个精神病患者，那这日子就简直没法过了，孙辈唯有女孩正常。为这个事愁的可不止少明一家，而是整个尉家村。虽说只是有些痴傻，可万一有暴力倾向，那遭殃的还是尉家村的人。所以后来当尉少明的傻孙子跑去抓鱼掉进河里淹死，孩子妈受了刺激，疯得更加厉害，终于有一天挣脱绳索，逃出尉家村的时候，人们还是松了一口气的。只是阿金还是召集全村人出动去帮着寻找，但终究是活不见人死不见尸。尉少明一家，祖孙三代，日子越过越穷，后来成了尉家村唯一的低保户。

阿金的楼房终于在尉家村的土地上拔地而起，站在楼上看着那些屋顶，她向东望着，竟然能看到尉少明家的天井，阿金的心里忽然还是有些好奇，其实她这么多年从来没有进去过那个有点神秘的地方。

二宝家的楼房建得比阿金家慢了许多，因为她家是同时建起了两幢一模一样的四开间楼房。楼上的空气似乎真的新鲜一点，起码阿金是这么认为的。

生活给了你一口糖，似乎还不忘打你一拳。阿金曾以为自己经历过那么多亲人离世，已经变得习惯，但这件事真的从来不会习惯。姐姐阿娥的突然离世，将原本意气风发的她击垮。消息传来时，她晕倒了，醒来后，终日哭泣，连丧礼都是在儿媳们的搀扶下勉强参加的。最终大病一场，一度以为自己将不久于人世。

阿金的姐姐阿娥一生命苦，少时不知父母为谁，收养在阿金家，结果阿金的那些哥哥们一个个死去，她又以尉家女儿的身份出嫁。嫁的婆家穷得叮当响，新婚时夫妻还算和睦，可没过几年，那个男人就动手打人了，这种事有一就有二，女人在这家没有地位，早年也没有求救途径，只能一直忍着。阿金知道姐姐当初将她接去坐月子，姐夫是多么不甘愿。当面说话阴阳怪气，背地里对姐姐拳打脚踢。但凡有一丁点办法，阿金都是不愿意留下的。姐姐以为她不知道，在她面前装得若无其事。姐姐对于阿金而言，是比父母更加重要的人，救过自己几次命，如果不是她，她也许早就死在襁褓中，又或者月子里，连尉忠可能都不能活下来，想起这些，她的心就更加疼。前些年大家日子过得都不宽裕，她也帮不上姐姐什么忙。她很清楚姐夫的脾气，姐姐在婆家日子过得不如意，说到底就是娘家没人替她出头，婆家有恃无恐。娘家被人看不起，出嫁的姑娘便没有靠山。阿金没有婆婆，只听人说姐姐那些年在婆婆手底下经常连顿饱饭都吃不上，是她公公看不过眼，偷偷给她点吃的，才熬过来的。阿金一直不懂，为什么总有婆婆要欺负媳妇呢，而媳妇熬成婆婆又欺负媳妇……她也是当婆婆的，把媳妇当女儿一起过不是更好吗？如果合不来，跟亲家二宝那样，分开单过也不错。阿金不懂的是，很多事是时代造成的，如果她的姐姐阿娥再晚几十年出生，命运就会完全不一样了。

阿金隐忍多年，终于将尉忠培养成才，日子一点点好过起来，在尉家村的地位与日俱增。尉忠当上砖瓦厂厂长以后，阿娥的腰杆硬了不少。这些年，阿金要是听说姐夫喝酒动手，连夜就会带着金生赶去为姐姐出头。凡事思前顾后的她，在姐姐这件事上完全是遵从本能。以前是姐姐照顾她，如今她能帮姐姐了，她不会让任何人再欺负她。眼看政策开放，日子越来越好过，两家的儿女们也都孝顺，可姐姐阿娥却倒下了。阿金总以为相伴的日子还是有的，病看看就能好的。阿金从没想过，那一面竟成诀别。

风和日丽的日子，阿金过来送姐姐，虽然自家建楼房欠的外债还没还清，但还是凑了几百块钱，包在手绢里塞给姐姐。她去看病，得用钱。无论在家如何，在姐姐面前，她永远是个妹妹。姐姐让她照顾好自己的身体，她的病看好就回来。

阿娥的大儿子背着她去桥埫头坐船到桐城,然后再坐公共汽车,目的地是杭州。阿金看着姐姐,脑子里总想起那年堂哥长生将月子里的自己背到码头的场景。时间过得真快,现在谁家还在乎私人桥埫呢,每家每户都有井,他们家儿子装了个马达,他们楼上都用上抽水马桶了,真是不敢想象。

阿金从没想过,那个虚弱的身影会留在杭州。谁能想到去看病而已,打开车门连医院都还没进,就被撞死在马路上。

阿金再见到姐姐阿娥时,她已经是装在木盒子里的骨灰了。阿金最终是被儿子们背回家的,因为她晕了过去。姐姐美娥赶来送阿娥,也陪着阿金。阿金昏昏沉沉睡了有半个多月,她的小孙女每天负责给她送饭。孙子孙女的陪伴,让她渐渐走出悲伤。终究是好起来了。此后,她一直帮着照顾姐姐阿娥的孩子们,还着姐姐对她的恩情。

阿娥过世以后,阿金的性情也变了许多。按金生的说法就是温顺了一些。

5

时间过得很快,转眼就到了 20 世纪 90 年代中期。阿金一家基本就是尉家村首富一样的存在。阿金很享受村里人给予的尊重,村里修路,他们家出大头,村里捐款,他们家给最多。

与其说凤愿不如说是心结,阿金从来没想过自己有一天竟然就这么光明正大地走进了当年那个神秘的地方。大儿子尉忠的企业为镇里分担低保户的时候,他选择了尉少明一家。过年前,尉忠带着阿金一起,拎着年货去慰问。阿金是第一次进到这里,低矮潮湿的房屋,阴冷黑暗,空气中散发着一股霉味,弥漫着压抑的感觉。这个地方曾经是尉家村经济的中心,当躺在床上带着异味的尉少明从阿金手上接过装有现金的信封,并说谢谢的时候,阿金心里似乎有什么东西落下的感觉。那一刻,她只想逃离这个让她觉得正在腐烂的地方。

6

阿金有句口头禅,谁要说苦,她一定会说:没得吃才叫苦。二宝对我唯一的要求是感恩。

阿金是我的奶奶,我跟她的姓氏,二宝是我的外婆,我随她的性情。

我是阿金唯一的孙女,替代她没有盼来的女儿;我也是二宝唯一的外孙女,替她陪伴外嫁的女儿。阿金会骂孙子,二宝会凶孙子孙女,我是两人唯一的例外。我是两人唯一共同的血脉连续,却完美避开了两人所有外形与长相,是比两人更泼辣的存在,她们又似乎都想在我身上留下点什么。阿金会将自己的过往一点点讲述给我听,在一些真实的回忆里添加着她的想象,也许是扭曲,也许是夸张,也许是事实,也许……我有时觉得她即将变成祥林嫂,直到堂哥开始在她一次次地讲述中叛逃,我才意识到原来我是唯一的听众。直到我的眼泪沾湿被褥方觉得满足。二宝呢,对待儿女属于暴力教育,却在我身上实践她的温柔。大概只有我对她的回忆才是温情的,她很少提及往事,她在那里流下的眼泪和血太多。直到她因为当年留下的病根祸及生命,我才知道,生活对谁都没有厚待。现在的她静静地陪在我的外公山林身边,再续未尽的缘分。

我只是想将她们告诉我的事都一一写下来。在尉家村陪着阿金,随时想着在天堂的二宝。

后 记

想写外婆和奶奶的故事，已经在心里想了很多年，久到我还未知自己会以文字为生。腹稿在心里一点点打，一点点发酵，直到这两年才逐渐落实。其实很多事都是小时候外婆和奶奶亲口讲的，我本想做个记录者就好。听的时候不觉得，写的时候才发觉有很多的不合理，为此打扰了身边很多的亲人与老师。原以为都已准备好，但是写的过程才深感实践与想象之间的差距。甚至有些近乡情怯的感觉，越熟悉的东西写起来越困难。一点点写，一点点删，周而复始，始终不见成效，进程比预计慢上数倍，一度焦虑，头顶的白发长了拔，拔了再长。原本写作的乐趣变得痛苦难耐，好几次想过要放弃，这完全是自不量力的一个决定。如若不是身后签订的承诺书，此事大约已作废。

支撑我坚持下去的一个信念，便是我的奶奶，她已是 81 周岁的高龄，与我有血缘关系的祖辈只剩下她一人，看着她将种植农作物当乐趣的模样，我不知道眼前的景象还能欣赏多少年。这些年家人将她当小孩宠着，婆媳三人会一起出去短途游，陪她做她愿意做的事。我想在她有生之年完成以她名字命名的作品，这成为写下去的最大动力，于是有了一个个枯坐电脑前的深夜，一次次颈椎疼痛的瞬间，一点点的坚持。写作的过程并不顺利，也想过是否需要辞职去完成。我需要大段的时间，而这明显很奢侈。白日与各种文字打交道，晚上甚至不愿意去触碰与文字相关的任何东西。写作是清苦的，这点我清楚，毕竟这并不是我的第一部作品，也不是最长的，可是却是写得最苦的。静坐电脑前，不敢去翻微信朋友圈，别人在玩耍时，我正绞尽脑汁，我甚至怀疑自己得了焦虑症。

逝去亲人的模样，时常出现在脑海中。外公走的时候，我妈妈才 8 岁；外婆走的时候，我 16 岁；爷爷走的时候，我 22 岁，转眼这么多年过去。我自己眼角的皱纹都已经掩盖不住,而回想起来心里总有块地方是空的。他们临终前,我谁也没见着。爷爷睁着眼不肯咽气的模样我总能想象出来,环顾四周眼巴巴地等着我,大伯告诉他:"小丫头赶不回来,你放心走吧!"这句被转告的话,多年来回荡在耳边,想起时依旧会泪腺决堤。其实我怨恨过父母,明明我可以陪着外婆,陪着爷爷走完最后一程,了了彼此的遗憾,他们却擅自替我做主,连选择的权利都没有给我。事后的哭泣再多,也始终没有办法弥补心里缺失的那块。

外婆过世时,我曾告诉父母,以后不要瞒着。爷爷咽了气,爸爸才打电话通知我。我在大学的阶梯教室内接受了无数人诧异的目光,因为我的哭声惊扰了他们。多少年没有在人前的哭泣,那一次哭得彻底。这一天其实来得并不突然,知道他得病后的一年多时间里我连手机静音都不敢,我知道这一天会来,明明已经有心理准备。可是真的来到时,还是无法接受。相处二十多年的人,从此便这么阴阳两隔了。

爷爷是我亲手摸过的第二个死人。那天我忽然觉得,我可能是有暴力倾向的,在外婆之后,我竟然再一次地将一个已经把寿衣穿戴整齐,又按照传统包裹住的死人给拆开了。农村的遗体告别仪式看到的不过是一个躺在门板或棺材里的尸体,如果不是布料颜色的差距,你会以为是木乃伊,根本见不到脸,而我是唯一没赶上送终却还能见一面的人吧,其实该到的亲人只有我没被通知。那是个初夏的日子,学校正准备放暑假,过不了几天,我就能有整整两个月的时间像之前那样陪着他了,躺在他的身边,给他捏捏因为卧床而酸痛的肌肉,给他剪一下脚趾甲,挠一下痒痒,跟睡在房内另一张床上的奶奶一起陪着他说说话……因为赶回学校准备期末考,我才连着半个月没有回家,我走那天,我知道他不想让我走,可是怕耽误我学业,我总以为没那么快的,出院那天医生说的日子我们总是在一天天延后的,所以我总觉得还会有时间的。

后来回想,他是有意识到些什么的,以前每次走的时候从来不像那天那样拉着我的手不肯松开。他眼睛红红的样子,竟是我记忆里最后的模样。如果知道是那样,我是不会走的。过去了多少年,我就后悔了多少年。如果时间可以重来的话……可是不能,对吗?

泛着青色的脸,在这个夏天有些凉意。我的举动惹得奶奶大哭,伯父担心奶奶晕过去,过来阻止我。他们不让我的眼泪滴在死者的脸上,其实我只是想摸一摸,亲口说一声:"爷爷,你等的小丫头回来了!"可是,为什么就不等等我呢。其实,他等了。奶奶说她那天不知道为什么忽然就是睡不醒,我妈妈和伯母在楼下准备中饭。如果不是请来帮爷爷打点滴的护士姑娘想驱赶那只飞入屋中的大鸟,奶奶不会从瞌睡中醒来,也不会发现爷爷流着泪看着她。早饭时还好好地,那时却已不会说话。奶奶哭着将妈妈和伯母喊上楼来,她们给所有应该到场送终的人打了电话,唯独漏了我,有意识地遗漏。据说,爷爷看着围了自己一圈的近亲,盯着大伯,想努力地开口,可舌头已软绵无力。大伯握着他的手,让他不要等我了。可我明明能回来的,我可以不去跟同学吃饭,可以不回教室复习的……是他们决定了我回不来。历史非要再一次这样上演吗?只有拿到大学毕业证我才能有自己的决定权,我知道。爷爷不甘心地闭眼,我不甘心地被他们从棺材边拉离。我的哭泣中充满了对他们的怨恨,一次又一次让我经历遗憾,不原谅自己也不想原谅他们。我的妥协只是因为担心奶奶的身体,虽然她快90岁的姐姐已从百公里外赶来陪她,可我的行为让她再次崩溃,灌下的参汤撑不住丧夫的悲切。大伯威胁她,如果她情绪不稳定会让医生给她打针睡觉。我被她们按着换上孝衣,还有一双挤脚的白布鞋。祖孙俩就那么坐在长条凳上,不敢哭不敢闹。

爷爷被抬出家送去火葬场那天,我竟然是被拖出去的。我哭着跪在棺材前,磕着头,说着对不起,被人强塞到了车里,送到学校去参加一门学科的期末考试。我不记得怎么完成的考试,只是抽泣声让同学们纷纷贡献了纸巾。

再回到家时,只有一个小小的棕色的木盒子放在灵堂上,人成了灰烬,真的就再也不见了,唯有梦里虚无的一点影像。爷爷生前,和奶奶两人竟然商量着谁先死,奶奶说她要先死的,留下的太孤独。如果爷爷先死,奶奶胆小,他就不来看她,省得吓着她。结果,爷爷死后两三个月,奶奶奇迹般地没梦到他,而我整夜整夜地做梦。梦里的爷爷总是笑眯眯地看着我,却不说话。梦里唯一一次说话是我生日的前夜,我那个 7 月底的生日与爷爷身份证上军人的生日是挨得最近的,夏天只有我们两个。其实他那个是假的,7岁死了母亲,根本不知道自己是哪天生的,因为当过兵,所以填信息时选择了建军节。犹记得那个春日午后,爷爷有些耳聋的二哥来看他,明明虚弱,他却用尽了力气发出了所有人都能听到的声音:"阿哥,我是哪天生的?"可惜只得到一句:真的记不得了。小时候,爷爷会在我生日那天准备一桌丰盛的菜肴,后来还会买蛋糕。也不记得那时候几岁,顶着一张稚气未脱的脸,忽然跟他说:"爷爷,以后我们俩同一天过生日。"

爷爷走后的第一个生日,全家都记得,可我们都不打算过。那天的前夜,梦中的爷爷坐在车上,依旧笑眯眯地看着我,对我说:"帮我好好照顾奶奶,让她别太伤心了!"然后就那样看着我,我身后是个市场,每年生日时他帮我置办食材的地方。第一次在梦里意识到爷爷已经死了,也是唯一一次的对话。此后经年,偶尔在梦中出现的爷爷,依旧只是沉默地看着我,眼神里透着慈祥。

前几天我问妈妈,没妈以后觉得苦吗?这话我等了十多年才敢问。得知外婆病征的那个夏日傍晚,我记忆中从来没哭过的女人,整个人趴在床上肩膀剧烈地颤抖,发着呜呜的哭泣声。我拍拍她,问了一句:"妈妈,你怎么啦?"她抬起头转过身来对着我,那张混着汗水与泪水的脸,红红的,发丝凌乱:"我以后要没姆妈了。"我怔怔地看着她,哦,原来她也是别人的女儿,不一直是妈妈。

以前总听妈妈说,年少时和外婆时常争吵,说外公过世之后,外婆的情绪一直不好。她那时候小,不懂事。可我知道,她如今是多么想念那些日子,外婆病中时不时糊涂,明明在妈妈结婚后就不再骂一句,可总误认为她还是年少时,只是妈妈不再反驳。她将点点滴滴讲给我听,那里的思念让我很多年不敢主动提起外婆。哪怕,外婆也时常出现在我的梦中。

那天,我不知道怎么就问了,也许是因为又到清明,可又后悔问,补了一句:"妈妈,你一定要长命百岁!"

她回答："好的,我长命百岁。姆妈没了,肯定苦的,我姆妈要是还在,我会对她很好,她也会经常来看我。"她说这些的时候,我不敢去看她的眼睛。

外婆走的那年妈妈不过 37 岁,大不了我如今几岁,已经无父无母。这些年,她似乎越发理解外婆了,偶尔自己提起时,总说外婆当年脾气不好,骂她,都是因为心里太苦。妈妈老说自己命苦,年少时爸爸就走了,结果妈妈也走得那么早,偶尔还会埋怨几句我那个早逝的外公,自己不抚养她,还把她妈妈也带走了,其实我知道她心里的苦。

爷爷,如果您还在,农村的小院一定收拾得很漂亮;如果您还在,我们脱下的球鞋总会在第二日变得干净;如果您还在,我还会坐在您的三轮车后面上街,吃一碗热腾腾的咸菜肉丝面;如果您还在,小时候被您放在筐里挑着的兄妹已长大,堂哥的一双儿女正好可以替代我们的位置;如果您还在,我会给您零花钱,就像我小时候每次离家时您塞给我一样;如果您还在,我可以陪您喝杯小酒;如果……外婆,如果您还在,我们一定要拍一张合影。我们的唯一一张单独的合影在我拿去塑封时遗失了……

过去的终究都已过去,我时常告诫自己,我现在唯一能做的事就是对奶奶好一些。她的身体还算不错,我们有时间会带她去旅行,这些年她去的地方比我还要多些。我带她第一次坐飞机,她幸福得像个小姑娘,一直趴在窗口看云。她对我说:"如果你外婆还在,你就带着我们一起来了。"当然,言语中总还是要提起,要是你们爷爷还在,是呀,爷爷要是还在……

只希望我的奶奶能够健康长寿,将我们未能尽的孝多带走一些。

感恩、知足、惜福!

2019 年 4 月 25 日